Sortie de filles

Catalogage avant publication de Bibliothèque et Archives nationales du Québec et Bibliothèque et Archives Canada

Bourgault, Catherine, 1981-
Sortie de filles
Sommaire : t. 3. La fin de semaine de camping.
ISBN 978-2-89585-429-6 (vol. 3)
I. Bourgault, Catherine, 1981- . Fin de semaine de camping. II. Titre.
III. Titre : La fin de semaine de camping.
PS8603.O946S67 2013 C843'.6 C2013-940887-8
PS9603.O946S67 2013

Les Éditeurs réunis bénéficient du soutien financier de la SODEC et du Programme de crédit d'impôt du gouvernement du Québec.

Nous remercions le Conseil des Arts du Canada de l'aide accordée à notre programme de publication.

Nous reconnaissons l'aide financière du gouvernement du Canada par l'entremise du Fonds du livre du Canada pour nos activités d'édition.

Édition :
LES ÉDITEURS RÉUNIS
www.lesediteursreunis.com

Distribution au Canada :
PROLOGUE
www.prologue.ca

Distribution en Europe :
DNM
www.librairieduquebec.fr

Suivez Les Éditeurs réunis sur Facebook.

Imprimé au Québec (Canada)

Dépôt légal : 2014
Bibliothèque et Archives nationales du Québec
Bibliothèque nationale du Canada
Bibliothèque nationale de France

CATHERINE BOURGAULT

Sortie de filles

LA FIN DE SEMAINE DE CAMPING

LES ÉDITEURS RÉUNIS

De la même auteure

Sortie de filles – tome 1. Parce que tout peut changer en une soirée…, octobre 2013.

Sortie de filles – tome 2. L'enterrement de vie de jeune fille, mars 2014.

Blanc maculé d'une ombre – tome 1, mars 2012.

Blanc maculé d'une ombre – tome 2, novembre 2012.

Blanc maculé d'une ombre – tome 3, septembre 2013.

Jeunesse :

Le Club des Girls – tome 1. Un bal vraiment pas rêvé !, avril 2014

Le Club des Girls – tome 2. Ennemies jurées !, à paraître à l'automne 2014

Catherine Bourgault – Auteure

cath_bourgault

Prologue

La cafetière sous le sac de couchage, la valise à droite du matelas et la tente tout au fond… Quelle égoïste je fais : j'ai pris toute la place dans le coffre de la voiture ! Bon, tant pis. Mahée est toute petite, elle n'a pas besoin de grand-chose ! Elle vit d'amour et d'eau fraîche. Une valise pour elle, ce sera bien assez. Du moins, je l'espère…

Sans blague, j'ai un sérieux problème. Si Mahée voyait le bordel que j'ai créé dans la voiture, elle flipperait ! Dans une tentative pour améliorer la situation, je pousse mon oreiller et le coince entre la fenêtre et le siège passager. Pfff ! Le commercial clamait haut et fort qu'une famille complète pouvait partir en vacances sans souci d'espace avec la Honda Fit. Hum ! Si on attache les enfants sur le toit, peut-être.

— Veux-tu bien me dire, Sophie, ce que tu fais avec ta cafetière électrique ?

Zut ! Mahée est arrivée plus tôt que prévu. Rien ne sert de tenter de camoufler mes méfaits, car elle a tout vu !

Je tourne la tête en retenant à bout de bras le séchoir et mes bottes de caoutchouc, qui veulent débouler. Je souhaite presque qu'il pleuve ! Elles sont si jolies : roses, avec plein de fleurs blanches dessus ! Je les ai achetées spécialement pour notre périple ; elles portent encore l'étiquette du prix. Cinquante-quatre dollars et des poussières…

Ma meilleure amie me regarde avec son sourire angélique. Son chapeau de paille trop grand pour sa tête projette de l'ombre sur son visage. Si j'étais à sa place, je serais franchement agacée par la copine célibataire qui transporte sa maison entière dans ses bagages. Heureusement, Mahée n'est pas ainsi faite. Elle me regarde avec amour, fraîche comme une rose dans sa petite robe sans manches. Moi, je sue à grosses gouttes juste à respirer. Si je l'entends une seule fois exprimer à quel point elle adore la canicule, je hurle. Pourquoi elle ne sue pas, *elle* ? Et pourquoi s'en prend-elle à ma cafetière ?

J'ai bien envie de lui rappeler que les deux seules raisons qui me motivent à aller en camping, c'est parce que je l'aime et que sa moue manipulatrice, lorsqu'elle a proposé cette idée absurde, a eu raison de ma résistance ! En bref, je me suis fait avoir comme une débutante.

— Comment, qu'est-ce que je fais ? Tu ne me feras pas boire du café instantané en camping, certain !

— Il n'y a pas d'électricité sur notre site. Elle ne te servira donc à rien, ta belle cafetière en acier inoxydable. Tu peux faire une croix sur tes doubles expressos pour les prochains jours !

Mes bras tombent le long de mon corps. Mon sac de couchage roule à mes pieds, mes belles bottes neuves suivent le mouvement.

— QUOI ?

1
Quelque part à Granby

Mes lunettes de soleil glissent sur mon nez humide. Même mes doigts collent sur le volant en cuir. *Pas d'électricité!* Mahée avait bien pris soin de me cacher ce détail! Limite de vitesse: dix kilomètres à l'heure. Je comprends pourquoi: puisqu'il y a un dos d'âne tous les quinze mètres, impossible d'aller plus vite sans briser la suspension. Je me fais dépasser par des vélos, je contourne des piétons qui marchent en plein centre de la rue et des enfants qui courent partout. Ici, la priorité est accordée à tout, sauf aux véhicules. En plus, c'est large comme mon c… *Oh non! Je n'ai pas fini de chialer.*

Mes amies ont eu la bonne idée de faire différent cette année pour notre sortie de filles. On aurait pu se prélasser à l'hôtel, se faire masser, gazouiller nos derniers potins dans un bar propice aux belles rencontres… Mais non! Des filles amoureuses, ça veut vivre près de la nature! On oublie la traditionnelle séance de magasinage – tant mieux, c'est toujours un calvaire pour moi – et la tournée des bars; on les troque contre deux jours de camping en compagnie des moustiques. Et comme d'habitude, l'argument qu'elles me servent à toutes les sauces m'a convaincue: «"On" va avoir du plaisirrrrr!»

Dormir dans une tente, c'est mignon à cinq ans, mais à trente… bof! Le camping, c'est pour les gens qui n'ont pas les moyens d'aller à l'hôtel ! J'ai prévenu Claudia et Mahée que ce n'était pas une bonne idée de m'emmener ici, car je n'aurais aucun plaisir et qu'en plus, je risquais de gâcher le leur. Elles ont insisté… Je fais mon possible pour paraître enjouée, mais la semaine de fou que j'ai vécue au bureau pour réussir à partir deux jours en vacances me rentre dedans comme un train. J'ai laissé en plan plusieurs dossiers, j'ai dû rater une réunion. *Je ne rate jamais de réunion !* Si on ajoute à tout ça un syndrome prémenstruel en puissance, il est normal que je me sente très irritable.

Mahée, qui affiche son calme légendaire, pianote avec ses orteils sur le coffre à gants en tournant entre ses mains le plan du camping dans tous les sens. Elle me guide depuis maintenant une heure. Pendant que je transpire en attendant ses indications – « Continue, je crois qu'on y est ! » ou encore « Prends la prochaine rue, c'est ça ! » –, elle fronce les sourcils et arbore un demi-sourire. Ça l'amuse de chercher ; elle se croit dans un rallye ! Malheureusement, il n'y a pas d'indices pour nous aider.

— Mahée, la fille à la réception a dit que notre site était au numéro 42. Là, on est dans les trois chiffres. C'est bourré de véhicules récréatifs à cent mille piastres. On n'est sûrement pas dans le bon coin ! Penses-tu qu'ils ont l'eau et l'électricité, *eux* ?

Ma douce amie me retourne une grimace. J'ai chaud, je sue et je panique, mais sa présence me permet presque d'oublier mon cauchemar. C'est agréable de l'avoir juste pour moi, car ça n'arrive plus si souvent depuis qu'elle habite avec son amoureux, Vincent Grandbois. Même si elle n'est pas très loin – elle vit dans l'immeuble à côté du mien –, être en amour, ça change une vie !

De plus, elle enseigne tout l'été à des jeunes en difficulté. Mahée ne fait jamais les choses à moitié ; elle se donne totalement à sa tâche et travaille sans relâche pour que ses élèves réussissent. Si j'avais eu un prof comme elle, j'aurais sans doute trouvé le temps moins long au secondaire !

Pour ma part, c'est toujours la folie au bureau. Mon défunt patron a légué son affaire à sa fille cadette, sans expérience dans le domaine, et je dois voir à tout ! Elle est incapable de prendre une décision, ni d'écrire un communiqué sans faire de fautes de français. Pas que je me plaigne – j'adore mon boulot –, mais c'est très prenant. Bref, ma vie sociale est, avouons-le, inexistante. Je ne vois plus mes amies, et la vie nous pousse chacune de notre côté. On se croise entre deux portes, entre deux textos… Par chance, nos sorties de filles nous obligent à nous réunir !

Mahée pose la main sur son front pour contrer les reflets du soleil à travers la fenêtre. Celui-ci frappe si fort que regarder dehors fait mal aux yeux.

— Les chiffres sont trop petits, je n'arrive pas à les voir. Wow ! As-tu vu les monstres ? Ce sont de vraies maisons ambulantes, ces trucs-là. J'aimerais bien en visiter un…

Puis, comme si on n'avait pas assez tourné en rond, on se retrouve dans un cul-de-sac. Je secoue la tête. Là, je suis vraiment à bout ! C'est l'allée réservée aux riches retraités qui partagent leur temps entre la Floride, l'hiver, et le Québec, l'été. On est loin de notre lot sans électricité ! Une vieille dame qui tricote dans le confort de son air conditionné me regarde par-dessus ses lunettes rondes. Je grince des dents en faisant demi-tour. Si je lui adresse un beau sourire, peut-être m'offrira-t-elle une bonne limonade ? J'ai chaud ! Je respire par petits coups pour capter de l'oxygène. Il y a tellement de choses empilées sur le siège arrière que je ne vois rien d'autre que des valises, des souliers, des manteaux… Impossible de reculer !

Chère Mahée de mon cœur qui veut bien faire, ne voit-elle pas qu'il me pousse des griffes à la place des ongles ? Tout en s'éventant avec le paquet de brochures qu'on nous a remis à la réception, mon amie sort la tête par la fenêtre.

— C'est bon, la voie est libre ! lance-t-elle. Il n'y a pas grand danger ici, à part quelques petits vieux qui promènent leurs chiens en poussette.

Des poussettes pour chien ! *Incroyable !* Après un coup de volant, puis deux, je dis :

— Passe-moi le plan, Mahée.

Je le lui arrache des mains, puis plisse les yeux. Sur le plan figurent de minuscules carrés, qui représentent chacun des sites, avec un numéro au milieu. Mais les nombres ne se suivent même pas ! Et c'est quoi, ces noms ? Rue des Fourmis, rue des Crapauds, rue des Papillons… Mahée déboucle sa ceinture et s'agenouille sur son siège. À deux, peut-être que nous y arriverons avant la nuit !

— Si ça continue, Claudia sera là avant nous, grogné-je en cherchant un point de repère sur le plan.

Mahée éclate de rire, ce qui me rassure, car elle a été plu silencieuse durant tout le trajet entre Montréal et Granby. Je connais suffisamment pour savoir que quelque chose la tracasse. Je m'étonne d'ailleurs qu'elle ne se soit pas déjà confiée. Ma meilleure amie ne sait pas garder un secret ; tout ce qui la bouleverse lui brûle la langue.

— Claudia, à l'heure ? Oublie ça ! Elle ne doit même pas avoir quitté Québec encore.

— Tu as probablement raison.

Claudia est une étourdie de la vie, à croire qu'elle est tombée dans une marmite de « vivre et laisser vivre » quand elle est née. Elle ne sait pas gérer son temps. *Ni grand-chose, à bien y penser !* Il vaut toujours mieux prévoir quelques heures de plus quand on lui donne rendez-vous. Elle revient d'une mission humanitaire de six mois à Port-au-Prince avec Patrick, son amoureux militaire. Bien hâte de savoir comment ça s'est passé là-bas ! C'est déjà beau qu'elle ait survécu, elle qui préfère regarder des films porno plutôt que de cuisiner.

— Cherchez-vous quelque chose, mesdemoiselles ?

Je redresse la tête. Mahée m'imite. Je ne suis pas étonnée par ce que je vois : un homme d'âge avancé, aux dentiers un peu décentrés, est penché sur ma voiture. Ses yeux hagards passent de mon amie à moi ; il a une vue parfaite sur nos décolletés. Il est chauve, un peu grisonnant, et se promène torse nu en exhibant sa panse pleine de Coors Light. Il est du genre à passer ses journées à reluquer les filles, assis dans une chaise de parterre au bord de la plage.

— Oui, peut-être pourriez-vous nous aider, dit Mahée en battant des cils. On cherche le site numéro 42.

Le vieux monsieur secoue sa bedaine de bière. Si des bretelles étaient accrochées à son maillot, il se les serait pétées fièrement tellement il semble heureux de se rendre utile. La ligne de poils verticale qui traverse son torse pour mourir dans son nombril est humide de sueur. Ça vient de lui, cette odeur désagréable ?

— Oh là là, vous êtes rendues loin, mes petites dames. Le numéro 42, c'est dans la rue des Abeilles. Attendez, je vais vous aider. Vous voyez les bâtisses rouges là-bas ?

Mahée s'étire pour voir ce qu'il pointe au loin de son gros index. Il s'agit de trois bâtisses de couleur rouge.

— Vous les dépassez, puis vous tournez à gauche dans la rue suivante. Faites encore quelques mètres, puis ce ne sera plus très loin.

L'homme sort un mouchoir de sa poche pour essuyer les gouttes qui roulent sur ses tempes.

— Ah ! C'est tout ? demandé-je en retenant ma respiration.

Notre bon papi qui sent la transpiration à plein nez pose les mains sur l'élastique étiré de son maillot en toile.

— Eh oui !

— C'est bon, merci.

— Attends, Sophie, je ne suis pas certaine…

Je ne fais ni une ni deux : je referme la vitre sous l'expression perplexe de ma meilleure amie. Celle-ci ne proteste pas. J'appuie doucement sur l'accélérateur afin de ne pas heurter papi. Il comprend un peu tard qu'il doit reculer et manque de trébucher avec ses tongs en plastique. Je soupire en baissant un peu la vitre.

— Ça va, je ne vous ai pas fait mal ? OK, parfait, merci encore !

Fiou ! Nous l'avons échappé belle ! Il s'apprêtait à s'offrir comme guide touristique pour la journée. Manifestement, il n'a rien d'autre à faire. C'est ça ou regarder sa femme tricoter des pantoufles en plein mois de juillet. Dans mon rétroviseur, je le vois qui secoue ses bras dans les airs pour nous dire au revoir. Il était gentil, quand même…

— Tu as compris quelque chose à ses indications ? s'étonne Mahée en s'asseyant à l'indienne sur son siège.

— Oui. Facile, je nous rendrai à destination en claquant des doigts !

Je n'ose avouer que les explications du vieux monsieur n'étaient pas très claires – dans les alentours, il n'y a que ça, des bâtisses rouges ! –, et que j'avais hâte de m'éloigner de son odeur insupportable. Celle-ci ne quitte pas mes narines, d'ailleurs… J'espère que ce n'est pas moi qui sens aussi fort ! D'un mouvement subtil, je renifle mon aisselle. Ouf ! Il y a encore des traces de Parfum de fraîcheur. On ne sait jamais avec cette chaleur !

Je roule lentement jusqu'aux bâtisses rouges comme indiqué par notre humble serviteur. L'affiche en bois clouée au-dessus de la première porte me fait frissonner. «Bloc sanitaire #1». *Ark! Des douches publiques!* Je crois sincèrement qu'il y a des choses qui ne se partagent pas entre étrangers. *Comme les toilettes!* Après quelques séances de visualisation – recommandation de mon psy –, je m'étais faite à l'idée d'utiliser la bonne vieille méthode de la débarbouillette, et que je pourrais survivre deux jours sans me laver à grande eau. Je prends toujours deux douches par jour, c'est-à-dire le matin et le soir. Je déteste avoir la sensation d'être sale. Ça me dégoûte!

J'en étais venue à la conclusion que je préférais supporter un peu de sueur sur moi plutôt que de me faire piquer les fesses par les moustiques entre deux shampoings. Cependant, avec la canicule qui règne depuis une semaine, je n'aurai d'autre choix que d'affronter les douches du camping si je ne veux pas sentir la même chose que le retraité de tantôt. Peut-être que le lac fera l'affaire…

— Il a dit de tourner à gauche! s'impatiente Mahée.

Je ne demande pas mieux que de m'éloigner du bloc sanitaire. Il fait monter mon angoisse et, par le fait même, la transpiration sous mes aisselles.

— Je voudrais bien, m'écrié-je, mais je ne peux quand même pas l'écraser!

Nous avançons à pas de tortue, ou plutôt à pas de madame en maillot de bain qui transporte sous le bras un matelas pneumatique pour la plage et un gros sac en paille sur l'épaule. Elle occupe toute la largeur de la rue!

— Madame, on voudrait passer, s'il vous plaît, dis-je en faisant de gros efforts pour rester polie.

Malgré tout, j'ai un peu pitié d'elle.

Elle me regarde comme si j'étais une demeurée ! Grrr ! J'aurais dû klaxonner… La femme s'écarte légèrement, mais le miroir de ma voiture accroche son matelas rose fluo pendant que, de l'autre côté, un vélo frôle ma portière. Je me retiens pour ne pas crier, afin de ne pas faire peur à Mahée. Il est où, notre site, qu'on s'installe au plus vite ? Je veux me faire rôtir au soleil, moi aussi ! Je freine brusquement à cause d'un ballon qui vient de rebondir sur mon pare-brise.

Aucun gros mot ne sort de ma bouche. Je tourne lentement la tête en direction de Mahée. En tapotant mon bras, celle-ci marmonne :

— Ça va ! Je crois que c'est là-bas.

J'ai le goût de danser la lambada en apercevant le numéro 40. Tous les dix mètres, une tente est plantée dans un gazon un peu jauni à cause de la sécheresse des derniers jours. Je passe devant les numéros 40, 41… On pourra bientôt déguster notre belle bouteille de vin rosé qui nous attend dans la glacière. C'est un français édition limitée, rien de moins ! J'espère que quelqu'un a pensé à apporter des coupes.

— Je l'ai trouvé ! C'est là ! Regarrrrdddeeee ! jubile Mahée comme si elle venait de découvrir une montagne d'or.

Je tourne d'un coup sec. Une montagne d'or, dis-je ? Une montagne de roche, oui. Je pose mes avant-bras sur le volant.

Dans un synchronisme parfait, mon amie et moi inclinons la tête à droite, puis à gauche. La moitié du site est en terre et en roche, l'autre moitié en gazon clairsemé plus jaune que vert. Et une pente traverse le terrain. Nous dormirons soit la tête en bas, soit en position semi-assise.

— Allons voir de plus près, ce n'est peut-être pas si pire que ça ! déclare Mahée dans son éternel optimisme.

Mahée et moi, c'est une amitié qui dure depuis toujours. Nos mères étaient amies, alors nous le sommes devenues aussi par défaut. Ça allait de soi ! Je l'aime beaucoup, parce qu'elle réussit toujours à me faire sentir importante. À faire de moi une meilleure personne. Nous avons grandi ensemble au Lac-Saint-Jean et, à chaque nouvelle étape que la vie amenait, je ne me posais jamais de question car je savais que mon amie serait à mes côtés. Notre relation, c'est du solide, comme un vieux couple ! Pendant longtemps, Mahée et moi ne venions pas l'une sans l'autre. Les choses ont changé ces dernières années avec l'arrivée de Claudia dans les parages…

Je suis littéralement assommée par la chaleur – l'humidité ! – de l'air dès que j'entrouvre ma portière. Aucun arbre en vue ! *Normal que le gazon soit jaune !* Le deuxième site à gauche du nôtre possède tous les arbres du coin. C'est un beau terrain plat sur lequel est garé un véhicule récréatif – rien à voir avec les monstres de riches qu'on voit plus loin dans la rue. Celui-ci doit faire six mètres tout au plus. Je regarde les feuilles du grand bouleau qui fait de l'ombre sur le toit : pas un brin de vent. Même la vitre de mon iPhone sue ! Le signal est mort…

— Attention, Sophie !

Bang !

Je sursaute en faisant un pas sur le côté sous l'impact. Un frisbee a failli me scier le cou en deux. Le peu de pomme d'Adam que j'avais vient de me rentrer de deux centimètres dans la gorge. Je le savais : c'est dangereux, le camping… Un petit garçon blond au sourire mignon, même s'il lui manque les palettes, me lance un regard séducteur.

— Désolé, madame.

Il y a, sur le site juste à côté du nôtre – qui est très près selon mon évaluation –, une tente-roulotte bleue un peu défraîchie. Elle semble occupée par une famille complète : papa, maman et trois enfants. Que des garçons ! Si le bébé s'époumone cette nuit, nous pourrons sans aucun doute lui chanter une berceuse en groupe. On pourra même l'entendre faire son rot.

Je retourne le frisbee à l'enfant. D'un bond, il l'attrape sans effort. *Wow ! Il est habile, le petit.*

— Ça va. Peux-tu jouer plus loin, mon grand ?

Il bombe son petit torse, fier de se faire appeler « mon grand ». Il est franchement craquant.

— Oui, madame. Merci, madame.

Un peu plus et il me faisait une révérence. Parlez-moi de ça, un enfant bien élevé. Plus tard, il sera un bon employé !

Mahée glousse dans mon dos.

— Alors, madame, que dirais-tu de placer la porte de la tente de ce côté ? propose-t-elle en pointant la rue.

J'analyse rapidement la situation : pas d'eau, pas d'électricité, pas d'ombre et déjà trois moustiques écrasés entre mes doigts. Sans parler de tous ceux qui gravitent autour de ma tête à la recherche d'un bout de peau à piquer. J'ai probablement l'air de faire la danse de saint Guy en essayant de les éloigner. Leur bourdonnement dans mes oreilles me rend folle. Alors, dans les circonstances, la direction de la porte de notre tente est le dernier de mes soucis. De toute façon, peu importe de quel côté elle sera installée, nous aurons une vue plongeante sur un voisin ou sur ma voiture tellement le site est petit.

— Maudits moustiques !

Tout en regardant le nuage d'insectes qui m'entoure, Mahée commente :

— Il n'y en a aucun qui rôde autour de moi. C'est ton parfum qui les attire.

C'est vrai qu'ils la laissent tranquille, *elle*. Pour ma part, j'attire les bestioles. C'est toujours la même histoire ! Il s'agit qu'une personne n'aime pas les chats pour que ces derniers sautent immanquablement sur ses genoux. C'est sûrement le même phénomène qui se produit avec les mouches !

— Ce n'est pas un parfum, c'est un chasse-moustiques ultrapuissant.

La vendeuse m'avait juré que c'était la *crème* des chasse-moustiques ! Le *top* du *top* ! Miraculeux ! C'est vrai qu'à trente dollars le tube…

— Tu devrais te lancer dans le lac, ce serait plus efficace ! ricane ma meilleure amie, toujours de bon conseil.

Elle ouvre le coffre de la voiture pendant que je tourne sur moi-même en tuant les bestioles par centaines. *OK, par dizaines.* Comment peuvent-elles être à la fois si petites et si désagréables ? L'insulte suprême est de les sentir perforer ma peau avant que j'aie le temps de les aplatir sans pitié avec ma main. J'ai acheté du Off, de la citronnelle, des spirales qui font de la fumée et même une machine – fonctionnant avec des piles – qui électrocute les insectes ! Je pars à la guerre ! Il ne me reste qu'à sortir mon arsenal de la voiture…

— Où est le plan de la tente ?

Je me déplace rapidement jusqu'à Mahée dans l'espoir de semer l'ennemi en route. Mon amie secoue la boîte de carton qui renferme la tente. Tout le contenu se répand à ses pieds : une toile, une panoplie de petits bâtons qui s'emboîtent les uns dans les autres, des piquets de métal… mais pas de plan ! Même pas en chinois ou en mandarin ! Le nuage de moustiques m'a suivie. Je me sens comme un buffet à volonté ; ils me dévorent toute crue ! Je fouille dans le bordel éparpillé sur le sol. Installer une tente sans plan, c'est comme assembler un meuble Ikea les yeux bandés : tu sais que l'opération te prendra la journée au complet.

— Il doit bien y avoir un plan quelque part, fais-je en retournant la boîte dans tous les sens. J'ai acheté la tente cette semaine, elle est flambant neuve !

— On dirait bien que non… soupire Mahée en regardant d'un air découragé le casse-tête par terre.

— Évidemment, j'ai choisi LE citron parmi tous les modèles disponibles.

— Ce n'est pas grave, on y arrivera. Ça ne peut pas être si sorcier.

La naïveté de ma meilleure amie est toujours aussi touchante. Pas sorcier, hein ? Je devrais la laisser essayer, juste pour voir. C'est toujours pareil ! Chaque fois que j'achète quelque chose, je tombe invariablement sur un article dont un morceau est manquant ou abîmé… Dans le cas présent, zéro plan ! Par contre, sur la boîte, on peut lire tous les matériaux utilisés pour la fabrication de ce qui nous servira de maison pendant le week-end. *Pfff ! De niche à chien, plutôt !* Ça peut toujours servir de savoir que la toile est fabriquée en nylon.

Mes amies et moi avions établi nos responsabilités : Claudia s'occuperait des matelas ; Mahée, des repas – c'était plus simple à cause de ses allergies – ; et moi, de la tente. J'avais pris ma mission au sérieux ! J'avais fait un détour spécial chez Latulippe pour nous équiper. Ça n'avait pas été une tâche facile, car il y avait des centaines de modèles de tentes. Des grandes, des petites, des minces, des épaisses, des deux-places, des six-places. Comme nous sommes trois, j'ai choisi une trois-places. *Logique.* Cent vingt-neuf dollars et quatre-vingt-quinze sous. Plus les taxes ! La Cadillac des tentes. Pour deux courtes nuits, ce sera parfait. Au pire, on dormira en cuillère.

Lorsque je lève la tête, je prends conscience que Mahée m'a plantée là avec la tente et les moustiques. Sourcils froncés, elle fixe encore l'écran de son cellulaire. Elle le consulte toutes les deux secondes depuis que nous sommes parties. Ce n'est pourtant pas dans ses habitudes. Et dire qu'elle était contre tous les bidules électroniques il n'y a pas si longtemps. « Ça crée une vraie dépendance ! » prêchait-elle avec conviction. Ah ! l'amour, ce que ça peut faire !

— Le signal est merdique, pour ne pas dire carrément nul, grogne-t-elle, mâchoire crispée.

Je souffle un bon coup pour m'autoventiler. Mon toupet pointe vers le ciel avant de retomber sur mon front humide.

— Laisse-le tranquille, ton bel Amérindien. Il devrait survivre même s'il est loin de toi pendant deux jours.

Mahée me fait une grimace adorable comme elle seule en est capable. Malgré tout, ses traits tirés laissent deviner plusieurs soucis.

— Vincent m'inquiète, ces temps-ci, me répond-elle tristement. Il n'est plus le même depuis quelques jours. Il est nerveux, impatient, distant… Cela ne lui ressemble pas. Et il ne m'a pas embrassée avant mon départ.

Je place la boîte de la tente en équilibre sur la table de pique-nique pour avoir un repère visuel. Même si l'image n'est pas très claire, cela ne nuira pas ! Je saisis une série de bâtons pour commencer l'assemblage du casse-tête. Jusqu'à maintenant, l'exercice semble plutôt facile et j'ai bon espoir qu'on ne dormira pas à la belle étoile ce soir. Et puis, ça me permet de gagner du temps afin de trouver des mots réconfortants pour mon amie. Je suis nulle pour gérer les affaires de cœur.

— Ça arrive à tout le monde d'avoir une mauvaise semaine, dis-je d'une voix calme et convaincante.

Mais Vincent Grandbois qui n'est pas dans son assiette, cela me paraît louche. Toutefois, je garde cette réflexion pour moi. Après tout, il se comporte comme l'amoureux idéal depuis deux ans avec ma petite Mahée. Il s'occupe d'elle comme jamais son David Leclerc ne l'a fait pendant leurs dix années de vie commune. J'espère que rien de grave ne se trame ! Mon amie n'a jamais été aussi heureuse et épanouie que depuis que Vincent est dans sa vie.

Elle me répond tout en étirant la toile de la tente à plat sur le sol.

— Tu as peut-être raison. Mais toi, tu ne parles plus de Dan… Le vois-tu encore ?

— Non. Il fréquente quelqu'un, je crois, réponds-je simplement en haussant les épaules.

— Ah bon !

Dan est le plus beau voisin qu'une fille puisse rêver d'avoir. Des yeux très bleus, des cheveux très noirs… Il est aussi le demi-frère de Vincent. Sa peau est blanche et non naturellement basanée comme celle de son frère puisque aucun sang amérindien ne coule dans ses veines. Dan est pompier, en plus ! Il pourrait figurer dans tous les calendriers d'hommes *sexy* en uniforme. Nous nous sommes mutuellement « désennuyés » ces derniers mois. Une séance de baise par-ci, par-là, sans grand éclat…

Je joue à l'indifférente – parce que je ne montre pas souvent mes émotions –, mais ça me fait mal d'avoir été abandonnée par Dan. Pas que je souhaitais terminer ma vie avec lui, mais notre arrangement me convenait. Une nuit chez moi, une nuit chez lui… quand le temps nous le permettait. Au fond, je le comprends, car je n'ai pas grand-chose à lui offrir. Ma carrière de directrice des ressources humaines chez Dickins prend de plus en plus d'ampleur. Je dors avec mon ordinateur portable ouvert sur ma table de chevet, mon cellulaire sonne sans arrêt et je croule sous les dossiers. J'ai trente-et-un ans, j'entre dans une période déterminante au niveau professionnel. Je vise le haut de l'échelle ! J'en fais ma priorité. C'est mon karma, pour l'instant.

Et puis, non, tout ça ce ne sont que de piètres excuses que je me raconte pour me soulager la conscience. La vérité est que je ne sais pas comment offrir *plus* à un homme. Ou plutôt, je n'arrive pas à croire que quelqu'un pourrait s'intéresser à moi pour obtenir le fameux *plus*. Je m'étourdis donc dans le travail en faisant croire à tout le monde que je suis une fille comblée. Je le sais, je ne suis pas le genre de personnes qu'on aime au premier regard comme Mahée Tremblay. Je n'ai pas non plus les courbes généreuses et sensuelles de Claudia. Je suis un peu trop mince – même si je me trouve grosse, la plupart du temps –, j'ai les traits un peu sévères, je porte presque toujours du noir.

Lors de chaque nouvelle rencontre, que ce soit avec un homme ou une femme, une lumière rouge se met à clignoter dans mon esprit... Ah! la méfiance... J'analyse la personne sous tous les angles, et après, je détermine si elle fait partie du clan des gentils ou des méchants. Je suis difficile à apprivoiser. Mais une fois cette étape franchie, vous serez dans mes prières pour l'éternité. Aucun homme n'a été assez persévérant jusqu'à maintenant pour découvrir ma vraie nature.

Je me console donc en me disant que malgré son apparence de dieu grec, Dan n'est pas ce que j'ai connu de mieux au lit. *Ce que j'ai connu de mieux avait plus de soixante ans, mais ça, c'est une autre histoire!* Je donnerais une note de six sur dix au pompier. Trop centré sur son petit plaisir, celui-là. Au 21e siècle, il y a encore des hommes qui ne savent pas comment faire jouir une femme. *Hé! Allez voir sur Internet; on y explique la technique.* Peu importe, j'aimais quand même l'idée de coucher avec un héros qui sauve des vies tous les jours à son travail.

Un ballon de soccer qui roule sous ma voiture me ramène à la réalité. Une réalité agrémentée d'un soleil cuisant et d'une chaleur torride. La langue me colle au palais tellement je suis déshydratée. Je crois d'abord que le jouet appartient au petit garçon d'à côté. Depuis que Mahée et moi sommes arrivées, frisbees, raquettes et petits camions atterrissent sur notre site. C'est plutôt un homme qui apparaît dans mon champ de vision. Pieds nus et vêtu d'un simple short, il s'étend de tout son long et étire ensuite le bras sous ma Honda pour récupérer le ballon.

J'entrevois à peine son visage quand il s'éloigne au pas de course avec le ballon quadrillé noir et blanc sous le bras. Je ne peux m'empêcher de le suivre du regard. J'ai une impression de déjà-vu… En tout cas, il a de belles fesses dans son short blanc. Le tatouage sur son épaule aussi a de la gueule !

Bon ! Calmons-nous !

Je vole au secours de Mahée ; la pauvre est ensevelie sous la toile de la tente. Réussira-t-on à assembler celle-ci ? *On l'espère.* Mon amie sort de son parachute, les cheveux ébouriffés.

— Si on se servait à boire avant de faire une première tentative ?

— Bonne idée ! J'ai acheté un petit rosé assez corsé.

La bouteille se trouve dans une glacière enfouie sous une montagne de bagages. Soudain, le doute s'insinue dans mon esprit. Je me retourne vers Mahée.

— As-tu apporté un ouvre-bouteille, toi ?

— Euh…

2
Une hache, une toilette publique et Marc Pelletier

Je ne sais pas si c'est l'effet du vin, mais je vois moins de moustiques autour de moi. Plus vraisemblablement, la cannette de Off que j'ai vidée d'un coin à l'autre de notre site a fait son œuvre. Zone bannie pour les bestioles ! Finalement, le père de famille installé à côté nous a généreusement prêté son ouvre-bouteille – un modèle artisanal format camping. J'ai mal utilisé l'objet, alors le bouchon de ma bouteille s'est égrené dans le bon vin. Gaspillage ! N'empêche, le gars est très gentil. Il vient même nous donner un conseil pour l'installation de notre tente.

— Commencez par la fixer au sol avec les piquets de métal ; le reste suivra tout seul, indique-t-il comme si nous n'avions qu'à souffler pour que tout se fasse comme par magie.

Trop facile !

— On plante ça avec quoi, les piquets ? demande Mahée en baissant les yeux sur ses sandales de ville. On n'a même pas de marteau.

— J'ai quelque chose qui pourra vous aider ! dit-il fièrement sous l'œil un peu moins accueillant de sa femme qui fait sautiller dans ses bras un bébé en larmes.

L'homme portant une barbichette au menton fait les quelques pas qui séparent sa tente-roulotte à notre site, puis il tend innocemment une hache à Mahée. J'ai les yeux ronds comme des vingt-cinq sous. UNE HACHE ! À Mahée, en plus ! Ce truc-là, c'est fait pour fendre du bois, ou carrément se couper un doigt… ou un pied. Mon amie la saisit maladroitement tandis que notre voisin serviable accourt auprès d'un de ses fils qui vient de tomber de son tricycle.

J'avance lentement vers ma meilleure amie. Mahée s'est déjà charcuté un pouce avec un éplucheur à carottes, alors je n'ose même pas imaginer ce qui pourrait lui arriver avec une hache. *Ou plutôt, je ne l'imagine que trop bien !*

— Ne bouge pas, ma chouette, je suis là !

Elle se tourne un peu trop vite. La hache se balance sous l'élan, puis frôle sa cuisse.

— Attention !

— Quoi ? s'enquiert mon amie, étonnée.

— Eh maudit ! Tu as failli t'amputer une jambe. Donne-moi ça !

Je lui enlève la hache des mains d'un geste précis pendant qu'elle éclate d'un rire de petite fille. Ça lui creuse de jolies fossettes sur les joues.

— Franchement, Sophie, tu me connais mal.

— Au contraire, je te connais trop bien ! marmonné-je en saisissant un piquet. Pousse-toi, je vais le faire.

Je décide que nous dormirons en position semi-assise, et que la porte sera située face à la rue. Je fixe la tente entre une souche d'arbre abandonnée et le rond de pierres qui nous servira de foyer. Il faudra faire attention à la dimension de notre feu de camp si on ne veut pas tout faire flamber. Ce serait totalement notre genre. Si flamme il y a, bien sûr ! Je n'ai jamais allumé un feu de joie de ma vie, mais ça ne doit pas être très difficile… À trois, nous devrions y arriver. Après tout, Claudia n'a-t-elle pas été dans les jeannettes lorsqu'elle était enfant ?

Je place le piquet dans un des anneaux de métal de la tente. Puis, je le frappe avec le bout le plus large de la hache.

— Sois prudente, me prévient Mahée. Ce machin-là pourrait te décapiter le crâne !

— C'est toi qui me dis ça ?

Je lève l'outil pour pouvoir donner un bon coup sur le piquet. Je serre le manche avec une certaine appréhension ; je devrai y aller avec précision si je ne veux pas avoir un pouce bleu tout le week-end. Le sol est rocailleux, alors j'opère avec force. *Une force de fille, évidemment.*

— Ouch !

Ma main se relâche, et je laisse tomber la hache sur le sol. Mahée vient de pousser un cri de mort !

— Qu'est-ce que tu as ? demandé-je.

Mes yeux la détaillent rapidement. Mon amie a encore tous ses membres ! Pas de sang en vue. Mahée boite jusqu'à la table de pique-nique, puis elle pose son pied sur le banc. Elle se dépêche de détacher sa sandale en cuir idéale pour un mariage, mais inutile en camping.

— Je crois que je me suis fait piquer par une abeille ! Ça brûle !

Bon, les problèmes commencent déjà ! J'abandonne la tente, la hache et le piquet complètement démoli. Le sol est tellement dur que non seulement ce dernier n'a pas pénétré d'un centimètre dans la terre, mais il a plié en deux. Il est cassé. Fini !

— Au moins, tu n'es pas allergique ? demandé-je en me penchant pour examiner le pied de Mahée. Confirme-moi que tu n'auras pas le pied gros comme un ballon de football dans dix minutes ?

Rien de tout ça ne serait étonnant. Mahée traîne plus d'Épipen dans son sac à main que de tubes de rouge à lèvres. Produits laitiers, gluten, arachides sont bannis de son régime alimentaire. C'est un vrai casse-tête que d'élaborer un repas pour elle. Et habiter avec elle est également compliqué ! Quel drame pour l'étudiante en gestion à l'université que j'étais de ne pas pouvoir noyer mes fins de session avec les classiques sandwichs au beurre d'arachide. Dans le cas de Mahée, une allergie aux abeilles serait donc presque normale.

— Je ne sais pas, je ne me suis jamais fait piquer. Je vais prendre du Bénadryl, au cas où ! Je dois en avoir dans mon sac à main…

Oui, bien sûr ! Qui d'autre que ma meilleure amie traîne du Bénadryl dans son sac à main ? ! Une trousse de survie à la Mahée Tremblay. Mon amie était sûrement infirmière dans une autre vie !

— Applique une compresse d'eau froide, aussi, proposé-je sans réfléchir.

Mahée lève les sourcils tout en exerçant de délicates pressions autour de la piqûre.

— Et je prends ça où, une compresse d'eau froide ?

Bon, c'est vrai que les serviettes sont rangées au fond d'un sac quelque part dans la voiture, sous les manteaux, les patins à roues alignées, les bottes de pluie… Je sors une bouteille d'eau de la glacière que j'ai placée à l'ombre sous la table.

— C'était votre idée, le camping, à Claudia et toi, lancé-je avec un clin d'œil en lui versant de l'eau directement sur le pied. Moi, j'avais voté pour le spa !

Se prélasser dans des bains salés laissant échapper une douce odeur de lavande, se faire masser par des mains expertes – et masculines, de préférence –, manger un plateau de fruits frais en robe de chambre blanche et moelleuse avec le petit doigt en l'air… Ça, c'est un moment entre filles comme je les aime !

Sourire en coin, Mahée prend une gorgée de vin chaud. Je vais chercher ma crème postpiqûre de moustiques. C'est apparemment efficace même pour les piqûres de taon à cheval, alors ça fera sûrement l'affaire dans le cas présent. La vendeuse n'avait eu qu'à me dire que ce produit soulageait instantanément les démangeaisons pour me convaincre de l'ajouter à ma facture déjà salée.

— Tu vas voir, on va te convertir à la vie rustique ! rit Mahée. Et puis, c'est beau, la vue, sur un terrain de camping.

Je suis un peu inquiète, car la piqûre est maintenant grosse comme un pois et très rouge. J'espère vraiment que mon amie n'est pas allergique aux abeilles ; sinon, ce n'est pas dans une tente que nous dormirons ce soir, mais à l'urgence.

Tout en étendant une bonne quantité de ma crème miracle sur la peau de Mahée, je regarde ce que celle-ci me pointe du menton. Pas très loin de nous – de l'autre côté de la « rue » –, il y a plusieurs sites inoccupés. Deux gars en profitent pour s'échanger un ballon de soccer à grands coups de pied. Je reconnais celui de droite : c'est lui qui s'est allongé sous ma voiture tout à l'heure pour récupérer son ballon. Son compagnon porte un maillot jaune, une casquette à l'envers et une chaîne en or autour du cou. En effet, on a une belle vue ici !

Mon œil est attiré par le mâle au short blanc. D'une main, il tient une bière tandis que, de l'autre, il retourne le ballon à son compagnon sans grands efforts. Ça semble si facile. Il bloque les lancers en étirant la jambe ou le bras. Son torse luisant de sueur me fait ravaler ma salive. Mahée a raison : ce n'est pas si terrible, finalement, le camping !

Le jeune homme me surprend à le reluquer. Ses yeux plissés à cause du soleil trop fort me fixent quelques secondes, puis il retourne à son jeu… Cet instant d'inattention lui fait rater le ballon qui roule dans le boisé. Rien à faire, l'impression de l'avoir déjà vu ailleurs ne me quitte pas. Ça m'agace !

— Du vin dans un verre en plastique, ça perd de son charme, constate Mahée. On devrait appeler Claudia pour qu'elle achète des coupes !

— Bonne idée.

Je m'apprête à retourner à mes piquets de tente quand un bourdonnement siffle dans mes oreilles. On dirait un moteur d'avion ! Une bestiole jaune et noir me frappe la tête. Une abeille ! Est-ce qu'elle est coincée dans mes cheveux ? Mahée me fournit rapidement la réponse à cette énigme. En faisant des petits sauts sur place et en agitant les bras, elle lance :

— Aaaaah ! Ne bouge pas, Sophie ! Il y a trois abeilles autour de toi.

Trois ?

Je connais la règle d'or dans une telle situation depuis que j'ai l'âge de marcher : faire la statue, ignorer l'ennemi. Foutaises ! Tout en courant autour de la table, j'émets un cri aigu afin d'effrayer les insectes. Je fais même quelques tours en sens inverse pour les semer. J'attrape la bouteille de Off au passage pour m'asperger. *Merde, ça brûle les yeux…*

Lorsque je sors du nuage de produit chimique, Mahée secoue la tête. OK, je crois que j'ai un peu exagéré… Elle n'est pas la seule à m'observer curieusement ; les deux gars ont abandonné leur ballon et regardent le spectacle. Le petit garçon blond d'à côté aussi, d'ailleurs.

— Madame, il ne faut pas bouger quand on voit une abeille, me dit-il. Ça pourrait la fâcher…

— Tu as bien raison, approuvé-je. Bon… je vais à la toilette, ajouté-je du bout des lèvres avant de déposer la bouteille de Off sur la table.

Je repousse cette étape depuis un bon moment déjà, mais je ne peux plus attendre. À l'heure actuelle, j'ai probablement le blanc des yeux jaune. Et puis, je ne veux plus voir d'abeilles !

— Bonne chance ! s'exclame Mahée en riant tellement j'ai l'air pitoyable.

Grrr !

Je montre les crocs. Très drôle ! En plus, ici, on doit faire cinq minutes de marche pour trouver une toilette… Il faut prévoir ses envies ! Dire que je possède un condo ultramoderne qui me coûte une fortune… et que j'ai vu un hôtel cinq étoiles à l'entrée de la ville. Il faut aimer la misère pour s'enfoncer dans le bois, dormir dans une tente en toile, sans eau ni électricité ! *Ni WiFi.*

J'essaie de ne pas trop y penser parce que, pour l'instant, ma seule préoccupation est de trouver une toilette. J'aurais dû emporter le plan du camping ! J'adopte une allure déterminée. Malgré mon air bête de fille qui a une envie pressante, les gens que je croise m'adressent un bonjour joyeux agrémenté d'un sourire sincère. Cela me fait tout drôle, moi qui suis habituée à l'anonymat de la grande ville où chacun ne s'occupe que de soi. Ici, c'est différent; ça sent la solidarité à plein nez! *Ne t'en prends pas à un résidant, sinon tu auras la tribu sur le dos.* Ça me fait penser à l'ambiance qui règne dans mon Lac-Saint-Jean natal. On est tissé serré par chez nous. Je renvoie un signe de la main à toutes les personnes qui me saluent.

Je trouve enfin un bloc sanitaire, après avoir effectué un détour de plusieurs rues. Pourtant, les bâtisses étant toutes peintes d'un rouge vif, elles ne sont pas difficiles à repérer. J'aurais dû faire comme tout le monde, c'est-à-dire passer sur le terrain des autres pour aller plus vite. Je vois l'usure sur le gazon là où les gens ont l'habitude de circuler. Pour le retour, je prendrai un raccourci. J'aurais presque besoin d'une boussole pour revenir des toilettes, c'est tout dire!

La porte est grande ouverte. Je grimpe les deux marches en pierre, inquiète à l'idée de ce que je découvrirai à l'intérieur. Les lieux sont-ils propres, bien entretenus? Si je trouve une trace douteuse sur le sol, je ferai demi-tour et me trouverai un buisson! Je croise un petit garçon – dans la salle des femmes – qui, à l'évidence, sort du lac. Ses orteils maculés de sable mouillé salissent le plancher. Je pose un pied dans la pièce avec la nette impression d'entrer chez quelqu'un sans y avoir été invitée. Une fille se brosse les dents au lavabo; une autre se rase les jambes, assise sur le comptoir. Elles discutent du problème d'éjaculation précoce chez leurs hommes...

Voir une dame sortir de la douche avec une serviette bleue enroulée autour du buste paraît tout à fait normal... Personne ne bronche. Pas même les filles qui se demandent quel est le meilleur produit miracle pour faire bander un homme plus de cinq minutes.

Si Claudia était là, elle saurait quoi leur conseiller… J'observe la femme à la serviette bleue s'éloigner avec ses sandales qui claquent, son savon dans une main et ses bobettes sales dans l'autre. C'est fou comme les gens partagent leur intimité en camping. En trois secondes, j'ai appris qu'elle se lave avec du Ivory et qu'elle achète ses sous-vêtements chez Walmart.

Nous ne sommes qu'au milieu de l'après-midi. Qu'est-ce que ce doit être le soir ou en matinée ? On rencontre sûrement des phénomènes de toutes sortes. Je reviendrai, juste pour vérifier ma théorie…

— Veux-tu prendre une douche ?

La fille avec le rasoir m'a parlé comme si elle était une connaissance de longue date. Je me sens comme dans un camp de vacances.

— Pardon ?

— Si tu veux prendre une douche, je te suggère la cabine du fond. Le jet est meilleur.

— Ah oui ?

Qu'est-ce qui me prend de lui répondre sur un ton de camaraderie ? On pourrait presque croire que je m'intéresse à la question pour de vrai. Mais moi qui gravite dans un univers sérieux où des employés vêtus de complets travaillent sous ma direction, je trouve plutôt absurde toutes ces familiarités avec une étrangère. On m'appelle « madame Carrier » à longueur de journée, on frappe discrètement à la porte de mon bureau et, surtout, on s'adresse à moi avec respect. Mon cercle social se limite à cet environnement professionnel – et à mes deux meilleures amies, bien entendu. La situation actuelle représente tout un dépaysement pour moi !

Je prends un ton léger que je ne me connaissais pas.

— Pas maintenant, non. Mais merci du tuyau.

J'arrive presque à exécuter un pas gracieux en tournant les talons vers les cabines de toilettes. C'est bien beau la familiarité, mais si j'attends une minute de plus, ma vessie éclatera.

La porte, qui m'arrive à la hauteur du cou, grince. Derrière, une affiche écrite à la main annonce une soirée country qui se tiendra le lendemain soir à la salle communautaire. « Habillez-vous country ! » *Oui, certainement !* Je regarde le loquet en soupirant. En réalité, ce n'est pas un loquet, mais un simple crochet qui a du vécu. J'ai peur qu'il se brise si je le serre trop fort. Facile de déduire qu'un simple coup de hanche permettrait à n'importe qui – même à un enfant – d'ouvrir la porte ! Je laisserai mon pied dépasser pour montrer qu'il y a quelqu'un…

La toilette semble propre, même si ça ne sent pas très bon dans la cabine. Je me tortille pour attraper un bout du papier hygiénique coincé dans le distributeur, puis je tire délicatement… Maudit papier *cheap* ! Pas question que je m'assoie directement sur le siège de la toilette. Oh que non ! Il y a plein de germes et de microbes là-dessus. Même si je dois y aller à coups de miettes de papier, je le couvrirai en entier.

Lorsque je peux enfin m'asseoir, je prends conscience qu'il y a un espace de plus d'un demi-centimètre de chaque côté de la porte. Si je peux voir passer une femme à la jupe rose, il est facile de déduire qu'elle peut m'apercevoir elle aussi. Sans cesse, j'appréhende l'apparition d'un œil curieux dans l'un des espaces. Et puisque j'entends encore les filles parler d'éjaculation… ça veut dire qu'elles m'entendront faire pipi ! *Ark!* Je ne prends pas de chance : je tire la chasse pour faire un bruit de fond.

Pfff ! Celle-ci ne fait qu'un ridicule glouglou. *Super!*

— J'espère que le fou ne se présentera pas, cette nuit encore, la face dans ma fenêtre ! dit l'une. J'ai eu vraiment peur !

— Si, au moins, il était beau ! lance l'autre en riant. En tout cas, lui, on ne pourra pas dire qu'il bande mou !

Un maniaque rôde dans les parages ! Je me sauve en courant sous le regard étonné des deux filles qui se croient chez elles. C'est trop d'intimité pour moi !

Le retour se fait plus lentement que l'aller. J'emprunte le raccourci situé entre deux roulottes. Je dois me pencher pour passer sous un bout de corde reliant deux bouleaux où des serviettes de plage mouillées sont suspendues. J'enjambe un ou deux nains de jardin, des fleurs en plastique… De loin, je peux voir que Mahée a de la compagnie. Je secoue la tête en souriant. Si on laisse mon amie toute seule deux minutes, on risque de se la faire voler. J'espère que Vincent Granbois le sait ! Les deux hommes qui jouaient au soccer tournent maintenant autour de Mahée. Ah tiens ! Elle a eu de l'aide pour installer la tente.

Toutefois, ce qui retient mon attention, ce n'est pas tant les deux hommes qui veulent impressionner Mahée avec leur talent de « monteurs de tentes », mais plutôt la dimension de cette dernière ! C'est quoi, ça ? Il y a sûrement une erreur ! Sur la boîte, on spécifie qu'il s'agit d'une tente trois places. TROIS. Pas une et demie. Plus je me rapproche, plus ma pression monte. Ce qui se dresse sous mes yeux serait parfait pour un nain et son chien. *Un yorkshire. Merde !* J'ai pris un temps fou à comparer les dimensions, les marques, les prix, la qualité des tentes ! J'ai même acheté un modèle fabriqué au Québec avec 40% de matière recyclée.

— Ah ! Sophie ! s'écrie Mahée, heureuse de me retrouver.

Elle est confortablement installée sur une chaise pliante de luxe qui ne nous appartient pas. La tente m'a coûté cher, alors j'ai coupé dans le budget des chaises… Le pied de mon amie, posé sur une bûche de bois, est emballé dans une débarbouillette blanche. Je devrais lui dire de baisser son genou, car le gars en maillot jaune regarde sous sa jupe. Pendant que je fais le tour de notre niche à chien, l'homme au bermuda blanc frappe sur un énorme clou avec la hache de l'autre voisin – le père de famille. Il semble en avoir planté un dans chaque anneau de métal qui retient la tente au sol, juste à côté de MES piquets – qui sont un peu chétifs, je dois le reconnaître.

— Ce sera plus solide comme ça ; on prévoit des orages, affirme-t-il.

Pour être solide, ce sera solide. Les clous sont plus gros que la tente ! Mon œil s'attarde sur les muscles du dos de celui-ci qui bougent sous l'effort. En fait, l'exercice a l'air plutôt facile, le clou s'enfonce dans le sol en deux coups de hache. Il a parlé d'un orage. Est-il question de la totale avec des éclairs et du tonnerre ? J'espère qu'elle est imperméable, notre belle niche à chien ! Finalement, c'est une chance qu'il n'y ait pas d'arbres à proximité. La dernière chose que je souhaite est de finir mes jours écrasée par un tronc d'arbre pendant que je dors dans un sac de couchage, comprimée entre Claudia et Mahée. Mon esprit cartésien se met aussitôt en mode pratique. La recherche de solutions, c'est ma force !

Je crois que si j'avais du papier et un crayon sous la main, je ferais un tableau avec plusieurs colonnes pour bien évaluer toutes les possibilités. Mon cellulaire possède-t-il l'option « bloc-notes » ?

— Je vais aller à la quincaillerie acheter une toile supplémentaire pour protéger la tente, dis-je. On pourrait aussi creuser un canal tout autour pour que l'eau s'y écoule et…

— Sophie ! m'interrompt Mahée, l'air gêné.

Elle toussote en abaissant ses lunettes de soleil devant ses yeux avant de poursuivre :

— On prévoit des orages, pas une inondation, ni la tempête du siècle. De toute façon, notre terrain est en pente. Ça aura au moins l'avantage de bien évacuer l'eau.

Les boucles brunes qui s'échappent de son chignon improvisé retombent autour de son visage ovale. Elle est jolie, ma Mahée. Ma poitrine se soulève d'un soupir silencieux. Cette amie qui a tout pour elle, que j'ai enviée trop souvent mais que j'aime inconditionnellement, a toujours les bons mots pour me ramener à la réalité. Elle voit la vie en rose; je vois le monde en gris. Nos deux personnalités réunies créent un certain équilibre. On dit que les contraires s'attirent; je suis convaincue que c'est vrai, autant en amour qu'en amitié.

Je suis consciente que j'exagère parfois. C'est plus fort que moi! On me rappelle sans cesse que je vois les complications avant qu'elles ne se présentent, mais c'est probablement ce qui fait de moi une gestionnaire si efficace. N'est-ce pas cette qualité qui a permis à l'entreprise pour qui je travaille d'éviter la faillite il y a trois ans, alors qu'un détail important avait échappé à la direction? Ma mère me disait toujours: «Arrête de t'inventer des problèmes, tu les attires!» Pourtant, n'est-il pas préférable de se préparer au pire? Tant mieux si le ciel nous envoie une petite pluie d'été rafraîchissante, mais moi, je me tiens toujours prête à recevoir un tsunami. Ce n'est pas tout le monde qui possède une telle vision.

— Moi, Sophie, j'aimerais bien te voir creuser un petit canal autour de la tente avec un bout de bois, déclare le gars au short blanc en se relevant.

Son sourire me fait ciller. Ma main repousse les mèches humides de sueur qui collent sur mon front à cause de cette maudite canicule. J'ai le goût de boire d'un trait mon verre de vin bouillant et probablement garni de quelques moustiques qui s'y sont bêtement noyés. Je savais que je l'avais déjà vu quelque part, ce gars-là! Il remonte ses lunettes de soleil sur sa tête d'un geste lent.

Marc Pelletier.

— Une belle coïncidence, non? déclare Mahée sur un ton coquin.

— Tu parles d'un hasard… commenté-je d'une voix méfiante sous le regard vif de Marc.

Mahée me fait subtilement signe de retrousser le coin de mes lèvres pour m'inciter à sourire. C'est peine perdue. Mon visage reste impassible. Je ne ressens qu'un léger engourdissement au bout des doigts.

C'est l'homme en maillot jaune qui parle le premier, brisant ainsi le silence qui ne semblait perturber personne, sauf moi.

— Donc, vous vous connaissez? demande-t-il en nous désignant à tour de rôle, Marc et moi.

— On peut dire ça, répond Marc avant d'avaler les dernières gouttes de sa bière.

Je serre les dents. Pourquoi la présence de ce gars me dérange-t-elle autant? J'ai le goût de m'enfuir, de me tapir au fond de la tente malgré les cent degrés Celsius qui y règnent sûrement. Ma meilleure amie se retient à grand-peine d'éclater de rire. Elle se souvient autant que moi de notre dernière rencontre avec lui. *Comment l'oublier?…* Une soirée mémorable dans tous les sens du terme: c'était lors de l'enterrement de vie de jeune fille de Claudia, l'an dernier, pour un mariage qui n'a finalement pas eu lieu à cause d'une mission humanitaire en Haïti. Déjà, entre Marc et moi, il y avait de l'énergie statique à l'état pur. Voilà un résumé de notre rencontre : critiques, répliques cinglantes, sourires en coin détestables, attirance physique troublante…

Nous avions fait un saut en parachute, et c'est CE Marc Pelletier qui avait sauté avec Claudia en tandem à titre d'instructeur. S'il avait raté l'atterrissage, s'il avait été désagréable avec mon amie ou s'il avait mis sa vie en danger, j'aurais raison d'être méfiante. Mais, au contraire, il avait été parfait. Mahée avait sauté avec Vincent, et moi, avec Dan – le demi-frère de ce dernier et mon voisin d'en bas. Cette journée inoubliable s'était terminée par une soirée chez moi, où le cognac avait coulé à flots.

Marc avait été le premier du groupe à sombrer dans un coma éthylique. J'ai envie de le lui rappeler, juste pour faire disparaître son sourire de gars sûr de lui ! Pourtant, je me tais, car je sais qu'il me lancerait une réplique cinglante à laquelle je ne saurais riposter. Je n'ai jamais eu l'esprit assez vif pour renvoyer la balle lorsqu'on se moque de moi. Marc est doté d'un humour difficile à cerner. Demandez-moi la racine carrée de soixante, combien donnent dix dollars canadiens en dollars américains ou les cotes de la Bourse, pas de problème. Mais pour comprendre une mauvaise blague, je suis un gros zéro. Je suis toujours la dernière à rire…

Au fond, ce qui me perturbe vraiment dans son attitude, c'est sa réaction à mon égard. La plupart des gens manifestent une réserve au premier abord lorsqu'ils me rencontrent. Ils m'observent de loin sans oser s'approcher. Pas lui. Au contraire, j'ai le sentiment de l'amuser ! Le pire, c'est que ça le rend tellement séduisant…

— C'est toi qui as acheté la tente ? demande-t-il en cachant bien mal sa jubilation. J'espère que tu as encore la facture ! Préparez-vous à dormir collées, les filles !

Je fais de gros yeux à Mahée qui rit avec lui comme une idiote. OK, Marc Pelletier est beau, mais je m'attends à un minimum de solidarité féminine, tout de même ! Et puis, mon amie ne me semble pas si mal en point. Encore assise sur la chaise pliante, elle se fait servir par le gars au maillot jaune – Christian, si j'ai bien compris son prénom. Je devrais rappeler à celui-ci que Mahée s'est fait piquer par une abeille ; on est loin d'une morsure par un serpent venimeux. Il fait des courbettes devant elle depuis tantôt ! « Voudrais-tu de l'eau ? » « Est-ce que ton pied brûle encore ? » « Le soleil est fort. Je peux aller chercher le parasol dans le VR… »

Hou là là ! Ne me dites pas que les gars occupent le motorisé installé à seulement deux sites du nôtre ? Qu'en tirant le rideau, ils pourront rire aux larmes en nous voyant nous démener avec notre niche à chien pendant qu'eux, ils seront au sec et à l'abri dans leur maison sur roues ? Oui, on dirait bien… Claudia et Mahée me promettaient beaucoup de plaisir. Je sens qu'on va en avoir !

— Youhou !

Nous sommes quatre à lever la tête en entendant cette voix aiguë et un peu criarde. Les pupilles des gars se dilatent, tandis que Mahée et moi avalons de travers notre salive. Deux filles – des « pitounes », comme dirait Claudia – s'approchent d'une démarche digne de danseuses de baladi. Il ne manque que les froufrous à leurs maillots ! Le mot *maillot* paraît exagéré puisque de minuscules triangles de tissu cachent à peine les mamelons de leurs généreuses poitrines. J'entends même le petit garçon d'à côté dire à sa maman : « Ils sont gros, ses seins, à la madame, han ? »

La blonde s'agrippe comme une vipère à Marc qui passe un bras autour de ses épaules. Ah ! bien sûr, il faut un modèle de luxe à monsieur Pelletier ! Pourquoi une vague de déception m'envahit-elle ? *Calme tes hormones, la grande, c'est seulement Marc Pelletier !* La fille me détaille de la tête aux pieds du coin de l'œil, ses grosses boucles d'oreilles scintillant au soleil. Celle aux cheveux aussi noirs que les miens, mais beaucoup plus longs, se colle contre les flancs de Christian. *Comme c'est mignon…*

— Je vous présente Vickie et Nathalie, deux copines, indique ce dernier.

Mais oui, des amies, certainement !

Mahée et moi avons la même réaction, celle de lancer un bonjour exagérément enthousiaste et totalement hypocrite. Typiquement féminin. La blonde me serre la main un peu trop longtemps, et ose même me donner une chaleureuse accolade. Je me sens coincée comme lorsque ma tante Mimi me sautait dessus quand j'étais petite pour couvrir mes joues de bisous baveux et de rouge à lèvres bon marché ! Je réagis de la même façon qu'à l'époque : je serre les fesses et les yeux en attendant que ça passe. Je prends une bouffée d'air aussitôt que l'étreinte prend fin.

— Vous êtes ici pour longtemps ? roucoule la noire à la peau très bronzée.

Pour obtenir un tel teint, elle passe probablement ses journées d'été en bikini à se faire cuire au soleil et ses soirées d'hiver allongée sous les rayons artificiels d'un salon de bronzage. Un cas de cancer de la peau dans dix ans, c'est clair ! Ça me fait penser que je n'ai pas encore mis de crème solaire…

— Nous sommes là pour le week-end, annonce Mahée du bout des lèvres.

La fille au maillot mauve – celle qui m'a attaquée ! – sourit comme seule une blonde sait le faire.

— Super ! On pourrait se retrouver plus tard pour un petit digestif autour d'un feu de camp ?

J'échange avec mon amie un coup d'œil rapide signifiant : « C'est qui, cette folle ? » Nous sommes ici pour notre sortie de filles, pour nous retrouver, pas pour fraterniser avec Pamela Anderson qui se trémousse en mangeant une guimauve fondante.

— Oui, peut-être… marmonne Mahée sans entrain.

Marc a saisi notre malaise. Il relâche son emprise autour de la taille de Miss Je-me-trouve-si-belle.

— On verra ! lance-t-il. Allez, on vous laisse vous installer. N'hésite pas à venir me voir si ton pied enfle, Mahée, ajoute-t-il.

Le ton professionnel sur lequel il a prononcé sa dernière phrase me laisse perplexe. Il se prend pour docteur House ou quoi ? Que pourrait-il faire de plus ? Soigner mon amie avec des plantes sauvages ?

— D'accord, promet-elle en se levant pour lui rendre sa chaise.

Et aussi sa serviette, et sa bûche de bouleau…

— Tu peux garder la chaise. On en a plusieurs dans le VR.

Il fait chier avec son VR! Je tourne ma langue sept fois pour ne pas l'envoyer faire un tour dedans, justement! On le sait que ses amis et lui dormiront au sec dans un vrai lit et sur un vrai matelas, pas besoin de nous le rappeler. *J'irais bien dormir avec toi dans ton VR!*

— OK, à plus tard. *Bye*, Sophie! déclare Marc. Et bonne chance avec ton canal!

Les deux gars et les deux filles s'éloignent en souriant. Je plisse les yeux. En les observant, je songe qu'on pourrait les téléporter dans un épisode d'*Alerte à Malibu*. Ils conviendraient parfaitement au style de l'émission!

— Pourquoi ai-je toujours l'impression que ce mec se paie ma gueule? articulé-je entre mes dents serrées.

— Ben… euh… c'est que…

Pour s'empêcher d'éclater de rire, Mahée place sa main sur sa bouche. Quelques instants plus tard, elle se met à glousser devant mon air toujours sérieux. J'ai l'impression qu'elle rit de moi! J'attends comme une belle dinde qui ne comprend rien. Les épaules de mon amie sautillent, ses yeux pleurent…

Après avoir repris son souffle, Mahée dit:

— Peut-être que Marc te trouve drôle parce qu'un morceau de papier hygiénique dépasse de ta culotte.

— Quoi ?

Lorsque je fais une torsion brusque, trois de mes vertèbres craquent. Je m'aperçois avec horreur qu'un long ruban blanc pend de mon short ; le papier hygiénique s'est probablement coincé là lorsque je me suis relevée du siège de toilette. *Eh merde ! Je me suis promenée à la grandeur du camping avec ça au derrière !* Je fais une boule du bout de papier, que je lance dans le foyer. Cela servira à allumer le feu ce soir.

— Tu aurais pu m'avertir !

Mahée se tape sur les cuisses. *OK, on peut passer à un autre sujet.*

— Oui, j'aurais pu…

Mahée et moi levons la tête en entendant le bruit d'un klaxon au son métallique. Celui que j'avais sur mon tricycle à deux ans faisait le même bruit. Le vieux monsieur à la bedaine de bière qui nous a indiqué le chemin à notre arrivée s'amène difficilement sur son vélo des années 1970. Il roule si lentement – pour garder son équilibre, sans doute – que son guidon tremble sous ses mains. D'ailleurs, il serait plus sage pour lui de regarder la route…

— Belle tente, les filles !

3
La troisième roue du carrosse

Je me sens comme un hot dog vapeur à l'intérieur de la tente. Les gouttes de sueur glissent le long de mes tempes, mon souffle est court. L'air pue le plastique neuf. C'est le genre de journée où on transpire même assis tranquille sur une chaise. Je sauterais dans le lac tout habillée ! Chaque mouvement devient une épreuve olympique. À quatre pattes – parce que c'est impossible de se mettre debout –, je balaie le sol de la tente avec ma main. Il y a de petits cailloux et des bouts de branche qui sont entrés je ne sais trop comment.

— C'est déjà plein de cochonneries partout !

Mes doigts sont collants à cause d'un mélange de transpiration et de brins de foin séchés. Je sors la tête dans l'ouverture de la porte pour respirer. Du moins, c'est ce que j'espérais mais, malheureusement, l'air est aussi lourd à l'extérieur.

— Il faudra prendre l'habitude d'enlever nos souliers avant d'entrer. Sinon, il y aura des roches jusque dans nos bobettes !

Le mois dernier, j'ai acheté un joli tapis tissé à la main – avec du vrai lin ! – d'une dame qui me faisait pitié derrière son comptoir au marché public. Les gens passaient devant son kiosque sans même la regarder. Elle était là, toute seule, enterrée sous ses œuvres d'art.

Je m'étais donc approchée de sa table. Il y avait des étoiles dans ses pupilles ternies par le temps lorsque je lui ai dit : « Je vais prendre le gris. » J'avais fait sa journée ! Même si j'ai payé cinquante dollars ce tapis, je ne savais trop quoi faire de lui, alors je l'ai ajouté à mes bagages. Je le placerai devant la porte, afin que nous y déposions nos chaussures. Il sera parfait !

— Oui, patron, on fera ça, approuve distraitement Mahée, les yeux rivés sur son cellulaire.

À cause du faible signal et de l'absence du réseau WiFi sur le camping, ce sera difficile d'avoir des nouvelles de Vincent. Elle pourrait faire comme dans l'ancien temps et utiliser la bonne vieille cabine publique que j'ai vue près des toilettes, mais je ne lui soumets pas l'idée tout de suite. Elle partirait en courant alors que, pour l'heure, l'important est d'installer notre humble demeure.

— Ça ne donne rien de fixer ton cellulaire comme s'il allait te sauter dessus, Mahée ! Vincent te fera signe bientôt, j'en suis certaine. En attendant, il y a des choses à faire. Tu pourrais mettre la nappe sur la table. J'ai même acheté des pinces métalliques pour la retenir en cas d'ouragan !

Je ne mets jamais de nappe sur ma table de cuisine, mais voilà que j'en ai acheté une pour égayer les planches en bois sur un terrain de camping. La vendeuse au magasin m'a dit que c'était mieux… Une chance que je ne lui ai pas demandé conseil pour la tente, à celle-là. Elle aurait été capable de me vendre un modèle pour huit personnes pouvant résister à un froid de moins vingt degrés Celsius !

Mahée lève enfin les yeux de son écran. Je m'étais forcée pour ne pas utiliser le même ton autoritaire que je prends avec mes employés, mais je crois que c'est raté.

— On n'est pas au bureau ici, Sophie. On est en vacances ! Relaxe un peu ; on a toute la soirée pour s'installer. Et puis, honnêtement, avec la grandeur de tente qu'on a, ce sera vite fait !

Pour ma part, j'estime qu'on a une montagne de choses à faire ! De la musique provenant d'une voiture attire alors mon attention. Le son paraît assourdissant dans l'environnement paisible d'un camping en fin d'après-midi. Nos nombreux voisins sont intrigués, eux qui se préparent tranquillement à faire cuire leur poulet sur la broche ou leur steak mariné. Qu'est-ce qui perturbe notre oasis de paix ? Moi, j'ai un doute. Il n'y a pas deux New Beetle vertes comme celle-là dans le monde !

Voilà l'autre membre de notre trio ! Mahée abandonne son cellulaire sur la table de pique-nique et se lève. Elle fait de grands signes. *Tiens, elle n'a plus mal au pied.*

— Claudia !

La voiture s'arrête d'un coup sec derrière la mienne. J'ai cru pendant un instant qu'il y aurait contact ! Visiblement, même sur un terrain de camping, Claudia est incapable de respecter la limite de vitesse. Encore surprenant que son permis de conduire ne soit pas suspendu avec toutes les infractions qu'elle commet au Code de la sécurité routière ! La fleur en plastique collée sur le tableau de bord tremble encore lorsque la portière s'ouvre sur notre amie qui semble dangereusement en forme. Je m'attendais à la voir débarquer avec des sandales à talons aiguilles, mais non, elle porte de simples tongs en caoutchouc rose fluo.

— Enfin ! s'écrie-t-elle en sautant à terre. Pas facile à trouver, ce foutu site ! Je tourne en rond depuis une heure.

Wow ! Je suis bouche bée : elle est époustouflante. Je ne l'ai vue qu'une fois ou deux à travers la webcam depuis son retour d'Haïti. J'avais remarqué sa transformation, mais vraiment, c'est encore plus impressionnant en personne !

— Nous aussi, nous avons cherché longtemps !

Mahée s'élance à la rencontre de Claudia.

— Allôôôôôôô !

Comme chaque fois qu'elles se retrouvent après une longue absence, Mahée et Claudia se sautent au cou. Câlins, bisous, sautillements sur place, et encore des bisous. De vraies gamines ! Je sors discrètement de la tente, laissant mes amies déverser leur bonheur. Je possède sûrement un côté masculin parce que ce genre de réactions féminines est un vrai mystère pour moi. Même dans les moments les plus intenses, je ne me précipite pas sur mes meilleures amies pour les étouffer avec ma joie ! Au fond, j'envie un peu Mahée et Claudia. En ce moment, elles se moquent d'avoir l'air de petites filles de cinq ans. Moi, j'aurais trop peur de croiser quelqu'un que je connais pendant que je crie comme une dinde. Cette personne se dirait probablement : « Je n'en reviens pas ! C'est la fille des RH chez Dickins ! Mon frère travaille avec elle. » Non merci !

— Bonjour, Sophie ! déclare Claudia en s'approchant avec le sourire.

L'allure de vacancière lui va bien avec son short si court qu'on voit un morceau de chair de ses fesses rebondies. Impossible de ne pas remarquer qu'elle a perdu beaucoup de poids. Sa camisole moulante dévoile une taille fine et des hanches bien dessinées.

— Salut, Claudia ! dis-je en l'embrassant sobrement sur les joues.

Ses doigts se referment chaleureusement une demi-seconde sur mes avant-bras. Je fais de même, sans plus. Entre elle et moi, c'est toujours un peu froid au début, puis ça se réchauffe après quelques verres. Nous nous apprécions, mais si Mahée n'était pas dans le décor, Claudia ferait partie des filles que je regarde de haut – du genre que je verrais bien dans *Alerte à Malibu* ! Elle est pas mal dévergondée, a la tête remplie d'idées folles, et c'est une personne qui ne passe pas inaperçue. J'ai toujours eu de la difficulté avec les gens qui aiment attirer l'attention sur eux.

Claudia est arrivée comme une bombe, ou un feu d'artifice, dans notre vie. Mahée et moi ressemblions presque à un vieux couple. Nous avions une petite routine tranquille dans notre appartement près de l'Université McGill où nous étudiions – elle en enseignement, moi en gestion. Nous passions des nuits à déblatérer sur le cas des garçons populaires de l'équipe de football, et des heures à écouter les mêmes films romantiques – entre autres, *Danse lascive*, un classique. J'ai toujours été la tête forte qui disait quoi faire à Mahée. C'est que, pour ma meilleure amie, choisir entre un verre de jus d'orange ou un chocolat chaud est une étape pénible. C'est moi qui tranchais ! Et elle était contente que je le fasse… Mon malheur est que Claudia aussi a du caractère, en plus d'être charismatique.

Mahée et Claudia se sont rencontrées par hasard au café étudiant de l'université. Ça a été mon coup de barre. J'étais complètement déstabilisée ! Cette fille est débarquée dans mon petit monde paisible avec ses idées exubérantes, entraînant mon amie dans toutes sortes de nouvelles expériences plus attrayantes que de regarder de vieux films : discothèque, cours de danse, voyage dans le Sud… Une sortie n'attendait pas l'autre ! Ça n'a plus jamais été pareil. D'emblée, Mahée l'avait prise en affection. Malgré tous les efforts que j'ai faits pour l'éloigner, Claudia était là pour rester.

Je l'ai longtemps détestée pour s'être immiscée dans notre amitié. Tout était si facile avant son arrivée. Je la critiquais, lui trouvais tous les défauts du monde, mais surtout, je faisais tout pour que Mahée la déteste aussi. J'avais peur de perdre ma meilleure amie. Claudia représentait une véritable menace pour moi : belle et d'humeur enjouée, elle avait toujours de bonnes idées ou une sortie à proposer. Je n'avais strictement rien pour rivaliser avec elle ! À ma grande surprise, cette dernière ne m'a pas repoussée. Au contraire, Claudia m'a rapidement incluse dans leurs activités, à Mahée et elle.

Durant nos études, nous avons cohabité ensemble toutes les trois pendant quelque temps. Maintenant, j'en ris mais, sur le moment, ce fut un vrai calvaire. J'ai gagné mon ciel à supporter les trois chats de Claudia qui laissaient du poil partout et qui grimpaient sur le comptoir de la cuisine. Sans parler des traîneries de Claudia, du lait qu'elle oubliait un matin sur deux sur la table, des mâles qui sortaient de sa chambre en délégation… Entre elle et moi, ce ne sera jamais l'amour fou, car nous sommes trop différentes. Toutefois, j'ai appris à l'apprécier. Peut-être que je suis jalouse de sa personnalité colorée. J'aimerais être aussi éblouissante et drôle qu'elle, et sans scrupule. Aussi, ce serait fantastique que la gêne ne me paralyse pas lorsqu'il est temps de démontrer un peu d'enthousiasme. J'affiche une réserve qui me donne l'air plus sévère que je ne le suis en réalité. *Ah ! ma foutue maladresse au moment où je dois communiquer avec les gens !* Il n'y a qu'au travail que je me sens en parfait contrôle.

Évidemment, Claudia remarque sur-le-champ notre niche à chien. J'attends son commentaire. Si un dentiste s'apprêtait à m'arracher une dent, je serais dans le même état : je suis crispée et j'ai la peur au ventre.

— C'est quoi, ça ? demande-t-elle, l'air surpris.

Une boule de déception est coincée dans ma poitrine. J'aurais voulu que tout soit parfait. Je n'aime pas être prise en défaut. Et Claudia n'est pas du genre à se gêner pour dire ce qu'elle pense.

— C'est notre château pour ce soir, ma chouette ! annonce Mahée avec une pointe d'ironie qui m'atteint droit au cœur.

Claudia enlève ses lunettes de soleil pour mieux voir. Le large bandeau blanc qui retient ses cheveux un peu roux, un peu bruns et un peu blonds lui donne une allure sportive vraiment *sexy*.

— Que j'en vois une de vous deux péter là-dedans ! dit-elle simplement.

Je suis coite. C'est tout ? Non, impossible, elle n'en restera sûrement pas là ! J'attends la suite en priant pour trouver une riposte intelligente le moment venu. Le franc-parler de Claudia est déstabilisant. Celle-ci donne toujours l'heure juste, même si son avis n'est pas nécessairement plaisant à entendre. En fait, elle ose formuler tout haut ce que les autres pensent tout bas. Pour ma part, je crois que, dans certains cas, il est préférable de se garder une petite gêne. Toute vérité n'est pas bonne à dire !

Claudia se penche pour regarder à l'intérieur de la tente pendant que je piétine la terre durcie. Je compte les secondes avant qu'elle ne se relève dans un geste théâtral en me demandant pourquoi j'ai acheté ce « *fucking* modèle de merde ». J'entends déjà son ton sarcastique, je vois déjà ses sourcils froncés, ses pupilles briller de malice. Oui, sa grande assurance en toutes circonstances m'intimide.

— Je dormais dans une pièce plus petite que ça à Port-au-Prince, commente-t-elle en haussant les épaules. Ce sera serré, mais on se collera. J'ai toujours eu le fantasme de dormir collée entre deux filles !

Pas de mauvaises blagues sur mon choix de tente ? *My God!* Je tombe des nues ! Son voyage en Haïti l'a vraiment transformée. Mahée passe un bras autour de la taille de Claudia. Leur étreinte est attendrissante, le lien qui les unit est palpable. Je me sens un peu à l'écart. Je ne comprendrai jamais cette manie de toujours se serrer l'une contre l'autre. Personnellement, j'étouffe lorsque quelqu'un entre dans mon espace vital. Je n'aime pas les démonstrations d'affection, ni les contacts physiques à tout vent. Je ne sais tout simplement pas comment faire. Peut-être est-ce pour cette raison que je n'ai jamais vécu longtemps avec un homme…

— Tu as beaucoup maigri, je trouve, ajoute Mahée avec douceur.

— Ce n'étaient pas des vacances, mon voyage, tu sais ! J'ai travaillé fort.

Son ton léger contraste avec la tristesse dans ses yeux. Claudia ne montre pas souvent la sensibilité que je perçois actuellement chez elle. Je me doute que de découvrir un peuple ébranlé par une tragédie aussi importante qu'un tremblement de terre remet les choses en perspective. Dormir dans une minuscule tente avec les cheveux d'une amie dans le visage paraît un luxe. Claudia se détache de Mahée et retourne à sa voiture.

— Mon séjour là-bas a été plutôt éprouvant, avoue-t-elle. J'ai beaucoup pensé à vous, les filles ! Je vous ai rapporté un petit cadeau.

J'échange un sourire avec Mahée. Nous adorons les surprises ! Nous regardons Claudia se plier en deux dans sa Bertha, comme elle appelle affectueusement – ou ridiculement, c'est selon – sa New Beetle. Elle revient vers nous d'un pas enjoué.

— Les dames là-bas m'ont aidée à les fabriquer, explique-t-elle fièrement en brandissant devant nos yeux trois colliers composés de bois et de coquillages. Les morceaux de bois ont été taillés à la main, ajoute-t-elle.

— Ooooohhhhh ! sifflons Mahée et moi en admirant les bijoux.

Ces objets sont si beaux que j'ose à peine leur toucher. De vraies œuvres d'art !

— Ce sont des colliers d'amitié, précise Claudia.

Je passe un doigt sur les billes de bois dont chaque détail a été sculpté avec une grande minutie. Un travail de moine. Les bijoux sont magnifiques, certes, mais c'est surtout leur signification qui me touche particulièrement. Je n'ai jamais eu de collier d'amitié, ni bracelet, ni bague de cette nature… La chaîne en or que mes parents m'ont offerte à la fin de mon bac ne me quitte jamais. J'ai deux paires de boucles d'oreilles que j'alterne selon les saisons. J'ai la même montre au poignet depuis trois ans. Je ne la retire que pour aller sous la douche.

— Merci ma chouette ! dit Mahée, tout aussi émue que moi. C'est vraiment beau !

Je serre doucement l'épaule de Claudia en guise de remerciement. Elle acquiesce d'un léger hochement de tête. C'est notre façon de nous dire que nous nous apprécions. Mahée s'empresse de retirer la fleur rouge enfilée sur une petite corde en cuirette qui pendait à son cou pour la remplacer par le cadeau de Claudia. Je l'imite en plaçant le nouveau collier par-dessus ma chaîne en or que je n'enlève jamais.

— Je suis contente de te revoir, ma chérie ! proclame Mahée. Je n'aimais pas te savoir sur un autre continent. J'avais peur qu'il t'arrive quelque chose… As-tu des nouvelles de Patrick de temps en temps ?

La question lui brûle les lèvres depuis des semaines. Le sujet tabou de l'heure : comment se porte le couple Patrick/Claudia ? Nous savons combien ça a été difficile pour Claudia de revenir au pays en laissant son amoureux en Haïti. Patrick devait se rendre dans une région plus au sud et c'était impossible pour Claudia de le suivre là-bas. Elle a pris la décision de revenir plutôt que de continuer la mission seule à Port-au-Prince. Les yeux de cette dernière s'embuent avant qu'elle ne réponde :

— Pas souvent, mais je sais qu'il va bien. Avec un peu de chance, il sera là pour Noël.

En décembre, il y aura un an que Patrick est en Haïti. C'est admirable, voire héroïque. Je ne suis pas certaine d'avoir cette grandeur d'âme ! Je fais ma part en envoyant un chèque à Vision Mondiale une fois l'an, mais constater sur place toute cette pauvreté serait au-dessus de mes forces. Je ne pourrais pas supporter de voir les petits orphelins un peu maigres et leurs regards remplis d'espoir d'une vie meilleure. Je n'aurais qu'une envie : les mettre dans un avion en direction de Montréal afin qu'ils voient à quel point la vie est belle ici. Ou je les emmènerais faire un tour à Disney World.

— La chance a toujours été de ton bord, dit Mahée avec un sourire réconfortant. Il reviendra vite, ton homme !

— Il me manque déjà… murmure Claudia. Je m'emmerde royalement seule dans mon appartement. Je ne peux pas retourner à Québec…

La conversation prend une tournure que ni Mahée ni moi n'avions prévue. Claudia manque de subtilité ; on la voit venir avec ses gros sabots. Je fais semblant de ne rien comprendre.

— Ah non ? demandé-je innocemment. Tu vas faire quoi ?

Elle se tourne vers Mahée.

— J'ai apporté des choses pour pouvoir passer plusieurs semaines à Montréal. Aurais-tu un lit à me prêter pour quelque temps ? Ça me ferait du bien de me perdre dans l'euphorie de la vie montréalaise !

— Euh… c'est que…

Un ange passe. Mahée me lance un regard déconcerté, un appel à l'aide silencieux. C'est évident que mon amie ne veut pas qu'un chaperon s'interpose entre Vincent et elle ! Surtout s'il y a des frictions dans l'air… Comment dire poliment à une amie que le moment est mal choisi pour une visite surprise ?

— Quoi ? s'étonne Claudia.

Elle n'a pas l'habitude de recevoir un refus !

— Tu aurais dû m'en parler avant… Je dois consulter Vincent pour ce genre de choses.

Claudia se sent chez elle partout où elle met les pieds. Et on ne peut guère prétendre qu'elle soit une invitée discrète… Elle se mêle des conversations, ouvre le frigo pour se servir, laisse ses affaires traîner un peu partout. C'est ce qui fait son charme, mais c'est parfois envahissant. Elle pourrait prendre l'initiative de changer les meubles de place en pensant bien faire ! J'imagine déjà la tête de Vincent…

Mon amie plisse les yeux en réfléchissant.

— Je comprends…

Je voudrais disparaître comme par magie lorsqu'elle se rabat sur moi. Évidemment, je n'étais pas sa première option !

— Et toi, Sophie, pourrais-tu accueillir une pauvre fille en peine ? Je ne changerai pas la couleur de tes murs, je ne laisserai pas de graines de pain dans le beurre…

— Ce n'est pas ça, Claudia, mais…

Elle m'arrête en levant une main lasse.

— OK, c'est bon, les filles ! Ne faites pas cette tête-là, j'ai compris ! Je vais retourner à Québec…

Je me sens mal de refuser. Mais cohabiter avec Claudia, même pour quelques semaines tout au plus, est au-dessus de mes forces en ce moment. J'ai trop de travail et de préoccupations pour la surveiller ! Je n'aurais pas l'énergie de supporter sa vitalité ! Et surtout, j'ai besoin de mon espace, de silence et de tranquillité. Je ne pourrais pas travailler le soir avec sa musique disco dans le tapis. Pire, elle pourrait me convaincre de sortir danser ou de boire du vin tous les jours… Ce seraient vraiment trop de distractions !

Mahée et moi échangeons un regard lourd de sens. La culpabilité nous étouffe. Claudia ouvre le coffre de sa voiture, sort une boîte de carton rectangulaire, puis referme le coffre avec détermination.

Ouf ! Elle n'a pas l'air fâchée par notre attitude… seulement un peu déçue.

— Le vendeur a dit que c'était le meilleur matelas.

— Bien sûr ! marmonné-je, mâchoire crispée.

Moi aussi, la vendeuse m'avait promis la meilleure crème, la meilleure lampe de poche, le meilleur BBQ…

— J'espère qu'il est plus facile à installer que la tente ! s'écrie Mahée en secouant la tête.

Claudia vide la boîte de son contenu pendant que je fends l'air avec mes mains pour chasser les moustiques qui me retrouvent toujours, où que je sois. J'ai l'impression d'être la seule à être importunée par eux !

— C'est ton parfum, Sophie, qui attire les mouches, émet Claudia en étirant le matelas à plat sur le sol.

Ce n'est PAS un parfum !

— C'était supposé être un chasse-moustiques ! rit Mahée.

— En tout cas, ça pue ! déclare Claudia sans retenue.

Elle peut bien parler, *elle*, avec son parfum sucré. Elle ne perd rien pour attendre ; tout simplement, les maringouins ne l'ont pas encore trouvée ! Elle rira moins cette nuit lorsqu'elle se grattera jusqu'au sang.

Mahée, qui ne se plaint plus de sa piqûre d'abeille, se penche sur l'épaule de Claudia.

— Tu es certaine que c'est le bon trou ?

— C'est ce que le vendeur m'a dit de faire, assure Claudia, concentrée sur sa tâche.

Si le vendeur l'a dit…

Claudia essaie de fixer la pompe au matelas pour le gonfler. Mon regard se promène entre les deux objets.

— Tu crois vraiment y arriver avec ça ? Gonfle-le avec ta bouche, ce sera plus efficace !

Claudia se relève, puis elle pose son pied sur la pompe avec détermination. Le petit bruit que cette action produit m'énerve déjà ! Elle retire ses tongs roses pour avoir une meilleure prise. Mais mon amie comprend rapidement qu'elle aura une tendinite ou une crampe au mollet avant que le matelas soit dur.

— On pourrait opérer à tour de rôle ? propose-t-elle innocemment. Que pensez-vous d'une rotation toutes les dix minutes ?

— Continue, ma belle, dis-je pour l'encourager. Tu es bien partie ! Je vais te servir un bon verre de vin. Après, je te remplacerai.

— Un verre ? Ark ! émet Claudia en haussant les sourcils. C'est péché de boire du vin dans un verre ; ça devrait faire partie des mises en garde sur l'étiquette !

— Eh bien, c'est ça le camping : on s'arrange avec les moyens du bord. Va à l'hôtel si tu veux du luxe, ma poule !

S'ensuit une course de relais. Le tour de chacune est précisément minuté par Claudia. L'une retire son pied juste avant que l'autre pose le sien sur la pompe. On y va avec cœur, et il n'y a aucune perte de temps. Avec cette chaleur, c'est toute une corvée ! J'ai beau m'exécuter avec les orteils, les mains, les coudes ou les genoux, chaque fois que mon tour revient, j'ai l'impression d'essayer de déplacer une montagne à bout de bras. Ou de pousser dans le vide.

— Il est percé, ton matelas, Claudia ! m'écrié-je en nage.

Malgré nos efforts acharnés depuis plusieurs dizaines de minutes – tout en nous essuyant le front et en gobant des moustiques –, nous n'avons sous les yeux qu'un matelas flasque. *Un lit d'eau, bordel !*

— Mais non, ça va très bien ! proteste Claudia. Ne lâche pas, Sophie. Je vais aux toilettes et je reviens.

Je lui fais les gros yeux. Si elle pense que je la laisserai sauter son tour à la pompe…

— Je t'accompagne ! annonce Mahée en lui emboîtant le pas.

Quoi ?

— Hé ! C'est un coup bas, les filles ! Si vous espérez vous en sauver, oubliez ça ! Je compte les minutes à partir de maintenant ! Je…

Bon… Je me retrouve seule avec la pompe et le matelas mou. *Et des moustiques. Et des voisins qui me regardent.* Je soupire en réfléchissant à une meilleure solution. Il doit bien en exister une ! Il n'y a qu'un mot qui me vient en tête : *hôtel* ! Je pourrais prendre mes clés et déguerpir…

Un bout de papier coincé sous l'un des essuie-glaces de ma voiture détourne mon attention de l'envie folle de fuguer au Delta le plus près. Je me relève difficilement ; j'ai les jambes engourdies d'être restée accroupie trop longtemps. Chaque pas est douloureux tellement j'ai des fourmis dans les pieds ! Parvenue à mon auto, je saisis la note écrite à la main. Les lettres imparfaites me laissent croire à la griffe d'un homme, mais je peux me tromper.

Est-ce un signe du destin de s'être retrouvés ici ? Rejoins-moi devant la chaise à la réception à vingt-deux heures !

On pourrait peut-être continuer ce qu'on avait commencé ?

À tantôt !

M.

C'est quoi ça ? Un message codé ? Je le relis plusieurs fois. À l'endroit, à l'envers… Je n'ai aucune idée de qui provient ce court texte. Il y a une énorme chaise devant la réception qui sert de décoration ; dix adultes pourraient s'y asseoir. J'imagine que c'est de ce meuble dont il est question. Comment une personne peut-elle avoir glissé le papier dans mon pare-brise sans que mes amies et moi l'ayons vue ? Ça fait peur ! Finalement, je froisse la note dans ma main humide. Il s'agit probablement d'une erreur. Le gars s'est trompé de voiture. Des Honda comme la mienne, il y en a partout. Un rendez-vous mystérieux pour moi ? Non, c'est impossible !

Je sursaute quand une voix grave retentit derrière moi.

— Vous n'y arriverez pas ce soir, les filles. Tiens, essaie avec ça.

Je camoufle rapidement la boule de papier dans ma poche avant de saisir l'objet que Marc Pelletier me tend.

— C'est une pompe, m'annonce-t-il. Appuie ici, ajoute-t-il en pointant un bouton. Elle fonctionne avec des piles. Tu n'as qu'à mettre en place la pompe et le travail se fait tout seul.

— Merci ! m'exclamé-je avec un enthousiasme qui surprend visiblement Marc. Je croyais en avoir pour la nuit avec ce truc !

Il n'a pas idée du soulagement qu'il me procure. C'est mon sauveur ! Le matelas se gonflera en un tournemain. Terminé, le bruit qui m'énervait tant. Est-ce qu'on a de la bière ? Je pourrais en offrir une à Marc pour le remercier. *Je pourrais embrasser ses pieds aussi, tant qu'à faire.* Le camping a un effet pervers sur mes neurones. Ce n'est pas mon genre de m'énerver pour si peu ! Je donne un coup de pied sur la pompe qui m'a fait suer pendant une heure.

Le petit garçon blond qui a tenté de m'assommer avec un frisbee tout à l'heure s'approche. Il me fait un signe de la main. Je lui retourne un clin d'œil. Qu'est-ce qu'il est charmant ! Il n'a même pas dix ans et il sait déjà comment plaire aux femmes ! Dommage que certains talents se perdent en vieillissant…

— C'est ton amoureux? demande-t-il en dévisageant mon compagnon.

Les yeux exorbités, je chuchote en désignant Marc:

— Tu veux dire... lui? Oh non! Pas du tout!

L'air innocent, Marc lève les mains et déclare:

— Non, je ne faisais que rendre service.

L'enfant approuve d'un hochement de tête avant de retourner à ses petits camions.

— On dirait bien que tu as un admirateur, formule Marc avec le sourire.

— En effet!

Il part, me laissant seule avec la pompe qui fait un bruit atroce. Cela ressemble au son d'un moteur qui n'arrive pas à démarrer l'hiver à moins trente degrés Celsius. Ce vacarme enterre la musique classique du voisin d'en face – ce qui est parfait pour moi. Je regarde le matelas; il s'est mis à gonfler. Toutefois, le processus n'est pas très rapide. Soudain, j'ai peur que les piles rendent l'âme avant que le matelas soit bien ferme.

— Wow! Sophie, tu fais des miracles! s'écrie Claudia en voyant mon installation.

Confortablement assise dans la chaise de parterre que Marc a prêtée à Mahée plus tôt, je lève mon verre à mes amies.

— On appelle ça de la débrouillardise, ma chère.

Émerveillées, Claudia et Mahée observent le matelas prendre forme comme si c'était la première fois qu'elles voyaient ce phénomène. C'est vrai que le matelas est impressionnant… Il est si large que nous pourrons dormir dessus toutes les trois sans nous toucher !

— Euh… les filles, on a un problème… dis-je, interrompant ce moment de grâce.

Cessant de fixer la merveille, mes amies portent leur attention sur moi. J'ai peut-être fait des miracles en ce qui concerne le matelas, mais je ne pourrai pas en faire avec la tente !

— Quoi ? demande Mahée, l'air intrigué.

— Le matelas n'est-il pas un peu grand pour la tente ?

Claudia et Mahée tournent la tête dans un mouvement parfaitement synchronisé vers notre niche à chien. Celle-ci fait pitié à côté du matelas de luxe que mon amie a acheté.

— Mais non ! proteste Claudia. Essayons pour voir ! propose-t-elle avec assurance.

Je ne dis rien, mais d'après moi, c'est impossible qu'il entre dans la tente. IM-POS-SI-BLE. Mais c'est vrai qu'on ne perd rien à essayer, surtout qu'il a l'air tellement confortable avec sa doublure moelleuse. Voici le moment critique : retirer la pompe et insérer le bouchon sans que l'air s'échappe. Claudia pose la main sur la pompe et Mahée tient le bouchon. C'est moi qui fais le décompte. J'imagine déjà le matelas se dégonfler comme un ballon. On sera obligées de tout recommencer si on rate notre coup !

— OK, vous êtes prêtes ? Un, deux, trois… *go !*

Claudia retire la pompe du matelas alors que Mahée s'empresse de boucher le trou. Le bouchon glisse de ses mains et vole jusqu'à mes pieds. Je me penche, tandis que Mahée fait un plongeon pour l'attraper. Pour sa part, Claudia fait son possible pour limiter les dommages. L'épisode est ponctué des cris perçants de trois filles hystériques.

— Pas de panique, les *girls* ! déclare Claudia calmement. Il y a un dispositif sur le bouchon qui empêche l'air de sortir.

Bien sûr, nous aurions dû y penser ! Nous éclatons de rire. Nous possédons l'art de passer pour de belles nouilles. Lorsque je redresse la tête, j'aperçois Marc Pelletier appuyé contre son VR. Il nous observe d'un regard malicieux ; visiblement, il n'a pas manqué une seconde de la scène. *Eh merde…*

4
Les bibittes de Sophie

— Marc !

Claudia le reconnaît sur-le-champ. Elle bondit sur ses pieds et court jusqu'à lui. Ce dernier la soulève de terre et dépose un baiser sonore sur sa joue. Quelle familiarité ! Après tout, leur relation se limite à un saut en parachute ayant eu lieu il y a plus d'un an déjà. C'est vrai que de se lancer d'un avion en remettant sa vie entre les mains d'une tierce personne, ça crée des liens !

— Allô, toi ! clame-t-il chaleureusement. Comment ça va ?

Il a enfilé un tee-shirt noir. J'aime les tee-shirts noirs. *Zut.*

— Ça va…

Le fait de revoir Marc semble ébranler Claudia. C'est vrai que ce dernier ressemble énormément à son Patrick Duhamel, au point que c'est à s'y méprendre. S'il est vrai que nous avons tous un sosie sur terre, alors l'amoureux de Claudia a trouvé le sien ! Les deux hommes ont une taille identique, les cheveux bruns et les mêmes yeux vifs. Marc Pelletier est toutefois la version démonstrative d'un Patrick posé. Je me demande quel modèle je préfère…

Marc dépose Claudia sur ses pieds, mais il laisse traîner un bras autour de la taille de mon amie.

— Avez-vous encore des problèmes avec votre matelas, les filles ?

J'évite son regard qui pèse sur moi. Pourquoi est-ce que j'éprouve toujours un malaise lorsqu'il est dans les parages ? Pourquoi, chaque fois, un titillement au fond de mon ventre naît-il quand il m'observe ? J'ai l'impression de devenir une pâte molle devant lui et ça m'horripile. Mais c'est incontrôlable ! Et perturbant… Cela ne me ressemble absolument pas de réagir de cette façon ! Bah ! j'ai le droit de fantasmer un peu ! De toute façon, monsieur préfère les blondes aux gros seins.

Mahée remet le bouchon du matelas.

— Aucun problème, mais il nous a fait vivre quelques péripéties, répond-elle avec son sourire empreint d'innocence.

— Et comment va ton pied ? s'informe Marc comme s'il s'agissait d'une importance capitale.

— Qu'est-ce qu'il a, le pied de Mahée ? s'enquiert Claudia, étonnée.

— Ça va, je crois, répond Mahée. Il n'y a pas de changement depuis tout à l'heure. Je me suis fait piquer par une abeille, précise-t-elle à l'intention de notre amie.

Celle-ci lâche enfin Marc et s'approche rapidement. Je lis sur son visage la même inquiétude que j'ai ressentie plus tôt. On s'en fait beaucoup pour notre petite Mahée…

— Une piqûre d'abeille, ça peut être sérieux dans ton cas, Mahée. Tu es certaine de ne pas être allergique ?

— Mais non ! Et puis, cessez de me traiter comme une enfant !

Elle gère ses allergies avec vigilance, mais la situation est un peu angoissante pour son entourage. Nous sommes toujours sur le qui-vive ! J'ai déjà dû lui piquer un Épipen dans la cuisse parce qu'elle avait avalé un biscuit qui contenait des traces d'arachide. Ça fait peur une réaction allergique. Mahée aurait pu mourir ce jour-là, et je ne veux jamais revivre ça ! Claudia et moi avons donc le réflexe de la surprotéger.

— D'accord ! Dans ce cas, je vous laisse à votre matelas, réplique Marc Pelletier avant de s'éloigner.

C'est ça, retourne à ta Pamela Anderson… J'ai pu lire dans son regard qu'il était parvenu à la même conclusion que moi : le matelas n'entrera pas dans la tente. Je ne serais pas surprise qu'il se cache derrière son VR pour nous espionner. Même moi, je ne veux pas manquer la scène.

J'ouvre la porte de la tente tandis que Mahée et Claudia approchent le monstre gonflé à bloc. Je les laisse faire, car leur détermination est belle à voir. Mais pas besoin d'avoir un œil de lynx pour comprendre que le matelas ne passera pas dans l'ouverture. Il est beaucoup trop gros ! Mes amies se rendent rapidement à l'évidence.

— Si on enlevait un peu d'air ? propose Claudia, les mains sur les hanches. On pourrait ainsi le plier et on arriverait à le faire entrer. On le regonflerait une fois en place.

Peut-être…

Sceptique, je secoue la tête. Mahée mord sa lèvre supérieure ; elle réagit toujours ainsi lorsqu'elle réfléchit à une question existentielle. Nous ne voyons plus les moustiques qui bourdonnent autour de nous, nous ne sentons plus les rayons du soleil qui nous tapent sur la tête, et nous n'entendons plus les pleurs du bébé des voisins. Le matelas – ou plutôt le confort de nos deux prochaines nuits – représente la priorité absolue.

— Ouais… peut-être que ça fonctionnera, répond Mahée.

Nous avons déployé des efforts considérables pour le gonfler, et voilà que nous devons maintenant faire le processus inverse. Vraiment pathétique ! Claudia retire le bouchon, puis elle s'assoit sur le matelas afin d'accélérer la fuite d'air. Elle semble toute petite ainsi écrasée au milieu de celui-ci.

— Je vous confirme qu'il est très confortable. Du camping de luxe, mes amies !

Mahée a la même idée que moi : tester la chose. Claudia se retrouve prise en sandwich entre nous deux. Le matelas s'enfonce un peu sous notre poids pendant que l'air continue de s'échapper lentement.

— Merci d'être là, les *girls*. J'avais vraiment besoin de vous voir ! confie Claudia.

Elle sort son cellulaire. Elle place l'appareil au-dessus de nos visages pour prendre une photo. Mahée affiche un beau sourire pendant que je fais des oreilles de lapin à Claudia.

— Il faut absolument trouver le moyen de nous voir plus souvent ! s'exclame Mahée.

Plongées dans nos pensées respectives, nous réfléchissons à la manière de nous réunir plus d'une fois ou deux par année. Ce n'est pas facile avec mon travail et Claudia qui habite à Québec. Au mois d'octobre, la fin de semaine de l'Action de grâce est sacrée : elle est réservée à notre trio. Pour le reste, nous improvisons selon les disponibilités de chacune, ce qui est toujours compliqué.

— Je crois qu'on peut faire le test, maintenant, indique Claudia en tâtant le matelas.

Elle se relève, puis attrape nos mains pour nous aider à nous redresser. Mahée prend un coin du matelas, et je prends l'autre afin de le plier en deux. Nous arrivons à le passer sans trop de difficulté dans la porte de la tente. La longueur est parfaite. Cela me donne de l'espoir : peut-être que ça va fonctionner ! Nous déplions le matelas. Claudia installe la pompe à piles de Marc encore une fois. *Une chance qu'il est confortable, car il nous en aura donné des chaleurs, ce foutu matelas !*

L'odeur de poulet grillé et de patates rôties qui flotte dans l'air me rappelle que l'heure du souper approche. La faim commence à me titiller. Je n'ai mangé qu'un muffin aux fraises un peu sec et bourré de glucides pour dîner ! Je vais chercher le barbecue à ma voiture. Celui-ci a un format miniature parfait pour le camping. *Le meilleur sur le marché, selon la vendeuse.*

Je le sors de sa boîte. Zut ! Je croyais qu'il était prêt à utiliser… Il n'y aurait eu qu'à appuyer sur un bouton, une flamme aurait jailli et on aurait pu faire cuire de belles boulettes de steak haché. *Pfff !* Il y a plusieurs vis dans un sac en plastique. *Au moins, il y a un plan.*

— Tu m'impressionnes, Sophie ! Tu as vraiment pensé à tout ! s'exclame Claudia.

— On n'allait quand même pas cuisiner sur le feu comme à l'âge de pierre !

Ou manger les petites salades santé de Mahée pendant deux jours !

— Non, c'est certain. Mais faire rôtir une saucisse à hot dog au bout d'une branche, c'est *sexy*, je trouve.

Je roule les yeux. Claudia voit du sexe partout ! C'est vrai qu'elle a longtemps travaillé dans une boutique érotique ; ça laisse des séquelles, il faut croire. Actuellement, elle termine sa maîtrise en histoire de l'art.

Je tourne la bouteille de gaz propane dans tous les sens. L'image sur le plan n'indique pas clairement où il faut la fixer sur le barbecue. Est-ce que cette chose peut exploser comme dans les films d'action ?

La voix incertaine de Mahée me sort de mes réflexions morbides.

— Je crois que ça ne va pas, les filles.

Je lève les yeux du plan, et Claudia se retourne. Mon premier réflexe est de regarder le pied de Mahée. Ouf ! Il n'est pas plus gros que tout à l'heure, heureusement. Mahée se balance d'une jambe sur l'autre à côté de la tente. Elle ajoute :

— Le matelas est gonflé, mais…

En voyant le résultat, je dois faire un effort surhumain pour ne pas éclater de rire. Claudia, elle, ne se gêne pas.

— Ben voyons donc ! s'écrie-t-elle avant de s'esclaffer, pliée en deux.

Les épaules de Mahée sautent. Le matelas forme une demi-lune parfaite d'une extrémité à l'autre de la tente. Il est beaucoup trop large pour les dimensions de notre niche à chien. Ce sera impossible de dormir là-dessus.

— Dégonfle-le au plus vite avant que quelqu'un voie ça ! dis-je, tout aussi amusée que mes amies.

Les rires provenant des alentours m'indiquent que c'est peine perdue. Les voisins n'ont rien manqué de notre mésaventure. Nos déboires avec le matelas passeront sûrement à l'histoire. Christian, le gars au maillot jaune qui accompagnait Marc tout à l'heure, s'approche avec un petit sourire moqueur.

— Ça ne fonctionne pas, hein ?

Au fond, il a raison de rire. Seules trois filles de la ville peuvent arriver à faire une banane avec un matelas soufflé. En tout cas, l'image est tout de même intéressante. C'est de l'art, notre affaire !

Marc Pelletier contourne le VR et se joint à nous. Il n'aurait certainement pas manqué ça pour tout l'or du monde ! Ses yeux sont rieurs, mais n'expriment aucune ironie ou mépris. La démarche de cet homme est particulière. Son corps athlétique semble prêt à bondir pour attraper une proie, mais il se déplace avec souplesse. Marc se gratte le menton comme un politicien le fait lorsqu'il cherche à nous passer un sapin.

— En tout cas, on peut dire que c'est original.

Mon cœur rate un battement lorsque aussitôt, il braque son regard pétillant sur moi. Qu'est-ce qui ne tourne pas rond avec cet homme ? Je suis normalement celle qui passe inaperçue dans notre trio. La gent masculine est toujours beaucoup trop obnubilée par l'exubérance de Claudia ou le charisme naturel de Mahée pour se préoccuper de moi. Pourquoi n'est-ce pas la même chose dans le cas de Marc Pelletier ? Serait-ce la raison pour laquelle sa présence me déstabilise autant ?

— Je pourrais vous prêter un matelas en mousse, propose-t-il. Ce n'est pas très confortable, mais ce serait quand même mieux que la terre ferme.

— Merci, c'est gentil, murmuré-je en détournant les yeux.

Qu'est-ce qui lui prend, d'être fin comme ça avec moi ? Je ne comprends pas… Je croyais que ma réponse clorait la discussion vite fait, mais c'est plutôt l'inverse qui se produit. Marc s'avance d'un pas nonchalant pendant que Mahée et Claudia rient avec Christian en sortant le matelas de la tente.

— J'ai le même barbecue, dit-il en prenant l'initiative de fixer la bonbonne de gaz propane à sa place. Il fait les meilleurs hamburgers !

— Au prix qu'il m'a coûté, c'est tant mieux ! répliqué-je en reprenant le plan d'une main tremblante afin de terminer l'assemblage du barbecue.

Marc reste muet, mais il place chaque pièce au bon endroit sans aucune hésitation. Et sans regarder le plan ! Un bout de métal, une vis et hop ! tout est terminé. Il retourne la merveille devant moi avant que j'aie eu le temps de l'aider.

— Merci…

— Fais-le chauffer quelques minutes avant la première utilisation. Ça enlèvera le mauvais goût du neuf.

Cling ! Il referme vivement le couvercle rouge vif qui luit sous le soleil.

— D'accord.

Il me sourit, ignorant mon trouble causé par sa présence. Pas que je veuille être distante ; au contraire, je voudrais le remercier avec sincérité et enthousiasme, mais je n'y arrive pas. Aucun son ne sort de ma bouche, comme chaque fois que je me retrouve dans une situation semblable. C'est toujours le même scénario : lorsqu'une personne me vient en aide, je ressens un fichu sentiment d'échec. Celui-ci frappe mon orgueil de plein fouet et m'empêche totalement d'apprécier la gentillesse d'autrui.

En fait, ce phénomène remonte à loin. Mon père était un homme sévère qui se montrait mielleux avec les gens seulement lorsqu'il désirait obtenir quelque chose d'eux. Il offrait des cadeaux dans l'unique but d'amadouer son entourage. Malgré mon jeune âge, j'étais également victime de ses manigances. « Regarde, So, j'ai trouvé une jolie poupée au magasin pour toi. Je te la donne, mais ne dis pas à maman que la voisine est venue à la maison aujourd'hui. C'est notre secret ! » me susurrait-il avec le regard qui faisait tomber toutes les femmes à ses pieds. Des secrets comme celui-là, j'en ai entendu une tonne dans mon enfance ! Rien n'était gratuit. J'obéissais. C'était lourd… très lourd.

J'ai donc grandi en croyant que tous les êtres humains étaient comme mon père. Si un homme m'ouvre poliment la porte d'un immeuble, j'évite de m'attarder, de peur qu'il me demande une faveur en retour. N'en avait-il pas été ainsi pendant ma relation avec mon défunt patron ? J'ai couché avec lui pour obtenir le poste que j'occupe actuellement. Quelle honte… *Que Dieu ait son âme !*

Marc Pelletier a assemblé le barbecue, il m'a prêté une pompe et il propose maintenant de nous prêter un matelas. De mon point de vue, c'est beaucoup de bonnes actions en peu de temps ! Est-il sincère ? Je m'attends à une riposte à tout moment. Que demandera-t-il en échange de sa gentillesse ? Ou plutôt, que pourrai-je lui offrir ? Ça me semble impossible qu'on agisse ainsi par simple générosité.

Mon cerveau tombe en quatrième vitesse. J'essaie de deviner ce qu'il exigera de moi, aussi insignifiant cela puisse-t-il être. Cette méfiance que mon père a créée en moi bien malgré lui m'oppresse d'aussi loin que je me souvienne. Elle m'empêche de distinguer les gentils des manipulateurs. Pour me protéger, j'ai appris à dresser un mur invisible entre les étrangers et moi. Chaque fois, que ce soit avec les hommes ou les femmes, tous mes sens sont en alerte.

Je garde une certaine distance, j'observe, je suis patiente, j'essaie de trouver la faille…

Je n'en trouve aucune en la personne de Marc Pelletier. *Pour l'instant.*

Mon regard se pose sur Claudia qui rit un peu trop fort avec Christian. Notre voisin dévore des yeux les longues jambes de mon amie qui ne manque pas un déhanchement. Le matelas a été dégonflé, plié et rangé dans sa boîte d'origine. Elle pourra le ramener au magasin !

— Christian, mon chou, veux-tu de la sauce avec ton steak ?

La fille aux cheveux noirs apparaît derrière lui. Elle dévisage Claudia qui rit moins fort à présent. Christian tente de faire les présentations officielles, mais mon amie est sympathique avec tout le monde, sauf les « pitounes » aux seins plus gros que les siens. Nathalie, même si elle se montre plutôt gentille, n'a aucune chance. Claudia lui donne une froide poignée de main.

Marc frôle mon avant-bras.

— Je vais aller chercher le matelas en mousse…

Mahée apparaît devant moi avec une glacière. J'attrape une des poignées blanches sur le côté pour l'aider à transporter l'objet jusqu'à la table de pique-nique. J'ai hâte de voir le menu qu'elle nous a préparé. Elle a un régime alimentaire particulier à cause de ses nombreuses allergies. J'espère toutefois qu'elle a pensé un peu à nous dans les provisions ! Son régime grano est insupportable.

Elle sort un emballage de bœuf haché – extra maigre – et une douzaine de pains hamburger sans gluten. Ce sera parfait pour tester notre nouveau barbecue ! Marc a prétendu que ce modèle faisait les meilleures boulettes sur terre. Après avoir jeté un œil au contenu de la glacière, je fronce les sourcils.

— Dis-moi qu'il y a un autre sac dans la voiture ?

L'air interrogateur, Mahée hausse les épaules.

— Où sont le ketchup, la mayonnaise, la relish, le fromage orange ? demandé-je d'un ton désespéré.

Un hamburger sans mayonnaise, ce n'est pas un vrai hamburger.

— Euh… Je pensais vous faire une nouvelle sauce maison avec…

Oh non ! Tout mais pas ça ! Je lève la main pour l'interrompre, car je connais son discours. Et je sais déjà que sa fameuse sauce maison goûte les produits naturels !

— Ce n'est pas mangeable, ces sauces-là, Mahée !

Elle a tenté de me convertir maintes fois. Mais pour l'heure, je n'ai aucune envie de gâcher mon souper avec ses ingrédients santé hypoallergènes. Claudia vole à mon secours après avoir congédié nos voisins.

— C'est vrai, Mahée. Ce n'est pas parce que tu es allergique à tout que Sophie et moi devons nous priver d'un hamburger débordant de mayonnaise !

Les bras de Mahée retombent mollement le long de son corps. Puis, elle lance d'une voix pleine d'espoir :

— Je vous ai apporté des chips *all dressed*.

Impossible d'en vouloir à cette fille : elle a le regard trop innocent.

— Bel essai, ma chouette ! dis-je en lui tapotant la main. Je vais aller faire un tour à l'épicerie.

— J'aurais aussi quelques emplettes à faire. Je peux t'accompagner ?

La voix de Marc retentit derrière moi. Je me retourne lentement comme si poser les yeux sur lui allait me brûler vive. Je recule d'un pas, car il est plus près que je ne le croyais. Ça me donne le vertige ! Il se tient droit comme un *i*, un matelas roulé sous le bras.

— Euh… oui, réponds-je, incertaine de vouloir me retrouver enfermée dans une voiture, seule avec lui.

Marc lance le matelas à Claudia qui l'attrape au vol.

— Merci, me dit-il ensuite. Ça m'évitera d'avoir à déplacer le VR !

5
Marc Pelletier

Marc me paraît plus grand une fois engouffré dans l'habitacle de ma Honda. Il doit plier un peu les genoux pour ne pas se cogner contre la boîte à gants. Je mets mes lunettes de soleil, ajuste mon siège, mon rétroviseur… Je me demande pourquoi je fais tout ça. Ça me rend nerveuse de le savoir assis à mes côtés. Je n'aime pas conduire, encore moins avec un passager à bord. Marc a appuyé son bras sur la portière dont la vitre est baissée. Il me regarde en silence exécuter mon manège…

D'emblée, il m'indique le chemin vers la sortie. C'est bien, car cela m'évite d'avoir l'air ridicule en me tapant le tour du terrain de camping. Il y a foule à la barrière de l'entrée. Une file de camions tirant des roulottes de toutes les dimensions s'entasse devant la réception. Je prends place derrière les voitures qui souhaitent quitter le camping. Marc tape de la main le rythme du dernier succès de James Blunt ; l'attente ne semble pas le contrarier.

— As-tu refait un saut en parachute ?

Oh non ! Il tente de me faire la conversation. Je reste concentrée sur ce qui se passe aux alentours. J'essaie de prendre le même ton décontracté que mon passager. C'est difficile pour moi de faire preuve de familiarité avec les gens que je connais peu.

— Non. C'était une activité pour l'enterrement de vie de jeune fille de Claudia. J'ai aimé l'expérience, mais je n'ai pas le cœur assez solide pour récidiver. Toi, tu sautes souvent ?

Il sourit discrètement, heureux que je lui retourne la question.

— Aussitôt que j'en ai l'occasion !

Je ne vois pas bien ses yeux à cause de ses verres fumés, mais je devine leur éclat. Marc Pelletier est le genre d'homme qui fonctionne à l'adrénaline et aux sensations fortes. Je me demande ce qu'il fait dans la vie…

— Quel est ton métier ? demandé-je spontanément.

Je pince les lèvres, surprise par ma propre audace. Qu'est-ce qui me prend ? Ce n'est pas ma tasse de thé d'enquêter sur la vie des gens que je rencontre ! Sa réaction me surprend tout autant. Plutôt que de me répondre simplement, il me montre son petit air baveux qui me donne les mains moites.

— Que crois-tu que je fais ?

Voilà exactement ce qui m'agace avec lui : sa manie de répondre à une question par une question. C'est une tactique que j'utilise souvent en entrevue pour tester des candidats ; je reformule le même énoncé différemment pour valider leur compréhension. Toutefois, je déteste me faire servir ma propre médecine. J'ai l'habitude de contrôler les conversations.

Notre progression vers la sortie est lente, car la barrière se referme derrière chaque voiture. J'attends ce moment, comme si quitter le camping allait me libérer de cette discussion qui tourne en rond. Pour l'instant, aucun moyen de me défiler. Je réfléchis durant quelques secondes.

La carrure de Marc pourrait laisser croire qu'il travaille fort physiquement ; pourtant, ses mains ne portent aucune égratignure. J'élimine donc tous les métiers manuels tels que menuisier, plombier et compagnie. J'énumère mentalement quelques professions qui pourraient attirer un homme qui aime les défis et les émotions fortes. J'hésite entre pilote d'avion, policier…

— Monteur de lignes chez Hydro ! m'écrié-je, sûre de mon coup.

À cause de sa taille et de ses gros bras, je l'imagine bien perché sur un poteau. Et puis, c'est beau un homme avec des outils accrochés à la ceinture… Marc ne bronche pas. Il continue de me fixer avec cette expression troublante, mais tellement *sexy*.

— Ça aurait été une bonne idée.

J'attends la suite. Me dira-t-il enfin ce qu'il fait pour gagner sa vie ? Non, il me laisse en plan ! Il se met à fredonner avec Simple Plan ! Il peut être fier de lui, car il a réussi à piquer ma curiosité… La voiture devant nous passe la barrière. Distraite, j'oublie de m'arrêter et je m'engage derrière la Toyota grise.

— Arrête, Sophie ! crie Marc en plaquant sa paume sur ma main qui serre le bras de vitesse.

Boum !

La barrière se referme sur le toit de ma voiture. Mon front frappe le volant, non pas à cause de l'impact, mais parce que le ridicule m'étouffe. Marc est sorti de l'auto pour repousser la barrière. Moi, je n'ose pas m'aventurer à l'extérieur. Encore moins regarder l'adolescent, assis dans la cabine, qui se moque de moi. Il en rajoute en m'expliquant en détail le fonctionnement du système… Je croyais qu'on installait un œil magique sur ces systèmes-là pour prévenir les étourderies comme la mienne !

— OK, tu peux avancer, dit Marc après avoir réintégré le siège passager. Rien de grave, il n'y a qu'une égratignure sur la peinture.

Je quitte l'allée au plus vite, imaginant parfaitement ce que les dizaines de machos dans leurs gros camions luisants derrière moi se disent en levant les yeux au ciel : « Une femme au volant ! »

Je ravale encore mon orgueil lorsque j'arrive à l'arrêt. Je me rends compte que je n'ai aucune idée de l'endroit où se trouve l'épicerie. Mahée et moi sommes-nous passées devant tout à l'heure ? Je me retourne vers Marc en soupirant.

— C'est à gauche, m'indique-t-il en souriant.

Je m'engage sur la voie libre. Mes doigts sont tellement crispés sur le volant que mes jointures craquent. C'est encore pire lorsque je remarque que le voyant du réservoir à essence clignote. Mes yeux s'écarquillent ; ça, c'est le comble ! J'ai l'impression que ce dernier bat au même rythme que mon cœur. Cette minuscule tache orange sur mon tableau de bord monopolise maintenant toute mon attention. Je ne prie pas souvent les saints du ciel, mais Seigneur, faites que je ne sois pas obligée de me ranger sur la chaussée à cause d'une insignifiante panne d'essence. *Et avec Marc Pelletier, en plus.*

— Ralentis, Sophie ! Il y a un bris d'aqueduc…

Devant moi se dresse une énorme mare d'eau qui noie littéralement la route. J'appuie sur le frein un peu trop tard. Une vague d'eau brune asperge ma voiture. *Eurk!* J'active les essuie-glaces. Marc a reçu quelques gouttes à cause de la fenêtre ouverte de son bord. J'essaie de respirer, de me calmer, mais je crois que je grille un feu rouge. Et je suis encore énervée lorsque je me gare devant l'épicerie… tellement que je confonds l'accélérateur et le frein. C'est la barre de métal qui empêche les voitures d'entrer en collision avec le mur de briques qui immobilise mon auto ! Nos têtes partent vers l'avant, la ceinture de sécurité nous plaque contre nos sièges.

Oh mon Dieu ! Ma voiture a frappé une barre de métal ! Je n'ai jamais eu d'accrochage de ma vie. JAMAIS ! À Mahée, c'est arrivé des centaines de fois. D'ailleurs, ça lui coûte une fortune en assurance. Son représentant l'appelle même par son petit nom. Mais moi, je suis celle qui vérifie deux fois de chaque côté à un arrêt, qui n'a jamais reçu de contraventions, qui s'arrête sagement lorsque le feu de circulation tourne au jaune. Je suis celle qui fait rager les conducteurs derrière parce que j'observe les limites de vitesse avec zèle. J'ai toujours eu une conduite automobile irréprochable. Que m'arrive-t-il ? Je me fais peur à moi-même ! Depuis quand suis-je un danger public sur la route ? Je connais la source du problème : c'est la présence de Marc Pelletier qui me fait perdre tous mes moyens !

— C'est moi qui conduis au retour, grogne mon passager avant de claquer sa portière.

Marc se penche devant ma voiture pour vérifier les dommages. Son expression m'indique que ce n'est pas beau. J'inspire, j'expire… La chaleur m'étourdit. Vivement l'air conditionné du supermarché !

D'un geste familier, je tends le bras pour saisir mon sac à main. Je le place toujours au même endroit, c'est-à-dire sur le sol, derrière le siège passager. Je tâtonne… Mes doigts rencontrent mes espadrilles, une casquette, quelques papiers… Je m'étire davantage. Mon sac n'est pas là ! Où est-il ? Me le serais-je fait voler ? Pendant que j'étais concentrée à assembler la niche à chien, quelqu'un aurait-il pu s'approcher de ma voiture, glisser son bras par la fenêtre et partir avec mon sac en vraie peau de crocodile ? Il vaut une fortune !

Bien sûr, si une personne a réussi à placer un bout de papier dans mon pare-brise sans se faire remarquer, tout est possible ! C'est peut-être cette même personne qui a pris mon sac ? Les images se bousculent dans ma tête. J'essaie de comprendre ! Je n'ai pas le souvenir d'avoir mis mon sac dans la voiture en partant de chez moi ce matin. Pourtant, c'est un réflexe. Mais j'avais les mains pleines de choses vraiment utiles – comme une cafetière. C'était donc ça, ce qui me manquait ? Après m'être assise derrière le volant, j'avais dit à Mahée : « J'ai l'impression d'oublier quelque chose d'important ! » Elle m'avait répondu que j'avais probablement apporté mon condo au complet dans mes bagages. Nous avions ri, puis nous étions parties en chantant: «Si tu aimes le soleil, tape des mains...»

Je frappe mon front une nouvelle fois sur le volant. *Fuck! En plus de faire des conneries sur la route, je me promène sans permis de conduire ni argent. Bravo!* Il n'y a même pas deux dollars qui traînent au fond de mes poches. Je n'ai que le message étrange, maintenant froissé, pour toute possession. *Maudite journée...*

Marc attend patiemment à côté de la voiture. Comment lui demander de payer mes achats sans passer pour une belle dinde? Au point où j'en suis... J'ouvre ma portière lentement. Les jambes tremblantes, je garde mes doigts serrés sur la poignée. En effet, ce serait plus prudent que Marc conduise au retour. Il remarque aussitôt mon air troublé.

— Ce n'est pas si grave que ça, Sophie. Un peu de débosselage, deux coups de peinture et ta voiture sera comme neuve.

— Non, c'est que...

J'avale le peu de salive qui reste dans ma bouche sèche. Marc fronce les sourcils. Je me sens comme la pire des imbéciles.

— Quoi? s'enquiert-il.

J'ai tellement honte! Les gens passent entre nous, se disant probablement que nous sommes un couple en pleine dispute. Lui, les mains dans les poches; moi, cramponnée à la voiture. J'arrive enfin à bredouiller quelques mots du bout des lèvres:

— Je n'ai pas mon sac à main.

Un sourire enfantin apparaît sur le visage de l'homme devant moi. Un sourire impossible à détester… Marc passe une main dans ses cheveux.

— Tu n'as pas quoi ? demande-t-il de plus en plus amusé.

— D'argent… Je n'ai pas d'argent !

— Tu me demandes de payer tes achats ?

Puisque je n'ai plus d'orgueil, plus de fierté, aussi bien tout lui balancer maintenant.

— C'est ça ! Et on devra mettre de l'essence dans la voiture, car le réservoir est vide.

Son rire résonne dans mon dos lorsque je tourne les talons pour foncer vers l'entrée du supermarché. Marc a raison de rire : je lui offre probablement sa meilleure balade à vie. Mais pour moi, cette promenade est à classer dans « Événements à oublier ». Si je pouvais appuyer sur une touche et effacer cette journée, ce serait très apprécié. Est-ce que Marc est le genre à étaler sa vie sur les réseaux sociaux ? Se moquera-t-il de moi devant ses amis au camping ? Comme s'il avait deviné mes pensées, il déclare après m'avoir rejointe à l'intérieur :

— Ne t'en fais pas, Sophie. Je ne dirai rien à personne.

Je le trouve poli. N'importe qui se tordrait de rire dans une telle situation.

L'air tempéré du supermarché me fait du bien. Ça sent le poulet chaud prêt à emporter. Mmm, j'ai faim ! Comme si nous étions un petit couple, je pousse le panier tandis que Marc me suit tranquillement. Ça m'étonne, car il aurait pu faire ses emplettes de son côté. Je n'ai pas besoin de lui pour acheter de la moutarde. Sa présence m'empêche de me concentrer ! Il manipule les poivrons verts.

— Tu crois qu'ils sont frais ? me demande-t-il.

Je saisis un poivron et le hume. La peau est lisse et ferme.

— Celui-ci est parfait.

Marc met le légume dans le panier. Je fais une grimace dans son dos. Je viens vraiment de renifler un poivron au milieu d'une allée du service des fruits et légumes ? Je n'aime pas les poivrons ; je n'en mange jamais et je n'ai aucune idée de ce que sent un tel aliment lorsqu'il est frais…

Nous passons devant le comptoir des viandes. Marc semble hésiter entre un steak mariné et des cubes à brochettes. Pour ma part, puisque c'est lui qui paie la facture, je me contenterai d'acheter l'essentiel. Il ajoute quatre steaks à ses achats.

— Attends, j'ai oublié le filet de saumon.

J'appuie mes avant-bras sur la poignée du panier en le regardant choisir le poisson avec attention, puis le mettre dans un petit sac en plastique…

— Vickie ne mange pas de viande rouge, déclare-t-il. Elle dit que ça fait engraisser, précise-t-il en levant les yeux au plafond.

Bien sûr, il ne faut pas oublier la belle Vickie…

— C'est bien de ta part de porter une attention particulière aux goûts de ta blonde, soufflé-je en lisant distraitement l'étiquette derrière un sachet de sauce au poivre. De nos jours, peu d'hommes se préoccupent vraiment de nos désirs !

Marc, qui s'apprêtait à déposer un plat de crevettes et le filet de saumon dans le panier, s'arrête dans son élan. Ce qui me fascine le plus est le sérieux qui marque ses traits. J'attends, mais il ne dit rien.

— Quoi ? demandé-je.

— Tu crois que Vickie est ma blonde ? réplique-t-il d'un ton laissant croire que je suis la dernière des abruties d'avoir pensé une chose pareille.

Pourtant, je n'ai pas rêvé ! J'ai bien vu la blondinette s'accrocher comme une sangsue à son bras en roucoulant cet après-midi. Deux gars dans un VR avec deux filles, la déduction est logique, il me semble. Marc me sortira-t-il l'excuse classique : « C'est ma sœur » ?

— Ben… euh… ce n'est pas le cas ?

Le rire sonore qu'il émet avant de disparaître dans la chambre froide me laisse perplexe. Je fixe la porte en attendant de le voir revenir. *C'est long !* Marc sort enfin avec une caisse de vingt-quatre cannettes de marque Bud Light. Il rit encore lorsqu'il la dépose sous le panier. Évidemment, comme d'habitude, il ne répond pas à ma question. Il me laisse jongler avec mes interrogations.

Je le quitte devant le présentoir à croustilles, puis je déboule dans les allées pour trouver ce dont j'ai besoin. J'attrape au passage l'essentiel pour le souper : ketchup, mayonnaise, relish et pains hamburger. Ceux sans gluten que Mahée a apportés ne sont pas de vrais pains hamburger. Je prends les plus gros, les plus moelleux, ceux avec de petites graines de sésame sur le dessus ! Et j'ajoute à mes achats de petits gâteaux au chocolat. Vive les vacances !

Marc me rejoint à la caisse avec trois sacs de croustilles. Il prend un paquet de gomme aux fruits ainsi que des jujubes avant de déposer son fardeau sur le comptoir.

— Bonjour, monsieur. Avez-vous trouvé tout ce dont vous aviez besoin ?

La caissière m'ignore complètement. Plutôt que de répondre à son sourire niais, Marc s'adresse à moi.

— Tu n'as pas acheté beaucoup de choses. Tu es certaine que tu as tout ce qu'il te faut ?

La caissière me jette un regard indifférent. D'autres vacanciers avec les bras chargés de victuailles attendent derrière moi.

— Ça ira... murmuré-je en déposant le saumon sur le comptoir.

J'essaie de calculer mentalement le total de mes achats afin de rembourser Marc au plus vite. J'espère que Mahée a un peu d'argent avec elle, car je ne peux évidemment pas compter sur Claudia là-dessus. Elle est toujours fauchée.

Marc sort sa carte Visa et l'insère dans le terminal. Dans son mouvement, une petite photo est tombée de son portefeuille et a atterri sur le plancher. Je la ramasse.

— C'est mon bébé ! m'annonce Marc fièrement. Il a deux ans maintenant !

L'adorable poupon à moitié nu est blotti en boule dans un hamac. Ça m'émeut toujours, les portraits de bébés... Marc a donc un fils, une famille. Il y a sûrement une maman quelque part ! J'élimine aussitôt Vickie de l'équation ; son corps parfait ne porte aucune marque de grossesse. Il range la photo, puis saisit tous les sacs d'une seule poigne tout en poussant le panier de l'autre. J'essaie bien maladroitement de l'aider, mais je suis complètement inutile. La chaleur nous assaille dès que nous mettons un pied à l'extérieur. Nous subissons littéralement un choc thermique.

J'ouvre la portière arrière de la voiture à Marc pour qu'il dépose ses sacs bien garnis à travers mon bazar. C'est un peu serré et je ne garantis pas l'état de ses Doritos au piment fort à l'arrivée.

— Merci d'avoir réglé la facture, dis-je, mal à l'aise. Je vais te rembourser en arrivant au camping.

Il hausse les épaules.

— Oublie ça, tu n'as presque rien acheté, répond-il. Une bagatelle ! Ça me fait plaisir. J'aimerais maintenant aller à la SAQ, si ça ne te dérange pas, ajoute-t-il en pointant la bâtisse de l'autre côté de la rue.

— OK, vas-y... Je vais t'attendre ici.

— D'accord !

Lorsqu'il s'apprête à traverser la rue au pas de course, je lui crie :

— Marc ! Je vais passer au lave-auto.

Le gigantesque trou d'eau qui a aspergé ma voiture a laissé de longues traces brunes sur la peinture grise. Avec ses nouvelles bosses en prime, elle fait pitié, ma Honda. Je ne peux pas revenir au camping avec mon auto aussi sale ! On dirait qu'elle sort d'un rallye tenu dans un champ boueux. Le lave-auto se trouve juste au coin de la rue. Je me suis soudain souvenue que je garde toujours un vieux cinq-dollars un peu froissé au fond de mon coffre à gants pour les urgences. Eh bien, je décrète sur-le-champ qu'urgence il y a !

Marc me gratifie de son sourire malicieux.

— Tu es certaine ? C'est risqué de s'engouffrer dans un lave-auto automatique quand on n'en a pas l'habitude…

Je serre les dents. Franchement ! J'ai peut-être l'air d'une gourde, mais je sais comment utiliser un lave-auto ! C'est facile : on éteint le moteur de la voiture et on appuie sur un bouton. Le reste se fait tout seul. Enfin, je crois…

— Bon, d'accord ! concède-t-il. Mais ferme toutes les fenêtres, éteins le moteur et…

D'un geste impatient, je lui fais signe de me lancer les clés que je lui ai remises plus tôt. Elles tombent à mes pieds dans un bruit sourd.

— Bonne chance ! ajoute Marc avant d'émettre un rire cynique.

Je le regarde disparaître dans le paradis des amateurs d'alcool et de vin. J'ai hâte de voir s'il a bon goût. Le choix d'un vin en dit long sur la personnalité d'un homme !

Je mets la voiture en marche arrière avec une certaine nervosité. J'use de prudence en regardant quatre fois de chaque côté pour m'assurer que la voie est libre. Aucun mur de briques, pas de vélo, nul petit vieux…

La porte du lave-auto est ouverte. Parfait, la place est libre. Je tends mon cinq-dollars à la jeune fille en uniforme qui ne semble pas faire grand-chose à part fondre au soleil.

— Avec ça, tu as seulement un rinçage, me dit-elle en observant avec attention un de ses ongles manucurés.

Je grince des dents. Tout employé doit appliquer cette règle de base : vouvoyer le client. Peu importe si celui-ci arrive à un mauvais moment, s'il est désagréable, s'il pue la sueur et… si sa voiture est sale et pleine de bosses. ON LE VOUVOIE ! Si j'étais le supérieur de cette impolie, je…

Bon, bon, il faut que je me calme.

Je fais entrer ma voiture dans le tombeau. La porte se referme derrière le pare-chocs. Le fait d'être coincée à l'intérieur de quatre murs sans pouvoir sortir me procure un sentiment étrange. Je regarde tout autour. Il y a sûrement un bouton d'urgence pour arrêter le monstre s'il tente de nous avaler ! Ce n'est certainement pas Claudia qui se retrouverait ici avec sa peur des endroits clos ! Elle panique dans le métro, alors…

J'éteins le moteur, puis monte ma fenêtre. Je lis rapidement les instructions : appuyer sur le bouton rouge, attendre… D'énormes rouleaux commencent à tourner et les jets d'eau se mettent en marche. Une vague digne d'un océan en pleine tempête frappe le pare-brise. Tout se brouille autour de moi, je ne vois que de l'eau brune glisser sur les vitres. Tout va bien, la voiture avance doucement sur un tapis roulant géant. Mon regard se perd dans la contemplation des grosses brosses qui tournent à grande vitesse. Je réfléchis au mystère du jour : Marc Pelletier. Son métier, Vickie, son fils… Je n'y comprends plus rien !

Mes pensées bifurquent vers le bout de papier dans ma poche. Quelque chose m'empêche de le jeter à la poubelle. Pourquoi ai-je le pressentiment qu'il m'était destiné ? Qui me l'a remis ? C'est alors que l'impensable se produit : je reçois une douche froide en plein visage ! J'ai l'impression de me noyer. Un cri aigu monte de ma poitrine pendant que j'essaie de voir ce qui se passe.

La vitre du côté passager est baissée !

L'eau continue d'entrer généreusement dans la voiture pendant que je cherche le bouton. Maudites vitres électriques ! Je tourne la clé du moteur sur la fonction « Accessoires » et regarde la vitre monter avec une lenteur exaspérante. On dirait que je viens de sortir d'une piscine à vagues.

Non seulement Marc m'attend à la sortie, mais il est mort de rire en me voyant la tête. *Ça, c'est le bouquet !* Je bondis de la voiture, la contourne d'un pas furieux. Je m'installe sur le siège passager maintenant détrempé, boucle ma ceinture et croise les mains sur mes genoux.

Marc ouvre la portière. Plutôt que de s'asseoir, il se penche.

— Je te l'avais dit de remonter toutes les fenêtres.

— Je ne veux aucun commentaire, prononcé-je lentement, la mâchoire crispée.

Il retire son tee-shirt d'un seul mouvement afin d'utiliser ce dernier pour éponger l'inondation sur le tableau de bord. C'est chic. Je reste impassible. Je n'essuie pas les gouttes d'eau qui glissent le long de ma tempe, dans mon cou… Mon chandail trempé moule ma poitrine !

Marc remet son tee-shirt mouillé avant de s'asseoir derrière le volant. C'est la première fois que quelqu'un d'autre que moi conduit ma Honda. Ça m'agace de le voir reculer le siège et de dérégler l'ajustement des rétroviseurs. Marc change même la chaîne de radio ! Je soupire. Après toutes ces péripéties, ce détail est-il si important ?

Marc me dévisage toutes les trente secondes, mais je reste murée dans le silence. Je devine qu'un sourire éclaire son visage – celui qui est si craquant et si exaspérant à la fois.

— Je ne te pensais pas une fille comme ça, Sophie.

Je le regarde d'un air blasé pendant qu'il se range près d'une pompe dans un Petro-Canada. C'est vrai, il faut mettre de l'essence ! J'avais oublié…

Marc poursuit après avoir coupé le moteur :

— Je te croyais plus coincée, plus snob. Au fait, que fais-tu dans la vie ?

J'ouvre la bouche…

— Non, attends, ne dis rien ! s'écrie-t-il en levant les mains. J'ai trouvé ! Tu es plongeuse ?

Avec mon toupet mouillé et collé sur le front, je sais que je n'ai plus aucune crédibilité.

— Va chier, Marc Pelletier !

6
Une journée sans fin

Claudia et Mahée regardent ma voiture approcher d'un air inquiet. Elles se demandent sans doute pourquoi Marc est derrière le volant. Elles ont probablement remarqué l'empreinte de la barre de métal sur la tôle du pare-chocs. Elles auront des questions à me poser pour les cinq prochaines années…

Je sors de la voiture et claque la porte. Si mon air grincheux les préoccupe, le sourire sur les lèvres de Marc les rassure.

— Qu'est-ce qui s'est passé ? demande Mahée d'une voix incertaine.

— Quelques petites péripéties ! s'empresse de répondre Marc. Rien de grave, n'est-ce pas, Sophie ?

Mes amies remarquent le regard assassin que je lui lance.

— Pourquoi es-tu toute mouillée ? s'enquiert Claudia en cachant bien mal son amusement.

J'ai aussi un beau rond humide sur les fesses à cause du siège trempé. Pendant que je fulmine, Marc précise :

— Un léger problème au lave-auto…

— Tu as oublié de remonter la vitre ? s'enquiert Claudia. Ça m'est arrivé une fois.

Pourquoi ne suis-je pas surprise ? La connaissant, j'imagine qu'elle a trouvé l'expérience très drôle. Je passe devant Marc sans le regarder.

— Mahée, aurais-tu un peu d'argent sur toi ?

Marc, occupé à sortir mon pot de relish et ma bouteille de ketchup de son sac, ralentit son mouvement.

— Euh… peut-être, répond mon amie.

— J'ai oublié mon sac à main chez moi et Marc a dû payer ma facture.

Je sais qu'il m'avait dit de laisser faire, mais je tiens à rembourser l'essence – quarante dollars – qu'il a mise dans la voiture. Je ne veux rien devoir à personne. Surtout pas à *lui*. Pour l'instant, j'aimerais qu'il disparaisse afin de pouvoir aller me changer. De toute façon, je déteste avoir une dette ; ça m'empêche de dormir.

Claudia se montre sensible à ma cause.

— Tu as laissé un homme payer ta facture, So ?

— C'était ça, ou on se passait de mayo !

Claudia arrondit les yeux en prenant conscience du drame que j'ai vécu : une femme de carrière indépendante comme moi obligée de demander à un étranger de payer pour elle. C'est un accroc énorme à mes principes. J'en ferai des cauchemars. En même temps, je suis prête à faire bien des choses pour de la mayonnaise Hellmann's !

— J'ai un billet de vingt dollars, annonce Mahée en vérifiant dans son portefeuille.

Je m'adresse à Marc.

— Voilà pour l'instant… Laisse-moi ton adresse et je t'enverrai un chèque la semaine prochaine.

Il me toise entre ses paupières mi-closes.

— Je t'ai dit d'oublier ça.

Il prend ses sacs un peu sèchement avant de rejoindre ses amis d'une démarche pressée. J'ai encore le billet vert entre les doigts. J'ai l'impression d'avoir froissé mon sauveur…

— Qu'est-ce que tu as fait, tu as foncé dans un mur de briques ou quoi ? m'interroge Mahée en passant sa main délicate sur la tôle abîmée.

— Non, dans une barre de métal.

Les filles m'observent curieusement pendant que je sors ma valise du coffre pour y pêcher des vêtements secs.

— Quoi, ça arrive à tout le monde d'être distrait !

— C'est vrai qu'avoir Marc Pelletier comme passager, ça distrait ! plaisante Mahée. Il est fin, hein ?

— Je vais aller me changer, dis-je rapidement pour couper court aux questions et aux commentaires.

Je suis trop grande pour arriver à retirer mon short dans notre niche à chien sans jouer à la contorsionniste du Cirque du Soleil. Honnêtement, dans le ridicule, j'ai assez donné pour aujourd'hui. Je roule un pantalon long et un chandail sous mon bras, puis fonce à la salle des toilettes. Je déteste la sensation des vêtements mouillés collés sur ma peau, même si c'est rafraîchissant en ce temps de canicule.

L'endroit est plus tranquille que cet après-midi. À cette heure, les gens s'affairent à préparer leur souper plutôt qu'à prendre une douche. Je m'enferme dans une cabine en essayant de placer mes vêtements en équilibre sur la mince tablette en bois. Je retire mon chandail… J'aperçois du coin de l'œil un papillon qui vole autour de moi. Ses ailes bleues sont parsemées de petites taches jaunes. C'est beau un papillon, mais pas dans mon soutien-gorge ! *Eurk !* Je sens l'insecte glisser dans mon décolleté. Tandis que j'agite frénétiquement mes doigts pour tenter de le déloger, la porte de ma cabine s'ouvre brusquement !

Je n'avais pas bien mis le crochet ?

Je me retrouve à moitié nue devant Vickie, la blonde de Marc. Elle se demande probablement ce que je fais avec une main dans mon soutien-gorge !

— Désolée ! s'excuse-t-elle sans bouger.

Je prends mon chandail pour cacher ma poitrine. Le problème est que je sens toujours le papillon gigoter entre mes seins. Ce n'est pas agréable comme sensation ! Je referme la porte en tentant de justifier mon geste :

— Ce n'est pas ce que tu crois ! C'est le papillon… Il est coincé…

Encore une histoire qui se rendra aux oreilles de Marc Pelletier !

Je verrouille la porte, puis soulève mon soutien-gorge pour libérer le papillon en détresse. Je n'aime pas les insectes ! J'avais un doute, mais maintenant c'est confirmé : l'enfer sur terre existe. J'ai peur pour la suite de la journée ! Que m'arrivera-t-il encore ?

Je m'assure que Vickie ait quitté l'endroit avant de sortir. Je ne veux surtout pas croiser à nouveau son regard scrutateur. Je m'arrête devant le miroir. Il a été installé pour les petites tailles, car je dois plier les genoux pour voir mon reflet. Je me recoiffe. Je ne fais pas de miracle avec mes cheveux, mais c'est un peu mieux. Je passe un mouchoir sous mes yeux pour enlever le reste de mascara, puis je pince mes joues pour les rosir.

Bon…

J'essaie de retrouver ma bonne humeur sur le chemin du retour. *Souris, Sophie, c'est une sortie de filles avec tes meilleures amies. Ce n'est pas grave si tu fais une folle de toi, tu ne connais personne ici…*

— Madame Carrier, c'est bien vous ?

Je m'arrête net.

Ostie !

— Bonjour, monsieur Bélanger, articulé-je avec un faux sourire figé sur mes lèvres.

C'est le responsable des finances chez Dickins. Celui qui émet mon chèque de paie tous les quinze jours ! C'est étrange de le voir vêtu en joueur de tennis. Il doit se faire une observation semblable à mon propos.

— Je ne savais pas que tu faisais du camping ! proclame-t-il joyeusement.

Non, non, NON! Maintenant tout le monde au bureau saura que j'ai dormi deux jours dans une tente.

— Ce n'est qu'une sortie entre amies.

Pendant que je piétine, monsieur Bélanger se met à l'aise en croisant les bras sur son torse comme s'il souhaitait discuter pendant des heures.

— J'ai mon VR, là-bas, m'indique-t-il en pointant la rue des riches. Tu viendras faire un tour !

— OK ! Bonne soirée, monsieur Bélanger.

Je laisse en plan mon comptable et emprunte une rue qui n'est pas la mienne afin de le semer. Monsieur Bélanger est la pire commère en ville ! Il serait capable de me suivre et me coller au derrière toute la fin de semaine. Il fait partie de la trempe de ceux qui croient que tout le monde souhaite être son ami. *#NOT.* Plongée dans mes réflexions, je poursuis mon chemin avec l'idée de me rouler en boule au fond de la niche à chien pour survivre aux prochains jours. Cependant, des sanglots étouffés me ramènent à la réalité. Un petit garçon aux cheveux frisés pleure, assis sur le gazon. Il est âgé d'environ trois ans. Je regarde autour ; l'enfant semble seul.

Je m'approche doucement.

— As-tu mal quelque part ?

Il m'examine de ses grands yeux verts effarouchés en essuyant son nez avec sa main. Il n'en faut pas plus pour que je tombe sous le charme.

— J'ai perdu ma maison.

— Oh ! C'est triste, avancé-je en m'asseyant près de lui. Quel est ton nom ?

On lui a assurément appris à se méfier des étrangers, car il s'éloigne un peu de moi.

— Maxence.

— Je suis enchantée, Maxence. Moi, c'est Sophie. Peux-tu me dire à quoi ressemble ta maison ?

L'enfant entortille ses petits doigts un peu sales dans son tee-shirt à l'effigie d'Angry Birds.

— Elle est blanche avec des roues.

Une roulotte… Il y en a à l'infini ici. J'ai une idée :

— Ton papa la transporte avec quoi ? Une voiture, un camion…

Si j'avais un aperçu du type de véhicule, ça pourrait aider.

— Un camion rouge ! s'écrie-t-il d'un ton excité.

— C'est bon, ça ! m'écrié-je, heureuse de posséder un indice.

Je parcours rapidement du regard les alentours. En seulement quelques battements de cils, je repère quatre camions rouges. Alors, commençons par ceux-là !

— Viens, on va aller voir là-bas. Sinon, nous irons à la réception afin de retrouver tes parents. Dis-moi, tu connais le nom de ton papa ?

Mon nouvel ami Maxence me fixe, le regard intrigué. Visiblement, il trouve idiote ma question. Je me sens un peu maladroite.

— Oui, bien sûr que tu sais le nom de ton père…

Le petit ne bouge pas. Il m'observe entre ses longs cils.

— Pourquoi étais-tu fâchée tantôt ?

— Pourquoi tu me demandes ça ?

— Tu chuchotais des gros mots, comme « ostie de camping à marde »…

Je plaque ma main sur la bouche de Maxence pour le faire taire en espérant que personne ne l'ait entendu !

— Tu sais, parfois les adultes ne réfléchissent pas avant de dire des sottises. Ne répète jamais ces mots-là. Tiens, je vais t'acheter un suçon.

Je me tais. Que suis-je en train de faire ? On aurait cru entendre mon père ! *C'est notre secret. En échange, je te donne un suçon.* Ça me dégoûte qu'une telle manière de m'exprimer me soit venue si facilement. C'est sorti tout seul ! Un vrai réflexe ! Ça me fait peur.

— Oublie ça ! lancé-je à Maxence qui ne comprend pas ce qui se passe.

Je lui donne la main. Ses petits doigts collants serrent les miens. C'est tendre une peau d'enfant. J'ai toujours voulu avoir des enfants – au moins trois –, mais comment être une bonne mère lorsque votre priorité concerne les performances écosystémiques de votre entreprise ? Comment aimer lorsqu'on n'a pas vraiment été aimée soi-même ? Et puis, n'oublions pas ce détail important : il n'y a aucun père potentiel en vue.

Pourtant, à cet instant même, alors que je marche à côté de Maxence, je me sens importante pour quelqu'un. Ça me fait un bien énorme. C'est aussi ça, être parent, non ? Avoir un petit être dépendant de soi ?

— Maxouuuuu !

Une femme affolée se précipite droit sur nous. Sa poigne arrache la petite main chaude et potelée de la mienne.

— Maman !

L'étreinte que Maxence et sa mère échangent me fait pleurer. L'amour d'une mère, c'est beau, c'est sincère et plus fort que tout… Le nez de l'enfant s'enfouit dans les cheveux de la jeune femme. Cette dernière embrasse son petit sur la joue à maintes reprises. Je me sens de trop dans leur moment d'intimité.

— On te cherchait partout, mon trésor ! Il ne faut pas t'éloigner comme ça de la roulotte !

Un homme foule la rue à grandes enjambées.

— C'est vous qui l'avez ramené, madame ?

Il caresse d'une main chaleureuse le dos du petit garçon.

— Oui, avoué-je timidement.

— Comment peut-on vous remercier ?

— Ça me fait plaisir. Je l'ai vu là-bas qui pleurait et…

Je m'arrête pour réfléchir quelques secondes à ce que je suis en train de bredouiller. J'ai instinctivement aidé l'enfant sans arrière-pensée sur ce que je pourrais recevoir en retour. C'est ridicule, mais un sentiment de légèreté m'envahit aussitôt. Le petit geste banal que j'ai posé me confirme que je suis capable de bonté. Ça me soulage tellement !

— Prendriez-vous un morceau de sucre à la crème ? m'offre la maman encore ébranlée.

Elle serre l'enfant dans ses bras comme si celui-ci s'apprêtait à disparaître une autre fois. Visiblement, les parents souhaitent me démontrer leur reconnaissance pour avoir retrouvé leur petit miracle.

— Non, merci. *Bye-bye* Maxence !

Mon nouvel ami me fait un signe de la main.

— Au revoir, Sophie !

Mon cœur se serre. Il est vraiment mignon, ce petit garçon. Dès qu'on pose les yeux sur lui, on a envie de lui croquer les joues !

— Hé ! mais je vous reconnais ! s'exclame le père au moment où je vais partir. C'est vous que j'ai croisée dans le stationnement du supermarché tout à l'heure. J'espère que votre voiture n'est pas trop endommagée ?

Mes épaules s'affaissent. LA journée où je fais une folle de moi, on dirait que la terre entière s'est donné le mot pour assister à mes déboires. *Pas moyen de faire des conneries en paix en ce bas monde !* J'aurais pu détaler comme un lièvre, mais je reste debout devant la petite famille. Je me mets à bafouiller :

— Non, non, les dégâts se limitent à quelques égratignures seulement. J'ai eu un moment de distraction. Ça ne m'arrive pas souvent, vous savez ! En fait, c'est la première fois que j'ai un accrochage avec ma voiture. Bon, voilà… je dois me sauver maintenant. *Bye*, Maxence !

Bravo pour la justification ! C'est encore ce maudit orgueil qui m'habite trop souvent et qui surgit lorsqu'on me prend en défaut. Je veux déguerpir, mais l'homme me tend la carte d'affaires de son garage au cas où ma Honda aurait besoin d'une couche de peinture. Sa femme insiste pour me donner son sucre à la crème fait maison…

Je reprends donc la route les bras chargés de mes vêtements mouillés et d'un dessert frais du jour. J'essaie de courir pour gagner du temps – Claudia et Mahée doivent se demander où je suis passée –, mais mes sandales en plastique ne sont pas idéales pour ce genre d'exercices. Je rencontre toujours les mêmes résidants du camping. Ces derniers me disent bonjour comme ils le font chaque fois que je croise leur chemin. Leurs salutations ont des allures de vieux numéros appris par cœur. Par exemple, le monsieur à la barbichette incline la tête, et la dame à la chemise rose lève la main…

Mes amies sont installées l'une à côté de l'autre à la table de pique-nique. Elles boivent du vin et mangent un hamburger. Le mien sèche dans l'assiette devant ma place vide.

— Désolées de ne pas t'avoir attendue, Sophie, déclare Claudia, la bouche pleine. On crevait de faim ! Dis, que faisais-tu ? On a cru pendant un instant que tu t'étais fait avaler par un moustique géant.

Claudia a du ketchup au coin des lèvres. Aucune classe ! J'étends rapidement mes vêtements sur les poteaux qui retiennent la tente. Ils chambranlent sous le poids de mon chandail mouillé. Je m'assois ensuite à la table.

— Un petit garçon s'était perdu et je l'ai aidé à retrouver ses parents.

— C'est gentil de ta part, indique Mahée avec le sourire.

— C'était la moindre des choses. Si mon fils s'était perdu, j'aimerais qu'on me le ramène !

Je hausse les épaules tout en prenant mon hamburger. Je dois le tenir à deux mains tellement il est gros! Claudia a fait des boulettes pour hommes! Par contre, je suis certaine que c'est Mahée qui a préparé mon hamburger, car il déborde de mayonnaise. Mon amie me connaît bien. Je ne vis que pour la mayo! J'en mets partout! Mon repas est un peu froid… mais ce n'est pas grave! Après une journée comme aujourd'hui, j'avalerais n'importe quoi… sauf un moustique! Justement, il y en a quelques-uns qui reluquent mon festin. Au moment où je m'apprête à enfourner une belle grosse bouchée, mon plaisir est gâché: j'aperçois de petites bestioles aux pattes sales dans MA mayonnaise. Ça coupe mon élan. *Et un peu mon appétit.* Mes amies discutent du sort des enfants disparus pendant que j'observe mon hamburger avec un certain dégoût. Je suis du genre à jeter un bout de pain qui tombe sur le plancher propre de ma cuisine.

J'ai vraiment faim! Et je suis certaine que, même froid, ce Big Mac maison sera délectable.

Je souffle un bon coup pour éloigner l'ennemi, puis je ferme les yeux en approchant le hamburger de ma bouche. Je dois trouver une façon de me changer les idées, de penser à autre chose qu'aux moustiques que j'ingurgite peut-être. Si je tourne la tête à droite, je vois notre voisin serviable et sa famille déguster des hot dogs clairement calcinés. Si je regarde en face, je tombe sur un couple qui croque des épis de maïs. C'est étrange cette proximité sur un terrain de camping. Surtout, je songe qu'il y a sûrement quelqu'un qui m'espionne alors que j'avale des mouches!

Tout à coup, je remarque que Claudia et Mahée se sont tues et qu'elles m'observent curieusement. Les sourcils froncés, elles mastiquent avec précision. Oh non! Je peux déjà imaginer ce qui s'en vient. «Sophie, raconte-nous ton après-midi!» «Comment c'était, avec Marc Pelletier?» Oui, je les vois venir à un kilomètre à la ronde. Mahée essuie doucement ses lèvres avec une serviette de papier…

Je fais diversion avant qu'elle ne prononce un mot.

— Qui veut commencer? m'écrié-je dans un enthousiasme un peu exagéré.

Je savais que la mention de notre petit rituel ferait diversion! Claudia et Mahée se consultent du regard pour décider qui se lancera la première. Le procédé est bien simple: lors de chacune de nos rencontres, nous confions aux deux autres les dernières nouvelles concernant notre vie, notre travail, nos amours. *Surtout nos amours.* Tout ce qui est digne de mention doit être révélé. C'est sacré et nous ne dérogeons jamais à cette tradition. Il n'y a pas de secrets entre nous. *Ou si peu.*

Mahée laisse tomber son hamburger dans l'assiette de carton devant elle en soupirant.

— OK, j'y vais! déclare-t-elle. Côté travail, ça roule. Les contrats se succèdent et j'ai la chance d'enseigner à des jeunes vraiment super, même s'ils ne l'ont pas facile. Certains vivent des histoires d'horreur à la maison… J'essaie de les écouter, de faire une différence dans leur vie. Pour le reste, je m'habitue tranquillement à mon nouveau quartier, poursuit-elle, l'air un peu songeur.

Le Lac-Saint-Jean me manque. Ce n'est pas nouveau : j'ai toujours préféré le climat paisible de la campagne à la folie de la ville.

— Ce que l'amour peut faire ! intervient Claudia avec un clin d'œil.

Effectivement, l'amour a entraîné cette dernière jusqu'en Haïti pour faire de l'aide humanitaire. Qui aurait cru que Claudia Sanschagrin, cette fille un peu superficielle qui, il n'y a pas si longtemps, jugeait les hommes à la taille de leurs biceps, mettrait sa vie sur pause une demi-année pour venir en aide à des gens dans le besoin ? Et moi, que serais-je capable de faire par amour ?

Mahée entortille ses cheveux en un chignon qu'elle arrive à faire tenir à l'aide de deux couteaux en plastique.

— Parlons-en de nos amours, dit-elle sur un ton agacé en appuyant son menton au creux de sa paume.

— Ça ne va pas bien avec Vincent ? s'étonne Claudia.

Les yeux embués, Mahée gratte distraitement avec son ongle la peinture défraîchie sur la surface en bois de la table de pique-nique. Ça me fait penser que les filles n'ont pas utilisé ma nappe…

— Non, ça ne va pas du tout, souffle ma meilleure amie en étouffant un hoquet. Tout était pourtant si parfait ! Cependant, depuis quelque temps, plus rien n'est pareil, ajoute-t-elle, le cœur serré. Je ne le reconnais plus ! Il rentre de plus en plus tard le soir, il marmonne un bonsoir en arrivant de travailler et passe le reste du temps pendu à son cellulaire. Il est distant, impatient… Je ne sais plus quoi penser.

Claudia me lance un regard paniqué auquel je réponds par un haussement d'épaules. Je n'en sais pas plus qu'elle sur ce que vit Mahée en ce moment et je partage son sentiment d'impuissance. Vincent Grandbois ne perd rien pour attendre ! Ce gaillard d'Amérindien à belle gueule a intérêt à ne pas faire de peine à mon amie. Une chance qu'il n'est pas devant moi à cet instant ; sinon, il saurait ce que je pense de son attitude déplaisante !

Malgré ma colère, je m'adresse à Mahée d'une voix douce. Mais vraiment, j'ai du mal à accepter le fait qu'elle souffre.

— Comme je te le disais cet après-midi, ça arrive à tout le monde une mauvaise passe.

— Il a peut-être des problèmes au travail ? suggère Claudia de sa voix réconfortante.

Le regard de Mahée reste fixé sur la peinture brune écaillée. Ses épaules sont lourdes, ses yeux sont cernés. Manifestement, ce qui lui arrive l'affecte beaucoup.

— Non, répond-elle. C'est plus sérieux que ça, je le sens. Il n'est plus lui-même. Je n'aurais pas dû envahir son condo, poursuit-elle en secouant la tête. Je lui ai fait changer la couleur des murs, je l'ai forcé à se débarrasser de son vieux divan qu'il aimait tant…

— Ouach ! Son divan était troué de partout, alors ce n'était pas un luxe ! m'écrié-je en roulant les yeux.

— Justement, peut-être s'ennuie-t-il de sa petite vie paisible. Dans ce temps-là, il pouvait regarder le hockey sur son divan de gars plutôt que de se taper des films de filles sur une causeuse en osier bleu ciel.

Claudia plisse le nez en faisant tourner le vin dans son verre en plastique.

— Tu as vraiment acheté une causeuse bleu ciel pour remplacer son divan préféré ? Franchement, Mahée !

Notre amie se prend la tête à deux mains et reprend sa complainte :

— Vincent voulait la causeuse rouge. C'est celle-là que j'aurais dû choisir…

J'avale une bonne rasade de vin, puis dépose mon verre bruyamment sur la table.

— Je doute que les problèmes de Vincent aient un lien quelconque avec la couleur du sofa, Mahée.

— Je ne suis pas d'accord, objecte Claudia en levant un doigt. Les gars sont attachés à leurs vieilleries…

— Peut-être voit-il quelqu'un d'autre ? émet Mahée, l'air désespéré.

Ses paroles ont l'effet d'une bombe. Claudia étouffe un cri d'horreur pendant que, sous l'effet de la surprise, j'accroche mon verre. Le vin rouge se répand entre les planches de bois et dégouline sur mes cuisses. *Ma seule paire de jeans !*

Claudia lance des serviettes de papier sur le dégât.

— Ne dis pas de bêtises, Mahée, voyons! Rien ni personne n'existe plus pour Vincent quand tu es dans la même pièce que lui. Pas moyen de lui dire deux mots sans qu'il te cherche du regard. Non, vraiment, tu ne me feras jamais croire ça!

— Ce sont des choses qui arrivent, déclare Mahée, de plus en plus accablée. Je réfléchis à toutes les hypothèses depuis des jours. Je vais devenir folle! On dit que les coups de foudre ne durent pas…

Vincent et Mahée, c'est plus qu'un simple coup de foudre, c'est le plus beau couple que je connaisse. Ils sont faits l'un pour l'autre! Dès la première seconde, j'ai su que c'était pour la vie. Il y a sûrement une explication à tout ça et je compte bien enquêter.

— Ça va s'arranger, ma cocotte, dit Claudia en caressant l'avant-bras de Mahée.

La flaque d'alcool renversée attire les moustiques. Tant mieux, ça en fait moins autour de mon repas que je mange avec moins d'entrain depuis les confidences de Mahée. Pauvre chouette! Elle avait enfin réussi à se débarrasser de son comptable ennuyant. Elle a tout quitté pour Vincent; un nouvel échec serait dur à encaisser.

— Ce n'est pas tellement plus joyeux de mon côté… murmure Claudia.

— Ah non? clamé-je en haussant les sourcils.

Moi qui pensais me morfondre pendant deux jours, à cause de ma petite vie de célibataire, en écoutant le discours enjoué de mes deux amies heureuses en amour ! Finalement, ma situation n'est pas si mal.

Claudia trace des ronds sur la table avec son index.

— Mon voyage en Haïti a été une expérience enrichissante sur le plan personnel, mais plutôt difficile pour mon couple. Après tout, dormir à six dans une même pièce n'a rien de romantique. Ce n'est pas idéal pour les rapprochements non plus ! J'ai suivi Patrick parce que je ne pouvais m'imaginer vivre loin de lui un jour de plus. Nous étions très occupés chacun de notre côté, alors nous n'avions pas beaucoup de temps l'un pour l'autre. Et quand Patrick et moi arrivions enfin à nous retrouver seuls, nous tombions de fatigue. Je suis allée là-bas pour me rapprocher de lui, mais…

— Mais quoi ? insiste Mahée devant le silence de Claudia qui fait durer le suspense.

— Ce n'était pas comme je l'avais espéré. Nous étions ensemble, sans l'être vraiment. Patrick était en mode travail alors que moi, je voulais bien faire les choses. Je me suis beaucoup investie…

Évidemment, une mission humanitaire n'a rien à voir avec un voyage de noces. Claudia et Patrick ont annulé leur mariage à cause de cette mission.

— Je suis heureuse d'être revenue au pays, continue Claudia, mais ça me fait peur d'être loin de Patrick pendant encore plusieurs mois. Il me manque. En fait, la présence d'un homme me manque.

— Oh ! C'est dangereux, ça ! siffle Mahée qui, connaissant Claudia, imagine très bien la suite.

Claudia passait les mâles à la douzaine avant de connaître Patrick. Elle aime la séduction, le sexe, l'attraction qui se dégage entre deux personnes qui s'attirent. Elle a fait une croix sur sa vie de croqueuse d'hommes pour construire une relation sérieuse avec Patrick. Elle y croyait vraiment ! Beaucoup plus que nous, pour tout avouer... Cependant, la façon dont elle se comporte avec Christian, l'ami de Marc, m'inquiète. J'ai l'impression de revoir cette Claudia un peu frivole que nous connaissions avant qu'elle rencontre Patrick.

— Le retour n'est pas facile. Mon appartement de Québec me paraît vide, mon travail à la clinique est plus ennuyant que jamais. Imaginez, je dois servir les caprices d'un vieux médecin de soixante-dix ans... Je m'emmerde royalement ! C'est pour ça que j'aimerais passer quelque temps à Montréal.

— OK, je comprends mieux maintenant, dit Mahée.

Claudia se trémousse sur son siège en avalant une longue gorgée de vin. Elle a du feu dans les yeux, comme une fille qui part en guerre... ou à la chasse. Je la mets aussitôt en garde :

— Tut, tut ! Ne fais pas de folies que tu pourrais regretter, Choupinette !

Claudia soupire bruyamment. Cela ressemble au bruit d'un ballon qui se dégonfle.

— Il est trop tard...

— Trop tard ? crions-nous Mahée et moi d'une seule voix.

— Il y a un nouveau serveur super *sexy* au café près de chez moi. Vous devriez voir ses yeux ! Et là, je ne vous parle même pas de son derrière ! On est sortis ensemble une fois ou deux. Il ne s'est rien passé, mais… oufff !

Claudia mord le bout de ses doigts sensuellement. Nous comprenons qu'il est temps d'agir.

— À partir de maintenant, Claudia, interdiction formelle d'entrer dans ce café, déclare Mahée en tapant sur la table. C'est un ordre ! Et on trouvera bien une solution pour que tu puisses rester un peu à Montréal, hein, Sophie ?

— Mais oui…

C'est au tour de Claudia de se prendre la tête à deux mains.

— Non ! C'est le meilleur café en ville. Je ne peux même pas envisager survivre sans cet expresso !

— Fais comme moi : achète-toi une machine à expresso, répliqué-je simplement. J'ai la meilleure. Je te donnerai le numéro du modèle…

Claudia fait la moue.

— Je peux au moins regarder le beau mec par la grande vitrine ? ose-t-elle demander en recommençant à mordiller le bout de ses doigts.

— NON ! nous exclamons-nous en chœur, Mahée et moi.

L'air désemparé, Claudia vide le fond de la bouteille de vin dans nos trois verres en parts égales.

— Je lève mon verre à mon âme esseulée ! proclame-t-elle presque solennellement.

— Esseulée ? Depuis quand utilises-tu des mots savants, toi ? glousse Mahée.

— Depuis que j'ai EN-FIN terminé ma maîtrise !

— Vraiment ? m'étonné-je.

Claudia avait commencé sa maîtrise en histoire de l'art il y a des années. Honnêtement, je n'y croyais plus tellement. Nous entrechoquons nos verres énergiquement. Plusieurs gouttes de vin s'ajoutent au dégât encore visible sur la table.

— Oui, madame ! J'ai remis ma thèse cette semaine. J'ai fait une belle présentation, déguisée comme l'écolière studieuse que j'ai toujours été…

Mahée, qui semble de meilleure humeur, s'écrie en entourant les épaules de Claudia :

— Wow ! Ça, c'est une bonne nouvelle !

— Maintenant, reste à savoir ce que je ferai de ce beau diplôme, murmure Claudia, perdue dans ses pensées.

À mon sens, une formation en histoire de l'art offre de vastes possibilités. Mon amie pourrait enseigner, travailler dans un musée ou une galerie d'art.

— C'était quoi ton but premier lorsque tu as choisi ce domaine ? Tu devais bien avoir une idée derrière la tête ?

— Oui, dit-elle après avoir avalé une gorgée. Mon but, c'était de faire chier mon père qui voulait que je suive ses traces et que je devienne opticienne d'ordonnance !

Nos éclats de rire sont enterrés par le moteur d'un camion qui gronde. Un gros quatre-quatre tirant une minuscule roulotte se gare sur le terrain libre entre notre tente et le VR de Marc Pelletier.

— De nouveaux voisins, chuchote Claudia, l'air intéressé.

Sur un terrain de camping, l'arrivée d'occupants est un événement en soi. Tout le monde autour cesse de manger et regarde avec intérêt le conducteur reculer sa roulotte. Y arrivera-t-il au premier essai ? Accrochera-t-il un poteau ? Qui descendra du camion ? Ça me fait penser à ce regard de méfiance qu'on porte sur les élèves qui débarquent dans une nouvelle école. On les observe de loin ; ensuite, on juge s'ils sont dignes de faire partie de notre petite communauté. C'est exactement de cette manière que j'agis avec les gens en général.

Le camion rouge vif s'immobilise à dix centimètres de notre niche à chien. Les roues sont énormes ; elles sont presque aussi grosses que notre tente. Trois portes du véhicule s'ouvrent en même temps. La première chose que je vois, c'est le bout de ce qui ressemble à une botte de cowboy. Un homme qui se prend visiblement pour Lucky Luke saute à terre ; comme le héros, il saisit la boucle de sa ceinture à deux mains pour replacer celle-ci. Sa barbe négligée et ses cheveux un peu longs sont cachés sous un foulard noir. Aucune ressemblance avec le style du campeur habituel. On dirait que l'inconnu sort tout droit de prison.

Ses compagnons sont tout aussi étranges. L'un est enrobé d'une graisse molle qui déborde de son pantalon, tandis que l'autre est bâti comme Arnold Schwarzenegger dans ses bonnes années. Une cigarette se consume à ses lèvres.

— On a atterri à côté de jolies nénettes, Joe ! grogne le plus maigre d'une voix rauque.

Je me suis trompée. Finalement, ce n'est pas Lucky Luke, mais les frères Dalton qui viennent de débarquer ! Dommage qu'ils ne soient que trois, car l'image est parfaite. Je cherche des yeux Rantanplan…

L'homme aux cheveux grisonnants donne un coup de poing sur l'épaule tatouée de son compagnon, occupé à nous dévisager.

— Allez, viens, imbécile ! On a du boulot !

En file indienne – en ordre de grandeur –, les trois énergumènes disparaissent dans la roulotte. Les deux premiers ont dû se pencher pour franchir la petite porte. Que vont-ils faire là-dedans ?

— Ils n'ont pas l'air très sympathiques, nos nouveaux voisins… murmure Mahée en se collant contre Claudia.

En effet… Je préfère subir l'arrogance de Marc Pelletier plutôt que ces bandits en cavale. Il faudra que je verrouille les portes de ma voiture ! C'est dommage qu'il n'y ait pas de serrure sur les tentes…

— Bon, et toi, Sophie? s'informe Claudia en reprenant notre conversation précédente.

Je suis celle qui n'a jamais rien d'intéressant à dire. Je ne vis pas d'histoires abracadabrantes comme Claudia. *Ou je n'ai pas la même façon de les raconter.* J'ai une petite vie bien simple: métro, boulot, dodo… Il y a eu un temps où mon aventure avec mon patron avait pimenté notre rituel. J'avais enfin des révélations à faire qui sortaient de l'ordinaire! Pour l'heure, que pourrais-je trouver qui serait plus captivant que le voyage humanitaire de Claudia? Je n'ai aucun sujet triste à aborder, comme Mahée avec son beau Vincent. Non. Mon existence est vraiment ordinaire. J'ai eu une promotion dernièrement, mais ça n'intéresse personne. Un chiffre sur un chèque de paie, quoi de plus déprimant…

J'inspire profondément en repoussant mes cheveux qui ont séché en retroussant dans tous les sens. C'est toujours pareil quand je n'ai pas mon fer plat sous la main. Mes rosettes donnent l'impression que j'ai passé une heure dans la sécheuse.

— Rien de nouveau pour moi. Le travail et encore le travail.

— Et comment ça se passe avec Dan? s'informe Claudia, curieuse.

Je hausse les épaules, puis repousse mon assiette.

— Mon voisin a une nouvelle copine, annoncé-je. Elle a de beaux cheveux blonds qui lui descendent sur les hanches, de gros seins en forme de poire dans le style des deux starlettes à côté, ajouté-je en pointant le VR de Marc du menton. Bref, Dan ne vient plus se faire dorloter par matante Sophie.

Mahée fronce ses sourcils toujours parfaitement épilés.

— Pfff ! Il n'en valait pas la peine. Tu trouveras cent fois mieux !

Son discours ne m'étonne pas. Mahée n'a jamais aimé Dan, même s'il est son beau-frère. Ce dernier s'est mal conduit avec elle lors d'une soirée il y a deux ans. Il s'est longuement excusé, mais elle a gardé une dent contre lui. Elle n'oublie jamais, ma Mahée. Mais j'espère qu'elle a raison et que je trouverai mieux. Mon amie est chanceuse, elle qui se blottit dans les bras de son amoureux tous les soirs. Moi aussi, je voudrais trouver *mieux*, mais les hommes ne se bousculent pas à ma porte. Je dois me contenter de ce qui passe…

Je rêve qu'un homme me supplie de tout laisser tomber et m'offre une nouvelle existence, comme Vincent l'a fait avec Mahée. J'aimerais bien vouloir suffisamment un homme pour avoir envie de le suivre au bout du monde, comme Claudia l'a fait pour Patrick. J'en suis venue à la conclusion qu'on ne pouvait pas tout avoir. Je mise sur ma carrière depuis des années. On dit qu'on récolte ce qu'on sème… J'ai donc récolté un beau compte en banque, un condo entièrement rénové et des REER qui m'assureront une retraite dorée. Le problème est que je mange seule dans ma vaisselle de cristal.

Mes amies me contemplent en silence. *Non ! Tout mais pas ce regard compatissant, de grâce !*

— Ça va, pas besoin de me prendre en pitié. Je suis heureuse, vous savez. Ma carrière me comble parfaitement.

Je mords ma lèvre inférieure. C'est exactement le genre de réaction que manifestent les jeunes candidats que je reçois en entrevue lorsqu'ils tentent de me convaincre qu'ils ont des années d'expérience derrière la cravate. Je sais quand quelqu'un ment. Et moi-même, je fais une bien piètre menteuse.

Les filles échangent un sourire en coin.

— Oui, bien sûr !

Je roule les yeux devant leur air complice. Elles ne me lâcheront pas tant que je n'aurai pas craché le morceau.

— Bon, OK. Je suis morte de jalousie, si vous voulez tout savoir ! Votre couple n'est peut-être pas idéal en ce moment, mais au moins, vous avez quelqu'un à qui penser… et de qui parler.

— Tu as raison, Sophie, approuve Claudia. Il est plus que temps qu'on te trouve un homme. Christian, l'ami de Marc, est beau, non ?

Je fais une grimace en secouant la tête.

— Trop petit !

— Arrête, il a des cuisses d'enfer ! réplique Claudia.

Mahée intervient, cachant bien mal son sourire coquin.

— Non, Claudia, tu n'y es pas du tout. Christian n'est absolument pas le genre de Sophie. C'est Marc qu'elle trouve mignon.

— Ah oui ? s'étonne Claudia en me regardant. C'est vrai qu'il est *top* ! Il ressemble tellement à Patrick !

Indignée, je m'adresse à Mahée.

— Qu'est-ce qui te fait croire ça ?

Je pose la question pour la forme, mais sa révélation m'ébranle plus que je ne veux le laisser voir.

— Je le sais, c'est tout, répond-elle avec un clin d'œil.

C'est irritant qu'elle devine toujours tout à mon sujet, qu'elle lise en moi comme dans un livre ouvert. Surtout, je suis troublée par l'attirance que je ressens pour Marc. La seule évocation de son prénom me donne chaud ! Je regarde le fond de mon verre vide en soupirant. Tout ça est si compliqué…

Soudain, je pense au papier que j'ai rangé dans ma poche quand je me suis changée.

— Oh ! les filles, j'ai quelque chose à vous montrer !

Je sors délicatement le message. Il est mouillé et risque de se déchirer si je ne le traite pas avec la plus grande douceur. Mes amies se penchent au-dessus de la table.

— C'est quoi, ça ? demande Mahée après avoir fini de lire le mot. C'est l'écriture d'un homme.

— Cet après-midi, je l'ai trouvé contre l'un des essuie-glaces de ma voiture.

— Et ce n'est que maintenant que tu nous en parles ? s'énerve Claudia. Hé ! Tu as un admirateur, Sophie ! Il veut te rencontrer, alors tu dois te présenter au rendez-vous !

— Calme-toi ! Mon nom n'est même pas mentionné, alors ce message ne m'était peut-être même pas destiné. Et puis, je n'ai aucune idée de la personne qui l'a écrit… Pas question que je tombe sur un maniaque ! J'ai entendu deux filles aux toilettes parler d'un fou qui rôde autour du camping.

— On pourrait y aller avec toi, intervient Mahée en souriant.

Claudia pose ses pieds sur le banc et serre ses genoux contre sa poitrine. J'ai toujours peur de ce qu'elle va dire lorsqu'elle réfléchit dans cette position.

— Tu ne reconnais pas l'écriture ? Se pourrait-il que ce message vienne d'un homme que tu aurais fréquenté ? Il dit qu'il veut continuer ce que vous aviez commencé… Ça ne te rappelle vraiment rien ?

J'ai déjà étudié la question sous plusieurs angles. Aucune idée ne m'est venue.

— Je ne sais vraiment pas…

Un brouhaha – cela ressemble au bruit de poubelles renversées – nous fait tourner la tête. Je crois d'abord que ça vient du quatre-quatre. Ils font un peu peur, les frères Dalton. J'aperçois plutôt les mèches blondes de Vickie – *Miss Topless* – briller sous les rayons du soleil qui descend lentement. D'ailleurs, la chaleur est maintenant beaucoup moins étouffante.

Je ne porte aucune attention à ce que fait la fille, car j'essaie de deviner de qui pourrait provenir le message. J'ai toujours détesté les mystères. C'est le coup de coude que donne Claudia à Mahée qui me fait réagir.

— *Fuck!*

Mahée vient-elle vraiment de dire un gros mot ? Dans sa bouche en cœur, même un juron paraît mignon.

— Ostie ! s'exclame Claudia.

Je suis aussi surprise que mes amies, mais je reste silencieuse. Toutefois, dans ma tête, c'est un chapelet au complet qui défile. Je termine même la série par le « maudit baptême » que mon grand-père émettait jadis, pipe fumante à la bouche.

Alors qu'elles se croient à l'abri des regards derrière le VR de Marc, Vickie et Nathalie… se taquinent, si je peux qualifier ainsi leur manège. Mais je ne suis pas certaine de ce qu'elles tentent de faire. La main de la noire pince une fesse de la blonde. Les deux filles échangent de petits sourires cochons… La blonde mord son index, puis le suce sensuellement. Est-ce que j'ai envie d'assister à ça ? Je me cache les yeux après les avoir vues s'avancer l'une vers l'autre. *Vickie et Nathalie vont s'embrasser, sacramant!*

En réalité, je n'ai rien contre le fait que deux filles soient ensemble. Je suis d'accord avec le principe de base ; cependant, voir le rapprochement des deux *topless* en direct constitue un spectacle plutôt saisissant. Surtout que l'une d'elles m'a carrément reluquée dans une cabine quand je me suis changée tout à l'heure, aux prises avec un papillon coincé entre mes seins ! Je comprends maintenant le regard voyeur de Vickie…

Mahée et Claudia laissent échapper un petit cri aigu. Même si je ne regarde pas en direction de Nathalie et Vickie, je me doute de ce qui se passe.

Ce que mes amies et moi nous nous demandons – mais sans que personne ose s'interroger à voix haute –, c'est : Vickie et Nathalie forment-elles un couple ou nos charmants voisins se paient-ils un *trip* à quatre ?

7
Feu de joie... ou de peur !

— Mon père m'a toujours dit de mettre le papier journal en premier, insiste Mahée.

Celle-ci a ramassé les branches qui traînaient en bordure de notre site. Il ne lui manque que la cape rouge pour avoir l'air angélique du Petit Chaperon rouge. Je surveille son pied de près ; j'ai l'impression qu'il a enflé depuis le souper.

— Ah oui ? dit Claudia, penchée au-dessus du foyer, ses tongs roses coincées entre deux bûches. Pourtant, les jeannettes m'ont enseigné que l'important est d'ériger une pyramide avec les bouts de bois.

Nous avons acheté un ballot de bois d'un adolescent qui faisait le tour du camping pour en vendre aux campeurs. Sa casquette cachait la moitié de son visage – une casquette avec la palette droite. Qu'est-ce que c'est que cette nouvelle mode ? Dans mon temps, les gars prenaient un temps fou à rouler leur palette pour lui donner la forme parfaite – on les regardait procéder avec fascination ! En plus, le jeune vendeur tenait le volant de son VTT d'une main et envoyait un texto de l'autre. Comment parvenait-il à obtenir un signal, LUI ? J'aurais dû lui demander…

— Ça fait cinq piastres, avait-il annoncé sans lever le nez de son cellulaire.

— Cinq dollars pour quelques morceaux d'épinette ?

Il m'avait regardée une demi-seconde avant de reporter son attention sur son écran.

— Ouep !

J'observe maintenant Claudia bâtir sa pyramide en bûches de bois. C'est quasiment beau ! Aussi, ça m'évite d'écornifler ce qui se passe chez nos voisins. Les frères Dalton restent cloîtrés dans leur roulotte. C'est trop silencieux. Que peuvent-ils faire là-dedans ? La petite famille d'à côté mange des guimauves collantes en chantant « Feu feu, joli feu ». Nathalie et Vickie ont échangé un long baiser mouillé comme on en voit dans les films XXX. Non que je sois une adepte de ce genre de film, mais quand Claudia Sanschagrin fait partie de votre entourage, c'est un passage obligé. Les objets coquins et les boutiques érotiques, c'était sa vie avant qu'elle rencontre le beau Patrick. On en a entendu des histoires de filles qui s'embrassent… Je crois même que Claudia a déjà tenté l'expérience ! Bref, nos voisines lesbiennes sont retournées dans le VR de Marc en riant.

— Aïe !

Le cri de Claudia me sort du film porno à petit budget qui défilait dans ma tête. Le nez retroussé, mon amie regarde le bout de son doigt.

— Je crois que j'ai une écharde, grogne-t-elle, les dents serrées.

— N'y touche surtout pas, car tu risques de l'enfoncer plus loin ! intervient Mahée en délaissant ses branches. J'ai sûrement des pinces dans ma trousse. Je crois qu'il faut tremper le doigt dans du vinaigre pour aider à faire sortir une écharde... à moins que ce ne soit dans l'eau de Javel ? Est-ce qu'on a de l'eau de Javel ? me demande-t-elle, les sourcils froncés.

Est-ce qu'on est vraiment en train de faire toute une histoire pour un minuscule morceau de bois coincé dans la peau ? Il y a de ces réactions féminines qui m'exaspèrent ! *Hé ! Ho !* On est en camping, alors c'est normal que de petits incidents surviennent. C'est au Ritz qu'il faut aller si on veut une belle manucure. Je décide de garder pour moi mes réflexions, car je n'ai guère envie de me lancer dans un tel débat avec mes amies. Je pointe la pyramide de Claudia dans le foyer.

— Et si on mettait les deux dans notre feu de camp ? suggéré-je pour faire diversion.

Claudia cesse de souffler sur son doigt lorsque Mahée arrive près d'elle.

— Tu veux qu'on mette du papier et du bois ? interroge cette dernière en repoussant une mèche bouclée sur son front.

Je hausse les épaules. Je ne connais pas tellement le camping. Mais dans les films, il me semble que le bel acteur perdu en forêt glisse toujours quelques boules de papier sous les morceaux de bois.

— Ben... euh... ouais !

Pendant le moment de silence qui suit, j'entends mes amies réfléchir. Puis, elles hochent la tête devant l'évidence.

— Bonne idée ! On va faire ça ! conclut Claudia.

Je vais chercher le paquet de feuilles que la réception nous a remis à notre arrivée. Je chiffonne allègrement les règlements du camping, la liste des activités… Le plan est sur le point d'y passer lui aussi quand, à la dernière seconde, je me ravise.

Je place les boules de papier à travers les bouts de bois. Plantée à côté de moi, Mahée attend avec la boîte d'allumettes dans les mains.

— Il faut réussir du premier coup, les filles ! murmuré-je.

Visiblement, le père de famille d'à côté se délecte de voir trois filles essayer d'allumer un feu. Il ne semble pas pressé de nous aider, cette fois ! Juste pour voir sa tête, on devrait se mettre à danser en frottant deux pierres l'une contre l'autre comme les hommes des cavernes !

— On va réussir ! s'écrie Mahée, toujours aussi optimiste.

— Attendez, je vais prendre une photo ! C'est trop beau !

Claudia sort son iPhone de sa poche pour immortaliser le chef-d'œuvre. Dans mon effort pour me retenir de protester, je serre les poings. Claudia fait partie des gens qui photographient leur assiette au restaurant et publient ensuite le cliché sur Facebook ! Pour moi, c'est une raison supplémentaire de ne pas aimer les réseaux sociaux. De plus, ceux qui écrivent un piètre commentaire du style « journée horrible » sans fournir de précisions me tapent royalement sur les nerfs.

Mahée gratte l'allumette sur la boîte d'un geste théâtral. Une fois… deux fois…

— Ouch !

Elle laisse tomber l'allumette, qui s'éteint dans sa chute. Je lui arrache la boîte des mains. Je me demande parfois comment il est possible que cette fille soit encore en vie !

Le feu apparaît au bout de l'allumette à mon premier coup de poignet.

— Essaie d'allumer le papier en premier. Ça fera prendre le bois par la suite.

Je me tourne vers Mahée.

— Vraiment, ma chérie, tes réflexions ne cessent de me surprendre !

— Quoi ? s'enquiert-elle timidement.

Je souris, car sa naïveté m'émeut chaque fois. Impossible pour elle d'avoir l'air ridicule, même dans ce genre de situation. Comment fait-elle pour être aussi charmante ? On pardonne toujours tout à Mahée : ses plus grosses bourdes et ses plus grandes maladresses. C'est particulièrement fascinant d'observer l'effet qu'elle a sur les gens. Ça me rendait folle, lorsque nous étions enfants. On enrobait ma meilleure amie dans une boule de ouate chaude et confortable tandis que moi, Sophie la dure, j'étais – paraît-il – assez forte pour supporter les rigueurs de la vie. Si les gens savaient à quel point je me sentais toute petite et fragile à l'intérieur !

La boule de papier s'embrase instantanément. Claudia et Mahée crient victoire. Malheureusement, elles se sont réjouies trop rapidement. Les règlements du camping brûlent tel un feu d'artifice en quelques secondes, puis les flammes vives se transforment en fumée. Je brasse les bouts de bois dans l'espoir d'apercevoir une étincelle.

— Il faut souffler un peu pour ranimer le feu.

— Souffler ? répète Claudia sur un ton incertain.

Je me penche devant le foyer puis, le bec pincé, je me mets à souffler délicatement. Soudain, je vois une étincelle ; celle-ci scintille au rythme de l'air qui sort de mes poumons.

— Hé ! Ça fonctionne ! s'exclame Mahée.

Claudia et elle viennent m'aider.

Deux pieds nus dans des sandales sport apparaissent près de nous. Je ferme les yeux un instant. Évidemment, je sais que c'est *lui*. Qui d'autre que Marc Pelletier pourrait nous surprendre à quatre pattes, le derrière en l'air, en train de souffler comme des idiotes sur un semblant de flamme ? Un beau « *show* de boucane » qu'on fait là !

— Le feu est prêt de l'autre côté, déclare-t-il. Vous pouvez vous joindre à nous, si vous voulez.

Claudia a répondu un « ouiiiii ! » enthousiaste avant la fin de sa phrase. Pour ma part, je continue de fixer le feu qui reprend vie. Je ne veux surtout pas croiser le sourire de Marc. Finalement, je n'ai pas besoin de me relever, car ce dernier s'accroupit à mes côtés.

— Il était parfait votre feu, les filles. Il fallait seulement espacer les morceaux de bois un peu et mettre quelques brindilles sèches.

Je me redresse en appuyant mes fesses sur mes talons. À ma grande surprise, Marc ne se moque pas de nous. Certes, il a un regard amusé, mais sans plus. Il a troqué son short blanc contre un jeans délavé. Le pantalon a quelques accros çà et là – comme s'il était effiloché –, ce qui donne à Marc un air rebelle fort séduisant. La montre en or à son poignet, nonchalamment posé sur son genou, attire mon attention. J'ignore toujours ce qu'il fait dans la vie, mais selon toute apparence, il a de l'argent. *Après tout, il se paie deux filles pour se divertir !*

— On met des vêtements longs et on arrive ! annonce Claudia en fonçant vers la tente.

— Tu viens ? demande Marc en s'adressant à moi.

Sa voix incertaine me fait ciller. Qu'est-ce qu'il est dur à suivre cet homme ! Pendant un instant – vraiment pas longtemps –, je soupçonne même un trouble de la personnalité. D'une rencontre à l'autre, je ne sais jamais à quoi m'attendre. Tantôt, il affiche un sourire espiègle et un air taquin ; tantôt, il joue au gars mystérieux. Lorsque j'achète un objet, j'aime lire le manuel d'instruction. C'est rassurant de tout savoir sur le mode d'emploi, de connaître chaque option. Mais je n'arrive tout simplement pas à percer à jour Marc. Il m'épuise !

Je me relève en évitant de rencontrer son regard. Cependant, Marc est plus rapide : il est déjà debout lorsque je me dresse sur mes pieds. Je remarque qu'il s'est douché. L'odeur de son savon un peu exotique m'enveloppe doucement, m'hypnotise. Enfin, c'est sans doute la raison pour laquelle mon corps refuse de bouger. Marc se rapproche de moi ! Je panique. Qu'est-ce que je devrais faire ? Ah ! Il voulait simplement saisir la bouteille de vin sur la table. Sans crier gare, il verse par terre les quelques gorgées tièdes qu'elle contenait.

— Vous avez bu votre vin dans des verres en plastique ? Eurk ! À côté, il y a quelques bouteilles ouvertes et de vraies coupes.

Il me prend vraiment par les sentiments, là… Après une journée comme celle que je viens de passer, je mérite de goûter à un bon vin dans une vraie coupe !

— D'accord ! J'arrive dans une minute, dis-je timidement.

— Pas besoin d'apporter des chaises ; il y en a pour tout le monde ! me lance-t-il par-dessus son épaule en s'éloignant.

Mon regard s'attarde sur son mollet. Ce dernier semble très ferme à travers le jeans. Finalement, peut-être que Marc Pelletier exerce un travail physique ? Ou qu'il joue au hockey ? Il a une gueule de sportif. Il est probablement le genre de joueur qui bloque la rondelle – malgré le risque de blessures graves –, celui que tout le monde veut dans son équipe grâce à sa fougue. Mes yeux remontent lentement le long de sa jambe et s'arrêtent au niveau de sa ceinture. Son derrière aussi est bien proportionné.

— Je reviens ! crie Mahée en brandissant son cellulaire dans les airs. Le signal est bon à l'entrée du camping, alors je vais aller passer un coup de fil à Vincent.

Je me dépêche d'enfiler mes espadrilles pendant que Claudia change de vêtements dans la niche à chien. Un pied posé sur le banc de la table de pique-nique, j'attache mes lacets avec des gestes brusques, je fais des doubles boucles… Si ce n'était pas de perdre mon temps – ou de passer pour une fille qui a un trouble obsessionnel –, je détacherais mes lacets pour les rattacher encore une fois juste pour le plaisir de tirer de toutes mes forces sur les cordes ! Il est presque vingt-et-une heures… Mon rendez-vous mystère approche ! J'ai brûlé le message dans notre tentative de feu de camp, mais impossible de l'oublier. Est-ce que ma curiosité l'emportera ? Claudia et Mahée sont bien décidées à m'accompagner !

Et puis, Marc Pelletier me rend nerveuse. « D'accord ! J'arrive dans une minute. » Je veux vraiment passer mon moment privilégié entre filles à siroter du vin – SON vin ! – dans SES coupes ? Et avec ses amis… Oui, il faut que l'alcool coule dans mes veines pour oublier cette journée affreuse et me donner du courage pour la soirée à venir.

J'avais tellement envie d'un petit vendredi tranquille avec mes amies : les écouter se plaindre de leurs *chums*, entendre crépiter le feu, observer les étoiles… Je devrais le savoir depuis le temps ;

la tranquillité ne figure pas à l'ordre du jour quand je sors avec Claudia et Mahée.

— Mes jambes sont couvertes de piqûres de moustiques ! s'écrie Claudia du fond de son antre.

— Je vous l'avais bien dit que le camping, c'est l'enfer ! Mais vous ne m'écoutez jamais !

— Je n'ai pourtant rien senti. Mon Dieu, certaines sont énormes ! Je vais me gratter toute la nuit !

J'entrouvre la fermeture éclair de la porte et lui lance le tube du produit antidémangeaison.

— Étends-en une bonne quantité, ça te soulagera. Et Claudia, la prochaine fois, dépose tes souliers sur le tapis à l'entrée. Tu as laissé des saletés partout.

Comme d'habitude, Claudia n'en a rien à faire de mes recommandations. Elle m'arrache le tube des mains.

— Ça sent l'Antiphlogistine, ton affaire. Bravo ! Maintenant, je pue l'antiseptique qu'on utilise dans les hôpitaux ! Sophie, regarde dans mon sac à main, il y a un antisudorifique Fraîcheur de sel. Ça m'aidera à ne pas faire peur aux voisins.

Je ne suis pas certaine que le mélange des deux odeurs soit une bonne idée, mais je me rends à la New Beetle de Claudia. Je repère facilement son sac ; il est bien en vue sur le siège passager. Il est énorme ! Le mien fait vingt centimètres carrés et contient l'essentiel : mon portefeuille, mes clés, mon cellulaire et un tube de Lypsyl.

Celui de Claudia est grand comme un sac de plage. Il contient des papiers-mouchoirs, de la gomme à mâcher, des bonbons, un livre, deux CD-ROM, des crayons, d'innombrables paires de lunettes et quelques contraventions oubliées.

Près de l'antisudorifique, je découvre trois enveloppes de condom. Instinctivement, je regarde la date ; les condoms ne sont pas périmés. Les sachets ne sont même pas froissés, signe qu'ils ont été achetés récemment. Pourquoi une fille qui a un *chum* à l'autre bout du monde apporte-t-elle des condoms en camping ? Sacrée Claudia, il faudra la surveiller de près. Elle a toujours les hormones dans le tapis !

Lorsque je la vois sortir en tee-shirt ajusté rouge sang et leggings moulants, cela confirme mes doutes : Claudia est en mode séduction. Je lui lance l'antisudorifique, qu'elle attrape d'un geste vif. *Allez, parfume-toi…*

— Ça me pique encore ! pleurniche-t-elle en se grattant les jambes.

La noirceur tombe doucement ; les derniers rayons du soleil couchant éclairent mon amie. J'ai tellement envié ses longs cheveux épais soigneusement méchés de toutes sortes de couleurs, ses courbes sensuelles. D'ailleurs, je n'ai jamais compris pourquoi une fille qui a tout pour elle n'arrive pas à se brancher dans la vie. Claudia est belle et intelligente ; elle pourrait avoir tout ce qu'elle désire. Toutefois, elle change d'emploi au gré de ses humeurs, elle dépense sans compter et elle ne peut se passer d'un homme dans son lit.

Je m'assois sur le coin de la table tout en observant Claudia qui se sert de la vitre de ma voiture comme miroir. Elle replace ses cheveux avec trop d'ardeur. C'est évident : elle veut plaire !

— Claudia ! laissé-je échapper sur un léger ton de reproche.

Sa pince à cheveux rouge – comme son tee-shirt – en forme de fleur coincée entre les dents, elle me lance un regard de biais.

— Quoi ?

J'ouvre la bouche, puis me ravise. Soudain, je vois la scène d'un œil extérieur. Tant de fois, je lui ai fait la morale sur les principes de la fidélité. Des principes que, moi-même, je n'ai pas toujours respectés ! J'aimerais lui rappeler qu'il y a un homme de l'autre côté de l'océan qui l'aime. Après tout, le mot *mariage* est dans l'air depuis longtemps ! Mais, au bout du compte, en quoi ça me regarde ?

— Rien… dis-je en haussant les épaules.

Elle semble très surprise que je ne monte pas aux barricades pour défendre les grandes règles de la vie. Je l'ai fait trop souvent et, chaque fois, ça m'a donné de l'urticaire. Ce soir, je n'ai pas envie de jouer à la mère supérieure. Claudia est assez grande pour prendre ses propres décisions. Il ne me restera qu'à ramasser les pots cassés, comme d'habitude.

— Il faut que ça s'arrange entre Vincent et Mahée, observe Claudia en remontant ses lunettes sur son nez. C'est toujours les plus beaux couples qui se séparent. On ne voit rien venir et paf ! du jour au lendemain, c'est fini !

Ça me fait penser que Mahée est partie depuis un bon moment. J'espère qu'elle ne s'est pas perdue !

— Ton couple aussi est très beau, Claudia.

Je le pense vraiment. Claudia et Patrick, c'est une combinaison parfaite ! Elle possède un tempérament fougueux ; lui, il est calme et posé. Selon moi, Claudia serait la grande perdante dans l'histoire s'ils se quittaient. Avec Patrick, mon amie semble déterminée à prendre sa vie en main. Il exerce une belle influence sur elle.

Claudia assassine un moustique sur son bras.

— Ouais ! On fait un très beau couple à distance. Loin des yeux, loin du cœur ! Bon, je vais aux toilettes.

— Bonne chance ! À cette heure, c'est sûrement bourré de bonnes femmes qui appliquent leur petite crème de nuit.

Elle me fait une grimace amusée.

— Si tu avais vu les toilettes en Haïti ! En comparaison, les chiottes publiques du camping sont un vrai château !

Claudia s'éloigne d'un pas assuré. Au passage, elle envoie la main aux résidants qui m'ont saluée plus tôt. Elle a raison : ma vision de l'humanité est simplette. Je n'ai rien connu d'autre que le confort d'une maison québécoise. Je n'ai jamais voyagé. Mais le camp de vacances dans les Laurentides où mes parents m'ont envoyée de force à quatorze ans était des plus insalubres. Il y avait des coquerelles dans mon lit !

Je prends une décision : je vais envoyer un chèque à un organisme qui vient en aide aux petits Haïtiens…

Je tourne en rond sur notre site. Il n'est pas grand, alors j'en fais rapidement le tour. Je ne veux pas traverser du côté de Marc toute seule ; j'aime mieux attendre mes amies. Et si je m'approchais du VR pour essayer de voir qui est là ? J'ai l'air d'une voleuse en contournant le quatre-quatre pour ensuite longer le VR. J'entends le rire cristallin des deux lesbi… euh… de Vickie et de Nathalie. Je plaque mon dos contre la tôle, puis étire discrètement le cou. Il y a plusieurs chaises vides autour du foyer. Quel feu ! Il est digne d'un feu de la Saint-Jean. Ou presque.

— Sophie, ça va ?

Je sursaute. Dans mon mouvement brusque pour me retourner, ma tête frappe le miroir du VR. Je vois danser des points noirs devant mes yeux.

Marc s'approche rapidement.

— Est-ce que tu t'es fait mal ? Je suis désolé, je ne voulais pas t'effrayer.

Je pose la main sur ma tempe. Mon cœur bat à vive allure. Lorsque Marc se penche pour examiner ma tête, je reprends contenance.

— Ce n'est rien. Je me suis juste cognée.

Il recule d'un pas, les mains enfouies au fond de ses poches.

— Pourquoi étais-tu plantée là ? Essayais-tu de nous espionner ?

Hou là là! Comment prouver le contraire alors que c'est exactement ce que je faisais? Le mal de tête puissant qui vrille partout dans mon crâne m'empêche de trouver une réponse intelligente. Je remarque alors le téléavertisseur accroché à sa taille. Parfait, celui-ci me servira de prétexte pour détourner la conversation.

— C'est pour ton travail? questionné-je en pointant l'appareil.

Il baisse les yeux sur la petite boîte noire.

— Oui. Bon, tu viens avec nous ou pas?

S'il porte un téléavertisseur, cela signifie qu'il exerce un métier l'obligeant à être facilement joignable. Pompier? J'espère que non, car j'ai déjà donné dans le genre avec Dan! Marc ne me laisse pas placer un mot de plus: il me sort de ma cachette en me tirant par le bras. La flamme vive me réchauffe le visage même à distance. Vickie et Nathalie ont enfilé des vêtements plus chauds et sont assises l'une à côté de l'autre sur des chaises de camping. Christian saute du VR d'un bond léger.

— Allô, Sophie! Claudia n'est pas avec toi? émet-il, affichant une mine inquiète.

— Elle arrivera d'une minute à l'autre.

Ses pupilles s'illuminent. Il passe une main nerveuse dans ses cheveux. D'ailleurs, son parfum est trop fort; il va attirer les mouches! Tant mieux, ça en fera moins autour de moi!

— Hé! *man*, as-tu échappé la bouteille de lotion sur toi? lui crie Marc sur un ton malicieux avant de saisir une cannette de bière.

Christian lui fait un doigt d'honneur. Marc rit tout en aspirant doucement la mousse qui déborde de sa bière. Il se penche ensuite pour que je sois la seule à l'entendre.

— Je crois bien qu'il faudra surveiller Claudia et Christian !

Eh merde ! C'est quoi ce titillement qui réchauffe mon bas-ventre chaque fois qu'il s'approche de moi ? Je n'ai pas ressenti ça souvent dans ma vie. En fait, pas depuis un certain Pierre-Alexandre – et ça date de trop longtemps. Marc Pelletier est totalement le genre de personnalité avec laquelle je ne m'accorde pas. Je connais le principe : le beau gars – très beau ! – qui baise bien, mais avec qui je me disputerais le reste du temps. Quoique je ne dirais pas non à une petite vite sur la table du VR ! Je suis certaine qu'il est doué au lit ; ça se sent, ces affaires-là. J'aimerais bien avoir l'occasion de noter la marchandise sur dix pour voir où ce mâle se situe dans mon palmarès personnel ! Celui-ci n'est pas aussi exhaustif que celui de Claudia, mais quand même… Il faut que je me tienne loin de Marc ; sinon, ce n'est pas mon amie qui fera des bêtises… c'est moi !

Le seul moyen de défense que je trouve pour repousser cette douce douleur qui m'agace et me donne envie de prendre le sous-bois avec Marc est de lui poser cette question :

— Dis-moi, tu les paies combien, tes poupées ?

L'air ahuri, il me fixe plusieurs secondes. Puis, il tente d'étouffer un fou rire, ce qu'il ne réussit pas très longtemps. Je me fais toute petite. Je n'ai jamais su comment réagir lorsqu'on se moque de moi.

— Hé ! les filles ! lance Marc à haute voix. C'est combien pour une pipe sous l'oreiller ce soir ?

Je devrai me méfier de lui, car cet homme n'a pas peur des mots ! Vickie et Nathalie grimacent de dégoût. On dirait carrément qu'on vient de leur proposer d'avaler des araignées venimeuses.

Vickie se prend la gorge à deux mains en mimant un spasme de vomissement.

— Désolée, mon beau, mais je ne te toucherais même pas avec un bâton ! riposte-t-elle.

Je veux bien croire qu'une femme puisse être attirée par ses semblables. Mais que quelqu'un lève le nez sur Marc Pelletier, cela me dépasse complètement ! J'essaie de m'effacer dans le décor, mais Marc me verse un verre de rouge. Ses yeux se soudent aux miens lorsqu'il me tend la coupe pleine.

— Tu ne dois pas te fier aux apparences, Sophie, déclare-t-il. Vickie et Nathalie sont de bonnes amies que j'ai connues à l'université, sans plus. De toute façon, comme tu as pu le constater par toi-même, poursuit-il, le regard espiègle, elles ne sauraient pas quoi faire de ma queue !

Sa façon de s'exprimer sans détour me déstabilise. Claudia serait parfaite pour alimenter ce type de conversations, mais moi, j'ignore comment réagir. Je prends une gorgée de vin, fais tourner l'alcool dans ma bouche pour en accentuer les arômes. Je suis rassurée. Marc a bon goût ; cet australien est exquis. Mais tout ça n'est qu'un prétexte pour me taire ; sinon, je risquerais de dire une autre connerie.

— Elles sont en couple depuis plusieurs mois déjà, ajoute Marc. Tu n'as donc pas à t'inquiéter, elles ne tenteront pas de te séduire ! termine-t-il en riant.

Je tourne les talons, puis repère trois chaises libres de l'autre côté du feu. Je passe devant la table de pique-nique et les deux filles, qui me détaillent des pieds à la tête. Marc aussi me suit du regard, je le sens dans mon dos. Lorsque je m'installe dans la chaise un peu trop basse pour mes longues jambes, il me fixe de ses yeux mi-rieurs, mi-songeurs.

Heureusement, l'entrée spectaculaire de Claudia détend l'atmosphère. Christian bondit vers elle et saisit la bouteille de vin qu'elle a apportée. Mon amie roule un peu trop les hanches, ce qui n'augure rien de bon. Mahée suit tranquillement derrière avec une couverture à carreaux blanc et bleu. La mine déconfite, elle s'effondre sur la chaise à mes côtés.

— As-tu réussi à parler à Vincent ? m'informé-je.

— Hum, hum ! répond-elle simplement.

Je n'aime pas son teint pâle ni son regard fuyant – encore moins ses lèvres tremblantes. Je ne me préoccupe pas de Claudia qui s'assoit près de Christian ni de Marc qui tend une coupe de vin à Mahée. J'insiste auprès de mon amie :

— Mais encore ?

Mahée fait tourner le vin dans son verre à m'en étourdir.

— Je n'ai rien de plus à dire, Sophie. Vincent était occupé… Il m'a pratiquement raccroché la ligne au nez.

— QUOI ?

J'ai parlé trop fort. Aussitôt, le silence s'abat autour de notre cercle. Plusieurs paires d'yeux nous observent curieusement, Mahée et moi.

— Laisse tomber, Sophie… marmonne ma meilleure amie.

Vickie s'amène, les bras chargés de guimauves, de saucisses à hot dog, de sacs de croustilles.

— On vient tout juste de finir de souper, Vick ! proteste Christian en se frottant la panse.

— Moi, je prendrais bien une saucisse, dit Claudia en braquant son regard perçant sur Christian.

Le ton aguichant de Claudia me lève le cœur. Zéro subtilité et manque total de classe. J'ai le goût de me cacher sous ma chaise, tandis que Christian, lui, s'agite sur la sienne. *Ark !* Je préfère finir vieille fille plutôt que de m'abaisser ainsi devant un homme. En tout cas, Christian s'empresse de trouver un bout de branche pour faire tourner une saucisse de mauvaise qualité au-dessus du feu. Nathalie fait le tour avec les croustilles au ketchup. J'en prends une petite poignée.

— Merci.

Soudain, cela me frappe : c'est étrange comme tout le monde est plus beau à la lueur d'un feu de camp. Même Vickie et Nathalie semblent avoir un certain charisme. J'avoue que depuis que je sais qu'elles sont lesbiennes – et que Marc ne se paie pas leurs services ! –, elles me paraissent plus sympathiques. L'ambiance feutrée rend les yeux plus brillants, et ceux de Marc paraissent encore plus mystérieux. Pourquoi cet homme attire-t-il tant mon regard ?

Il gratte les cordes de la guitare posée sur ses genoux tout en contemplant le feu. Son instrument, d'un noir lustré, a l'effet d'un miroir sur les flammes. Cette image, digne d'une vidéo des grandes vedettes à la télé, me donne envie de balancer mes bras dans les airs tellement elle est belle ! Les doigts de Marc sont habiles ; ils se déplacent avec aisance sur le manche. Personne ne l'écoute vraiment… sauf moi. Mahée est perdue dans ses pensées. Christian et Claudia discutent à voix basse. Les deux filles sont occupées à se gaver de guimauves fondantes.

Je me renfonce dans mon siège en cuvant mon vin à petites gorgées. Les quelques étincelles qui rebondissent devant moi sont ma seule distraction, car je me laisse bercer par les mélodies que Marc enchaîne. Il fredonne même un succès de Sacha Cartier, un chanteur populaire. Il n'a pas autant de voix que ce dernier, mais il se débrouille bien. Cette chanson éveille de beaux souvenirs en moi. C'est celle que le chanteur lui-même nous avait offerte en concert privé dans une limousine à l'occasion de l'enterrement de vie de jeune fille de Claudia. Sacha est le frère de Rick Cartier, notre barman préféré. C'est lui qui avait organisé la surprise.

La chanson n'est pas terminée, mais Marc s'interrompt au milieu du refrain. Les autres, qui ne semblaient pourtant pas l'écouter, tournent tous la tête dans sa direction.

— Sophie, ne bouge surtout pas !

Marc est calme, mais ses yeux fixent un point précis derrière moi. Mon cœur s'emballe. Qu'est-ce qui se passe ? Voit-il un fantôme ? Un des frères Dalton ? Une météorite ? Le maniaque qui m'a laissé un message sur le pare-brise ? NON ! J'ai oublié le rendez-vous ! Je jette un coup d'œil rapide à ma montre ; il est vingt-deux heures quinze. Je ne suis pas très en retard ! Je suis même étonnée que mes amies ne m'aient pas rappelée à l'ordre, car l'histoire semblait les intriguer plus que moi. Mahée ose regarder par-dessus son épaule. Elle plaque aussitôt une main sur sa bouche pour ne pas crier.

— Pas de panique ! déclare Marc. Il faut seulement éviter les mouvements brusques.

Claudia remonte lentement les pieds sur sa chaise tout en s'accrochant au bras de Christian. Je devine aussitôt qu'il s'agit d'un animal. Je prie pour qu'il s'agisse seulement d'une marmotte dodue et inoffensive. J'attends que quelqu'un m'explique ce qu'il en est, mais personne ne semble intéressé à m'informer !

— Une couleuvre ? murmuré-je nerveusement.

C'est ce qui me répugne le plus ! Ça et les araignées. *Et les chauves-souris*... Oh ! Je sens quelque chose bouger le long de mon mollet. Mon pied remue par réflexe.

Marc me supplie du regard de ne pas m'affoler.

— Une mouffette… souffle-t-il.

OK, il y a une mouffette sous ma chaise et il ne veut pas que je m'affole. Une MOUF-FETTE ! L'animal qui urine plus vite que son ombre ! Nous n'aurons aucun temps de réaction si la bête lève la queue ! Que doit-on faire, dans une telle situation ? Ma mère donnait un bain au jus de tomate au chien quand il se faisait arroser ! On accumulait dans la cave une quantité incroyable de V8, au cas où… Est-ce qu'on en a à portée de main, ici, du jus de tomate ? J'ai beau tenter de réfléchir pour trouver une solution, je n'arrive pas à penser à autre chose qu'au désastre qui surviendra si la bête décide de déverser sa puanteur sur nous. *Sur moi !*

J'essaie de ne pas bouger, mais ma respiration s'accélère, mes jambes tremblent, mes mains sont moites… Pire, un ado au fond de culotte aux genoux passe dans la rue en criant à tue-tête :

— T'es con, Max !

J'ai envie de me lancer à sa poursuite pour qu'il se fasse asperger lui aussi ! Idiot ! Je ferme les yeux et serre les dents en attendant la catastrophe. C'est sûr que la bête prendra peur et nous arrosera. Quelques longues secondes s'envolent. J'ouvre un œil. Mes compagnons sont figés dans le décor. Personne n'ose cligner ne serait-ce qu'une paupière, ni se gratter le bout du nez. Je me demande si mes amis respirent encore ! La mouffette s'est un peu éloignée. Elle renifle innocemment le gazon sous la table à la recherche d'un morceau de légume abandonné.

Je vide mon verre d'un trait lorsque l'animal disparaît enfin dans le boisé derrière le VR. Les autres poussent un soupir de soulagement. *Ark!* Cette chose a frôlé ma jambe ! Je mérite une guimauve collante et un autre verre ! Marc lit dans mes pensées, puisqu'il se lève pour me servir.

— C'est fréquent de voir des mouffettes sur un terrain de camping ; elles cherchent de la nourriture. Les gens se font rarement arroser, car les bêtes sont habituées d'entendre du bruit et des voix humaines. Comme tu as pu le voir, notre visiteuse était bien enrobée !

— Elle était mignonne, intervient Claudia. Tiens, on devrait lui donner un nom. Que pensez-vous de Samy la Mouffette !

— Mignonne ? dis-je. Tu aurais dû voir ta tête quand elle était dans les parages !

Nos rires se mélangent à ceux des voisins qui ont vécu la même frayeur que nous. Samy devient la vedette de la soirée ! On parlera d'elle longtemps ! Les célèbres blagues de mouffettes fusent de partout, puis celles sur la politique et les blondes prennent le relais. J'en oublie mon rendez-vous encore une fois !

— Hé ! Marc, fais-nous ton classique ! réclame Christian dont la réserve de farces plates est épuisée.

Sa guitare autour du cou, Marc s'éclaircit la voix. Puis, il adopte, pour plaisanter, une posture d'artiste se prenant au sérieux. Je me surprends à sourire. J'ai hâte d'entendre le fameux classique. Il se transforme alors en Elvis Presley – en réalité, il s'agit plutôt d'une caricature du King parce que c'est vraiment drôle. Même Mahée qui rumine depuis le début de la soirée rit en voyant Marc rouler les épaules à la Elvis.

Je ne sais trop combien de verres j'ai bus, ni combien de chansons nous avons chantées avec Marc, mais un homme qui porte un chandail avec le logo du camping nous avise que l'heure du couvre-feu est arrivée. Il est un peu plus de vingt-trois heures. Cette fois, c'est vraiment raté pour mon rendez-vous mystère ! Bah ! Ce n'était sûrement rien d'important, de toute façon… Je secoue délicatement Mahée qui s'est endormie, bien enfoncée au creux de sa chaise. Elle frotte ses yeux comme si elle avait dormi durant douze heures.

— La soirée est terminée ? bredouille-t-elle en bâillant.

— Tu as tout compris, ma chérie.

Je la regarde traîner ses pieds jusqu'à notre tente avec la couverture posée sur ses épaules courbées. Pauvre cocotte, elle ne va vraiment pas bien. Mon instinct de maman poule monte en flèche. Je refuse de voir mon amie se morfondre tout le week-end. Pour en avoir le cœur net, je dois parler à Vincent Grandbois, et vite !

Je m'éclipse sous prétexte d'aller à la toilette. Ce n'est pas un mensonge, car j'ai vraiment envie. Mon plan est de me rendre à l'entrée du camping, là où il y a suffisamment de signal pour téléphoner. Et puis, la chaise géante qui était mentionnée dans le message anonyme est tout près… J'apercevrai peut-être mon prince charmant ! Je laisse donc Claudia dire bonne nuit à Christian. Je jette un œil en direction du boisé ; il n'y a aucun signe de vie de mon amie Samy la Mouffette. Je fonce !

Tout est tranquille. Les gens éteignent les lumières de leur roulotte, des couples chuchotent à voix basse autour d'un feu qui s'éteint lentement. C'est fascinant d'être autant de personnes dans un espace si restreint et que l'atmosphère soit si paisible ; pas de cris, pas de musique forte, pas d'adolescents attardés qui s'excitent en voiture. Quand on y pense, on retrouve une « maison » tous les dix mètres carrés, ici ! Ça en fait des têtes ! Tout pourrait facilement déraper si quelques crétins se donnaient le mot. Au contraire, le respect du couvre-feu semble un rituel sacré auquel nul ne déroge. Si les règles étaient aussi bien appliquées à l'extérieur du camping, il y aurait moins de problèmes dans le monde !

Je me sens un peu molle sur mes jambes quand je sors du bloc sanitaire. Et j'ai oublié d'apporter le plan du camping ! J'espère que mon esprit vaporeux saura retrouver l'entrée…

Je repère une roulotte avec des espèces de gros papillons multicolores en plastique accrochés aux arbres. Je me souviens être passée devant cet après-midi. Je prends cette rue qui me paraît plus large que les autres, avec le sentiment d'être sur la bonne voie. Je manque de trébucher sur ce que je crois être un dos d'âne – il y en a partout sur le terrain. Mais lorsque je regarde de plus près, je ne vois rien qui aurait pu me faire tomber. *Je me prends les pieds dans les fleurs du tapis maintenant !*

J'entends des pas lents et traînants derrière moi. Il s'agit probablement d'un campeur qui retourne à sa roulotte, mais cela me rend un peu nerveuse. Je choisis tout de même de ne pas me retourner, j'adopte même une démarche plus légère et décontractée. Surtout, ne pas montrer le moindre signe de peur ! Je suis presque heureuse de croiser trois ados qui partagent une cigarette… ou autre chose. Je pourrais leur quêter une bouffée pour faire diversion ! En désespoir de cause, je serais prête à beaucoup de choses… Finalement, je ne m'attarde pas. La conversation des filles dans les toilettes au sujet d'un fou qui rôde sur le camping me revient en mémoire. Ça me terrifie ! J'espère que ce n'est pas lui qui m'a écrit le message… *Ça finirait bien ma journée de merde !*

L'humidité est encore très présente et je suis en nage. C'est désagréable ! Si j'étais chez moi, j'aurais déjà pris trois douches – surtout que je ressens encore le frôlement de la bête rayée noir et blanc sur ma jambe. J'aurais dû enlever mon pantalon et remettre mon short ! J'ai comme une odeur de mouffette dans le nez.

Je n'entends plus rien derrière moi. J'aperçois la bâtisse rouge de la réception. La tête me tourne légèrement, mais je suis fière de mon sens de l'orientation. Je ressens la même sensation que lorsque j'accomplis une action importante au bureau – par exemple, embaucher le meilleur technicien de notre principal concurrent. Je roule les yeux, exaspérée par ma propre réaction. Franchement ! Je me trouve bien ridicule de ressentir ce plaisir au fond du bois simplement parce que j'ai trouvé le WiFi.

J'aperçois enfin la fameuse chaise. Elle est immense et probablement faite en plastique. Je fouille des yeux les environs. Je ne vois personne près de la chaise, mais dans la pénombre, c'est difficile de distinguer quoi que ce soit. Je décide de rester en retrait, de ne pas me montrer sous la lumière pour ne pas attirer l'attention. On ne sait jamais ; l'auteur du message m'observe peut-être, caché derrière un arbre. Je préfère voir venir plutôt que d'être surprise. Je me répète que l'heure du rendez-vous est passée depuis longtemps et qu'il y a peu de chance que quelque chose se produise ici ce soir.

Je fais un détour jusqu'au bâtiment de la réception, puis je plaque mon dos contre le bois rude. De cet endroit, je peux surveiller tout mouvement autour de la chaise géante. Malgré l'heure tardive, il y a encore de l'activité dans ce secteur du camping. Les derniers visiteurs quittent les lieux, quelques nouveaux voyageurs s'arrêtent pour passer une nuit sur le site – ils reprendront la route le lendemain. Je parcours la liste de mes contacts pour trouver le numéro de Vincent. Je me moque que l'horloge indique vingt-trois heures quinze. Tant mieux si je le réveille !

À ma grande surprise, celui-ci répond à la première sonnerie.

— Allô ?

Si je souhaitais le tirer d'un sommeil profond meublé de beaux rêves, c'est raté. Sa voix est claire et il y a beaucoup de bruit en arrière-fond.

— Vincent ! Euh… c'est Sophie, prononcé-je mollement.

— Quoi ? Sophie ? crie-t-il dans l'appareil tellement la musique est forte. Attends-moi une minute.

Vincent se déplace, car le rythme disco s'estompe peu à peu dans mes oreilles.

— Bon, ici, je vais t'entendre mieux, annonce-t-il au bout d'une dizaine de secondes. Sophie, qu'est-ce qui se passe ? s'enquiert-il d'une voix inquiète. Y a-t-il eu un accident ?

— Il se passe que Mahée est dans tous ses états.

— Qu'est-ce que tu racontes ? dit-il, visiblement étonné.

Je réponds sur le ton que j'emploie pour réprimander un employé quand celui-ci est en retard pour la troisième fois à cause de sa voiture en panne.

— Qu'est-ce que tu lui as fait ?

— Sophie, que veux-tu dire par « dans tous ses états » ?

Je lève les yeux vers le ciel clair rempli d'étoiles. Aucun nuage ! Il n'y aura probablement pas d'orages ce soir.

— Dans tous ses états comme dans triste, la larme à l'œil, les lèvres qui tremblent, le…

— OK, arrête, m'interrompt Vincent. J'ai compris.

Je l'entends soupirer.

— Écoute, Vincent, je ne tiens pas à savoir ce qui ne va pas, mais explique-toi avec elle. Mahée est perdue ; elle ne te reconnaît plus et s'imagine le pire. Est-ce que tu l'aimes encore ? Ne me dis pas que tu vas la laisser tomber comme un vieux papier-mouchoir. Sinon, je t'arracherai les…

— Sophie, Sophie, Sophie !

Je me tais. Plus je m'emporte, plus je l'exaspère. Tant pis ! Qu'il crache le morceau, le bel Amérindien ! C'est défendu de faire de la peine à mes amies !

— J'ai effectivement des problèmes à régler, poursuit-il plus posément, mais Mahée n'a rien à voir là-dedans. Il n'est surtout pas question de la quitter ! Comment peut-elle croire une chose pareille ?

La panique dans son ton me rassure un peu. Il y a tout de même quelque chose de louche derrière tout ça.

— Alors, confie-toi à elle ! Je t'assure qu'elle en a grandement besoin, Vincent.

— Est-ce qu'elle est avec toi actuellement ? demande-t-il avec espoir.

— Non, elle dort.

— J'arrangerai tout ça demain.

Enfin, je reconnais l'homme plein d'assurance qu'est Vincent.

— Bon, c'est parfait dans ce cas !

Après que Vincent a raccroché, un sourire se dessine sur mes lèvres. Voilà un homme d'action comme il en faut un à Mahée. Cette affaire est réglée ! Mon cœur bondit lorsqu'un mâle bien bâti passe près de la grosse chaise, mais celui-ci ne s'arrête pas. Je jette alors un regard distrait à la dizaine de courriels qui m'attendent. Parmi eux, il y en a un de Dan. De ce que je comprends de son court message et de sa façon simpliste de communiquer sur son cellulaire – je ne comprends rien au langage abrégé dans les messages textes ! –, il a rompu avec sa copine et cherche quelqu'un pour se « désennuyer ». On verra…

J'ai hérité trop souvent du rôle de bouche-trou. J'étais celle qu'on appelait quand les autres filles n'étaient pas disponibles. Je n'ai plus envie de jouer à la femme indépendante qui n'éprouve aucun sentiment. Je veux être plus qu'un numéro – ou une adresse courriel ! – en bas de la liste d'un homme. Si je n'ai rien à offrir, tant pis ; je passerai mes samedis soir seule sur mon divan à regarder des comédies plates tout en mangeant des bretzels. Je serai officiellement « matante Sophie » pour les enfants de mes amies !

Je décide de supprimer le message de Dan. SUP-PRI-MER ! Je respire déjà mieux, et me sens plus légère.

— Quel est son état général ? Augmentez la dose à quatre cents milligrammes…

Je suis surprise de reconnaître la voix de Marc Pelletier aussi facilement. Je range discrètement mon cellulaire et m'avance un peu vers lui. Il est dos à moi dans cette posture décontractée qui lui est propre. Il débite une série de termes scientifiques que je ne comprends pas, mais qui proviennent du domaine médical. Avec sa bière à la main et ses sandales, il a l'air de tout, sauf d'un médecin. Pourquoi la carrure de ses épaules me fait-elle tant d'effet ? Pourquoi la brise qui déplace doucement ses cheveux me donne-t-elle envie de passer mes doigts dans sa tignasse ?

Je pince les lèvres, honteuse de ma réaction. Qu'est-ce que je disais déjà ? Que je ne voulais plus jouer à la femme indépendante qui se retrouve en bas de la liste des contacts d'un homme ? C'est sans doute là que je me retrouverais avec un gars comme Marc.

— Passez-moi le docteur Poirier.

Marc a peut-être senti que quelqu'un l'observait, car il se retourne vivement. Il me fait signe d'attendre une minute. Docilement, mes deux pieds s'alignent et je joins mes mains dans mon dos. Je me suis trompée : la sévérité que je lis sur le visage de Marc témoigne de tout le professionnalisme qui se dégage de sa personne. Très concentré, il échange quelques mots d'un ton neutre avec son interlocuteur, mais son regard est inquiet.

— Bonsoir, Sophie ! m'interpelle une voix masculine sur ma droite.

Un homme se tient à moins de deux mètres de moi. Les bas dans ses sandales sont la première chose que je remarque… Après plusieurs secondes d'hésitation, je laisse mon regard remonter vers son visage. Malheureusement, je le reconnais.

— Hé ! Salut, Marco !…

Marcooo ! Il s'avance pour me faire la bise. *Je rêve ou quoi ?* Ses bas sont blancs !

— Tu es en retard, ma coquine ! s'exclame-t-il. Tu as bien reçu mon message ? demande-t-il, l'air vicieux.

C'est lui, mon admirateur secret ? Si j'avais su, je ne me serais pas tourmentée avec ce fichu message toute la journée ! Marco et moi, nous nous sommes croisés dans une soirée bien arrosée il y a quelques années… Il était là avec l'équipe de hockey junior qu'il dirigeait. On a même baisé dans les toilettes du bar ! *Ark !* J'avais espéré qu'il était assez ivre pour ne plus se souvenir de mon dérapage ; il faut croire que non ! Je ne me rappelle pas des détails, outre que c'est lors de cette soirée que Mahée a rencontré Vincent ! C'est également cette nuit-là que mon patron est décédé d'une crise cardiaque… Il y a des choses qui nous marquent plus que d'autres. C'est dommage pour lui, mais Marco n'en fait pas partie !

— As-tu aimé mon petit jeu ? insiste-t-il avec un sourire vainqueur. Je me suis dit qu'on pourrait remettre ça dans la buanderie. Qu'est-ce que tu en penses ?

C'est étrange comme il était plus beau dans mes souvenirs. La tequila dans mes veines faussait sans doute la réalité. Je repousse subtilement sa main en formulant un beau gros mensonge :

— Non, je n'ai reçu aucun message. Je suis venue téléphoner à un ami.

— Ah…

Soudain, je suis littéralement aspirée par un bras beaucoup plus fort que ceux de l'entraîneur de hockey devant moi. Mon flanc gauche frappe le torse d'un homme, et je suis prisonnière de la poigne de celui-ci.

— Dis, mon amour, on retourne à la roulotte ? On avait des plans pour la nuit…

Marc Pelletier, qui a retrouvé son sourire détestable, a décidé de se faire passer pour mon *chum*. Bonne idée ! Il se permet même de frôler mon cou avec ses lèvres pour donner plus de crédibilité à son rôle. La stratégie fonctionne, car mon mystérieux admirateur est visiblement assommé.

— Ah ! Je ne savais pas que tu avais un copain…

— Maintenant, tu le sais ! déclare Marc d'une voix forte.

J'apprécie au plus haut point la scène : ce n'est pas tous les jours que deux hommes se battent pour moi ! Et puis, le creux de l'épaule de Marc est si confortable…

— OK… Eh bien, *bye,* Sophie !

L'entraîneur de hockey, qui fuit le regard de Marc, tourne les talons. Celui-ci attend que Marco soit hors de portée pour retirer son bras posé sur mes épaules. Je sens encore ses doigts sur mon bras, ses lèvres sur ma peau… Je m'éloigne un peu.

— Désolé, dit Marc en reculant aussi, je ne me suis pas mêlé de mes affaires. Mais quand j'ai vu ses bas dans ses sandales…

— Tu as bien fait !

Quelques secondes de silence nous enveloppent, le temps que mon compagnon engloutisse quelques gorgées de sa Bud Light.

— Alors, le pauvre Vincent a passé un mauvais quart d'heure ?

Zut ! Il m'a entendue parler au téléphone.

— Il fallait bien que quelqu'un le ramène à l'ordre.

Le sourire de Marc devient plus tendre.

— C'est à ça que servent les amis !

En pointant le cellulaire qu'il tient encore à la main, je demande :

— Et toi, c'était quoi ce charabia ? Tu es médecin ?

Il hoche la tête avant d'avaler une nouvelle gorgée.

— Hum, hum…

Est-ce que je suis surprise ? Non, pas du tout. J'étais certaine que Marc faisait un métier peu banal, apportant son lot de grandes émotions fortes. Il faut du cran pour prendre sur ses épaules le destin d'une vie.

— Je suis urgentologue à l'hôpital Maisonneuve, précise-t-il bien humblement.

Effectivement, soigner les accidentés de la route qui se vident de leur sang doit être comparable à un saut en parachute côté sensations fortes. Je suis impressionnée.

— Donc, tu sauves des vies ?

C'est la première fois que je vois une lueur sombre passer dans ses yeux.

— Autant que possible. Ce n'est malheureusement pas toujours le cas.

Je réfléchis à ses propos pendant que nous reprenons lentement le chemin du retour. J'ai toujours admiré la force de caractère que démontrent les spécialistes de la santé. Il faut s'investir complètement, travailler des heures impossibles tout en gardant un certain détachement. Je ne serais jamais capable d'une telle chose.

Le bras de Marc qui frôle le mien me ramène au présent. L'air songeur, mon compagnon fixe le sol.

— Il y a un problème à l'hôpital ? m'informé-je.

C'est la seule explication qui me vient relativement à son humeur morose.

— Oui, un cas me préoccupe, indique-t-il d'une voix rauque.

— Pour un médecin, ça ne doit pas être facile de vivre normalement… c'est-à-dire sans penser constamment à ses patients qui se meurent.

Marc se détend un peu. Il enfonce sa cannette vide dans sa poche. Je perçois même une certaine joie dans son sourire.

— Tu sais, dans la plupart des cas, les urgentologues ne font pas de suivi de dossiers, m'explique-t-il en haussant les épaules. Nous passons rapidement d'un patient à un autre. C'est un feu roulant ; nous sommes toujours sur le qui-vive. Je ne suis pas esclave d'un téléavertisseur qui risque de me déranger n'importe quand. Lorsque je sors de l'hôpital, je suis *off*. Si je porte un téléavertisseur aujourd'hui, c'est parce que…

Marc ralentit son allure et ses sourcils se froncent. Il est un peu ivre, je crois. Je me retiens de passer un bras autour de sa taille pour le réconforter.

— Ça va… Je n'ai pas besoin de savoir, soufflé-je.

Ma douceur le surprend, car il me jette un coup d'œil avant de poursuivre :

— Il y eu un grave accident de voiture mercredi dernier : trois morts, plusieurs blessés, déclare-t-il. Tu sais, ajoute-t-il, animé par une énergie nouvelle, plus il y a de sang, plus j'aime ça ! C'est un défi chaque fois ! Mais ce soir-là, se renfrogne-t-il, lorsque j'ai vu le bébé sur la civière…

Marc passe une main vive dans ses cheveux. Je n'ose pas l'interrompre.

— Le petit était mal en point. Sophie, j'ai tellement eu peur de ne pas le sauver, qu'il meure entre mes mains ! Je me suis senti tellement impuissant ! Ça m'a rappelé… de bien mauvais souvenirs.

Nous nous arrêtons devant ma voiture. Cependant, Marc paraît beaucoup trop ébranlé pour que je le laisse terminer son histoire sur cette note. Je suis captivée par son récit ; je veux connaître la fin !

— C'était donc ça, le téléphone ? Tu voulais savoir comment allait le bébé ?

Il acquiesce doucement.

— Ce n'est pas une procédure habituelle, mais j'y tenais, murmure-t-il. Le petit est stable pour le moment. Allez, dit-il sur un ton plus léger, je te souhaite bonne nuit.

— Ouais ! Bonne nuit, mon amour !

Nous nous esclaffons en chœur en nous remémorant la belle scène que nous avons jouée un peu plus tôt. Mais pourquoi restons-nous là sans bouger comme deux idiots ? La nuit est tombée depuis longtemps. On entend des cris de criquets et de grenouilles aux alentours.

— *Bye !* fait-il avec un petit signe de la main.

Je le suis du regard pendant qu'il regagne le VR d'un pas lourd. Médecin, père de famille… et *sexy* en plus ! Il est parfois insupportable à cause de ses âneries, mais je viens de découvrir une belle sensibilité chez cet homme. En tout cas, il saurait me défendre contre les mâles en délire devant ma porte !

Un bruit derrière notre niche à chien me fait sursauter. Les sens en alerte, je n'ose pas bouger. Et si c'était Samy qui venait me dire bonsoir ? J'évalue la distance qui me sépare de la tente à environ quinze mètres. Le VR est plus près, mais bon… Si je vois l'ombre d'une queue retroussée, je me mettrai à courir.

Ah ! Ce n'est pas la mouffette, mais les frères Dalton qui sortent de leur cocon.

— On va lui faire la peau au vieux Fortier !

— C'est comme si c'était fait, Joe !

Je ne veux pas entendre la suite. Je marche sur la pointe des pieds jusqu'à la tente. Lorsque je lève les yeux au moment d'ouvrir la porte, les trois hommes me fixent avec les mains posées sur leurs hanches.

— Hé ! toé ! T'écoutes aux portes ? me crache celui du milieu.

— Euh… non non !

Je plonge à l'intérieur de la tente, tombant sur Mahée enroulée dans son sac de couchage.

8
Une nuit inoubliable

— Ouch ! Sophie, tu m'écrases ! se plaint Mahée.

Je me tapis dans mon sac de couchage à la vitesse de l'éclair en priant mes amies de la boucler.

— Quoi ? murmure Claudia qui se demande ce qui se passe.

Mes amies et moi tendons l'oreille pour écouter les bruits à l'extérieur. J'éprouve un léger tremblement en entendant des pas. Finalement, les frères Dalton montent à bord de leur quatre-quatre. Le vrombissement du moteur paraît doublement bruyant dans le silence paisible du camping.

Personne ne le dit, mais nous sommes soulagées de les voir quitter le site. *Malheur au pauvre monsieur Fortier !* Je me colle contre Mahée qui, comme d'habitude, occupe la place au centre de notre trio. L'espace est si restreint que nous devrons partager le même oreiller. Finalement, le matelas en mousse n'est pas si mal…

— Poussez-vous un peu ! Un des poteaux de la tente est en train de s'étamper sur mes fesses ! marmonne Claudia en gigotant.

Coincée entre nous deux, Mahée étire le cou pour avoir de l'air. Je reçois sa tignasse bouclée en plein visage.

— Restez tranquilles ! ordonne Mahée. J'ai l'impression que le toit va nous tomber sur la tête !

— Moi, je ne peux plus bouger, dis-je. Je suis plaquée contre la toile.

Une toile fabriquée avec des matières recyclées et qui m'a coûté cent vingt-neuf dollars !

— Interdiction de dormir en position du fœtus, proclame Mahée.

— Interdiction de parler en dormant, indique Claudia.

— Interdiction de ronfler, formulé-je.

J'ai passé mon adolescence avec des bouchons dans les oreilles pour ne pas entendre les ronflements de mon père. Il faisait trembler les murs de la maison ! Je me demande si Marc ronfle…

Nous demeurons silencieuses quelques instants. J'entends circuler des voitures au loin. Le bébé de nos voisins dans la tente-roulotte d'à côté pleure si fort que j'ai l'impression d'être tout près de lui. Je perçois très bien les « chuts » insistants de la maman. Il fait noir, mais la pleine lune rend la nuit un peu moins sombre… quoique plus effrayante !

— Quelqu'un a pensé à rapporter la lampe de poche ? m'inquiété-je soudainement.

Ça m'agace de ne pas voir l'heure, de ne pas pouvoir allumer si une chose suspecte me frôle le nez.

— Elle est restée sur la table de pique-nique, dit Mahée en soupirant.

Je constate rapidement que personne n'a envie de retourner dehors pour une foutue lampe de poche. Bon, mon cellulaire fera un peu de lumière. S'il reste de l'énergie dans la pile !

Je repousse brusquement mon sac de couchage. Mes amies m'imitent. Ouf ! L'air est chaud et humide ! Nous allons mourir asphyxiées si nous n'aérons pas un peu.

Je me redresse péniblement, puis je passe sur les jambes de Mahée pour atteindre la porte. J'entrouvre la fenêtre d'une dizaine de centimètres – ce qui laissera entrer le vent, même s'il est chaud. Tout à coup, je sens quelque chose de vif et de rapide passer entre mes genoux !

— J'ai vu une couleuvre ! hurlé-je.

Lorsque je me lève, ma tête frappe le plafond. Un peu plus et je me retrouvais dans les bras de Claudia !

— Calme-toi, Sophie ! ricane Mahée. J'ai seulement bougé mon pied.

Je me laisse tomber à ma place en respirant profondément pour ralentir mon rythme cardiaque. La nuit sera longue ! Le bébé d'à côté s'époumone encore, et le voisin d'en face tousse comme un fumeur en phase terminale…

— Les filles, voulez-vous savoir qui était mon mystérieux admirateur ?

Claudia et Mahée s'assoient comme si elles étaient mues par des ressorts !

— Quoi ? s'écrie Claudia. Tu es allée au rendez-vous sans nous ?

— C'est qui ? demande Mahée, tout énervée.

Je me retourne lentement sur le côté pour mieux les voir. Appuyée sur un coude, je ramène mes cheveux sur mon épaule. Je savoure l'impatience de mes amies. Pour une fois que c'est mon tour de les faire languir !

— Vous ne devinerez jamais !

— Parle, tannante ! m'exhorte Claudia avant de me donner un coup d'oreiller au visage. Il était beau ? Il t'attendait avec une chemise rouge et une fleur entre les dents ?

— Non, plutôt avec des bas blancs dans ses sandales !

Je ne peux m'empêcher de rire en y repensant. Ça ne se fait pas de donner un rendez-vous romantique à une fille ainsi accoutré ! Je suis encore sous le choc…

— Ark ! émet Mahée. Des bas blancs, pour vrai ?

— C'était Marco…

— Marco ? répète Claudia en se grattant les jambes.

Après quelques secondes de réflexion, elle se souvient.

— Ah oui ! L'entraîneur de hockey ! Celui qui ne te lâchait pas d'une semelle lors d'une de nos sorties de filles. *My God* qu'il dansait mal…

Il baisait mal aussi…

Bouche bée, mes amies me fixent. Je suis fière de l'effet de ma nouvelle !

— Vous auriez dû le voir. Il faisait presque pitié…

— Comment as-tu réussi à t'en débarrasser aussi vite ? demande Claudia qui se gratte toujours ardemment. Dans mes souvenirs, il était du genre accaparant !

Je souris timidement. Une chance, la noirceur cache mes joues qui ont certainement rougi…

— Par hasard, Marc s'est retrouvé sur place au même moment. Il s'est fait passer pour mon *chum*.

Sous le coup de l'excitation, mes deux amies battent des mains. Avec leurs « oh ! » et leurs « ah ! » lancés dans une octave plus aiguë que la moyenne, elles ont l'air de deux poupées préprogrammées !

— J'espère qu'il a mis la totale ! s'enquiert Mahée. Est-ce qu'il t'a embrassée et tout ?

— Non… quand même !

Je ne me préoccupe pas du soupir de déception de Claudia. Marc ne m'a pas embrassée, mais je me sentais bien près de lui. Pour moi, ça compte beaucoup !

— Je suppose que le pauvre entraîneur de hockey est reparti la queue entre les jambes ? déclare Claudia. Dire que j'ai manqué ça ! Tu aurais dû nous prévenir que tu avais décidé d'aller au rendez-vous ; ça aurait pu être dangereux. Imagine si Marc n'avait pas été là et que le con aux bas blancs avait insisté !

— C'est vrai, Sophie, approuve Mahée. Ce n'était pas très prudent.

Je veux leur cacher que mon but premier était de passer un appel à Vincent Grandbois. Après tout, je n'avais rien planifié. Les événements se sont succédé à la vitesse de l'éclair !

— Bah ! J'aurais crié ! Il y a tellement de gens sur un terrain de camping. J'ose croire que quelqu'un serait venu à bout d'un pauvre type comme Marco !

— Ça me pique partout, bordel ! rage Claudia en s'emparant de mon tube miracle.

Je vais commencer à me gratter aussi si je continue de la regarder…

— Vous saviez que Marc était médecin ?

— Oui, répond Mahée en se recouchant à sa place. Vincent me l'a mentionné.

— Enfin quelqu'un pour toi, Sophie ! déclare Claudia, les mains gommées de crème antidémangeaison.

— Qu'est-ce que tu veux dire ?

— Ma chouette, je te connais depuis assez longtemps pour savoir que tu ne sortirais jamais avec un plombier ou un réparateur Maytag !

— Franchement, je ne suis pas si snob que ça ! m'indigné-je. Je suis déjà sortie avec un joueur de football, je te rappelle.

— Ce que Claudia veut dire, intervient Mahée, c'est que tu as besoin d'admirer un homme pour qu'il arrive à capter ton attention. Sinon, tu le trouves immature, insignifiant ou inculte.

Suis-je aussi difficile que mes amies le prétendent ? Mentalement, je fais le tour de mes anciennes relations. Le décompte s'effectue en un instant. J'ai eu une aventure avec mon défunt patron ; j'avoue que nos discussions sur l'économie et la Bourse m'emballaient beaucoup. La communication avec mon beau footballeur qui habitait encore chez sa mère n'était pas fameuse. Avec Dan, c'était une histoire de sexe, sans plus. Je n'ai pas eu beaucoup de relations significatives dans le passé, mais il est vrai que je ne m'imagine pas entendre parler de mécanique automobile autour de la table à l'heure du souper. C'est une question d'intérêt. Toujours allongée sur le ventre, je pose ma tête sur mes avant-bras.

— Ce n'est pas un défaut de vouloir un partenaire cultivé.

— Bien sûr que non, m'assure Mahée en me tapotant la main. Il en faut pour tous les goûts.

— Christian est infirmier, nous apprend Claudia en soufflant sur ses jambes, espérant ainsi faire pénétrer la crème plus rapidement.

— Le métier de Patrick est très important aussi, tranche Mahée. Servir le pays, c'est admirable.

Claudia ne commente pas, ce qui m'inquiète vraiment. Elle aurait normalement fait une bonne blague au sujet de Patrick, puis nous aurait raconté comment il est séduisant dans son uniforme. Mais là, rien…

— Toi aussi, Mahée, tu aimes les hommes avec de gros diplômes, déclaré-je pour détourner la conversation de Patrick. Ton Vincent est ingénieur et propriétaire d'un restaurant. Ton ex était comptable.

— Rien de plus plate qu'un comptable ! grimace Claudia.

— Pas certaine qu'un infirmier soit plus drôle ! riposte Mahée.

Cette dernière fait référence au flirt que Claudia se permet avec Christian. Je ne suis donc pas la seule que cela dérange ! Ses paroles ont l'effet d'une gifle. À cause du silence qui s'installe, je prends conscience qu'une horde de moustiques bourdonnent autour de mes oreilles.

— Bon, c'est ça qui est ça… conclut ma meilleure amie quelques secondes plus tard.

Je souris dans le noir. Ma grand-mère maternelle utilisait toujours cette expression lorsque tout avait été dit et qu'il était temps de passer à un autre sujet.

— Ouais ! Bien sûr ! grogne Claudia en se retournant.

Il ne s'écoule pas deux minutes avant que la respiration de Mahée se fasse lente et régulière. Moi, je fais la toupie. Un peu sur le ventre, un peu sur le dos, un peu sur le côté… et ça recommence. Pourquoi n'ai-je pas pensé à apporter mes bouchons ? Ou mon masque pour les yeux ? Je dors mieux dans le noir opaque.

J'ai chaud, je respire mal, je me sens sale ! Ça me pique partout ! Je cache finalement ma tête sous mon oreiller…

Soudain, j'ouvre les yeux. Est-ce que je dormais ? Ai-je rêvé ? Mahée et Claudia sont immobiles. Le bébé ne pleure plus. J'entends un ronflement au loin, mais je n'ai pas l'impression que c'est ce qui m'a réveillée. Je perçois alors un autre bruit. Serait-ce un frottement ? Un sac en plastique qu'on chiffonne ? Je m'appuie sur mon coude.

— Les filles, c'est quoi ça ? demandé-je nerveusement en donnant un coup de hanche à Mahée.

— Hein ?

Quelque chose se déplace dehors ! Le bruit est tout près. Je me redresse pour pouvoir mettre mon nez dans la porte que j'ai laissée ouverte plus tôt pour aérer la tente. La petite brise qui souffle me fait du bien. J'aperçois alors une queue facilement reconnaissable sous la table. Samy !

— *Fuck!* La mouffette renifle nos restants !

Aussitôt, mes amies s'agglutinent contre moi pour essayer de voir la scène. La bête se déplace nonchalamment. Elle gruge quelques bouts d'un pain hamburger, puis se met à fouiller dans notre poubelle.

— C'est vraiment laid, cet animal… chuchote Mahée, encore endormie.

— Mais non, c'est beau ! riposte Claudia. Durant mon enfance, une de mes amies possédait une mouffette. Celle-ci était aussi docile et agréable qu'un gros chat.

À présent bien réveillées, nous observons les déplacements de Samy. Nous retenons notre respiration en voyant la mouffette clopiner vers notre tente.

— Est-ce qu'elle pourrait entrer ? s'inquiète Mahée.

— Mais non, ma poulette ! la rassure Claudia.

L'animal longe notre habitacle, puis nous le perdons de vue.

— J'ai très envie de faire pipi ! geint Claudia en se recouchant à sa place.

Mahée la regarde, les bras croisés sur sa poitrine.

— Tu ne vas pas à la toilette ?

— Tu es folle ! Plutôt pisser dans ma petite culotte que d'être arrosée par la mouffette qui n'attend que ça !

— À bien y penser, moi aussi j'ai envie… déclare Mahée.

Elle a l'air d'une petite fille. Je souris. Mahée va faire pipi durant toutes les pauses commerciales, avant un rendez-vous, après un rendez-vous. Et pendant une représentation au cinéma, elle dérange deux fois les gens assis dans sa rangée pour aller aux toilettes !

Claudia soupire.

— Bon, allons-y !

— Je vous accompagne ! indiqué-je précipitamment. Pas question de rester seule ici avec Samy la Mouffette.

En réalité, c'est davantage le retour des frères Dalton qui me fait peur. Ou la possibilité que Marco rapplique. Il est seulement deux heures du matin. Avec mon cou raide et mon dos en compote, j'ai l'impression d'être couchée par terre depuis mille ans.

J'entrouvre la porte. Claudia pousse Mahée, qui me bouscule à son tour. J'atterris sur notre montagne de souliers et de sandales. On dirait que nous sommes quinze tellement il y en a.

— Hé ! Attention !

— Excuse-moi, je me suis emmêlée dans mon sac de couchage, marmonne Claudia. Et ne parle pas si fort. Les voisins sont très près, ici.

Je m'extirpe de la tente en m'assurant que Samy ne me fera pas un coucou dans le détour. Mahée et Claudia me suivent à quatre pattes. Nous ressemblons à de petites fourmis sortant de leur nid. Je trouve mes sandales à l'aveuglette.

— Regardez ça ! s'exclame Mahée.

Son pied droit est deux fois plus gros que celui de gauche. Mon sang ne fait qu'un tour.

— Je le savais que tu étais allergique aux piqûres d'abeilles ! Est-ce que tu te sens bien ? Ça te fait mal ?

— Mais non, ça va ! dit-elle en battant des bras pour m'éloigner de son espace vital. Marc m'a déjà donné des comprimés antihistaminiques pour prévenir toute complication, à cause de mon historique médical. Il m'a prévenue qu'il était possible que ça enfle un peu. Je ne pourrai pas mettre ma sandale, mais à part ça, tout baigne !

— Tiens, je te prête mes tongs, propose Claudia après avoir regardé le pied de Mahée. N'empêche, il serait plus prudent de demander l'avis de Marc. On ne sait jamais ; c'est peut-être plus grave qu'on ne le croit.

Hum ! L'idée d'aller réveiller Marc Pelletier titille mes sens. Mettre ma main sur son épaule, apercevoir ses yeux bruns endormis, le regarder s'étirer, me sourire... Bon, OK, je déraille. J'ai même le vertige. Qu'est-ce qui m'arrive ? Cet homme ébranle le contrôle que j'ai toujours exercé sur mes émotions. *Non, non, NON !* Je dois me ressaisir au plus vite ! *Marc, ce n'est qu'un... qu'un...*

— Sophie, tu viens ?

Claudia et Mahée m'attendent près de la table de pique-nique. Je n'avais même pas vu qu'elles s'étaient déplacées ! C'est pire que ce que je pensais : je suis en train de devenir folle. Je dois me tenir loin de Marc. Il me chavire, il me sort de ma zone de confort habituel avec les hommes, il...

— Sophie, est-ce que ça va ? s'enquiert Mahée.

Je secoue la tête. *Zut !*

Claudia frappe la lampe de poche contre la paume de sa main. Celle-ci refuse de nous éclairer.

— Est-ce qu'on a d'autres piles ?

— Sûrement quelque part dans la voiture, suppose Mahée. Bah ! On n'en a pas vraiment besoin ; la lune et les lampadaires de rue nous guideront. Je connais le chemin !

Je jette un coup d'œil dans la rue. Ici et là, il y a effectivement des lampadaires, mais ces derniers dispensent une bien faible lumière. Certes, ils éclairent la route, mais on ne repérerait pas un ours de loin. Ou un fou prêt à bondir ! Je suis mes amies. Mahée a une drôle de démarche à cause de son pied enflé. L'ombre qu'elle projette sur le sol compose une image effrayante avec ses cheveux en bataille autour de sa tête. On dirait une vieille sorcière !

Soudain, un miaulement résonne sur la droite. Un peu nerveuses, mes amies et moi nous immobilisons pour écouter. Rien… le néant. Nous venons de nous remettre en route lorsqu'un bruit nous fige sur place à nouveau. Cela ressemble à un froissement. Claudia pointe une tente-roulotte. La toile tremble. Ce n'est pas un chat, mais plutôt une chatte qui se lamente. Qui geint ! Un couple semble avoir bien du plaisir ; il a sans doute oublié qu'en camping, les murs sont minces. Mes amies et moi rions tout bas. Les murmures, les grognements de monsieur, la jouissance de madame, les baisers sonores, l'échange de salive… tout ça est très chaud !

Je pousse les filles pour que nous reprenions notre chemin. Mais évidemment, Claudia ne peut s'empêcher d'ajouter son grain de sel. Elle prend sa voix de vendeuse dans une boutique érotique et lance :

— Oui, continue ! Encore ! Ah !…

Aussitôt, c'est le retour au calme à l'intérieur de la tente-roulotte. Nous courons jusqu'au coin de la rue, tirant Mahée pour l'aider à avancer avec ses tongs trop grandes et son pied trop gros. J'ai vraiment hâte de voir le couple prendre son café tranquillement, le lendemain matin, assis à sa table de pique-nique !

J'ai la désagréable impression d'être suivie. Encore une fois ! Je n'aurais pas dû regarder par-dessus mon épaule, car j'entrevois une silhouette dans le noir appuyée contre un arbre. Je pousse mes amies pour entrer au plus vite.

— Il y a un homme dehors ! chuchoté-je, la voix tremblante.

— On est sur un terrain de camping, Sophie, dit Claudia. C'est normal qu'on croise des gens même la nuit, ajoute-t-elle avant de s'enfermer dans une cabine.

Empathique face à mes craintes, Mahée regarde dehors.

— Je ne vois rien.

Je me traite de tous les noms tellement je me sens ridicule. Le camping, ce n'est pas pour moi ! J'ai peur d'une mouffette, je prends un pied humain pour une couleuvre, je crois que mes voisins sont de célèbres personnages de bande dessinée, j'imagine des maniaques qui me suivent partout, j'ai le genou mou devant un homme…

J'abîme ma voiture, je fais une folle de moi-même dans un lave-auto, j'écrase un papillon dans mon décolleté…

Lorsque nous sortons de la bâtisse, nous sommes trois à faire face à un singulier personnage. L'homme de grande taille est pieds nus et camoufle son corps sous une couverture grise. Son sourire est difficile à cerner, mais ses lunettes aux épaisses montures noires lui donnent un air de *nerd* un peu fou. *Zut ! J'espère que ce n'est pas le fou dont les filles parlaient cet après-midi dans les toilettes !*

— Qu'est-ce qu'on fait ? bafouille Mahée, l'air paniqué.

Instinctivement, nous nous collons les unes contre les autres. L'homme profite de notre confusion pour ouvrir sa couverture d'un coup sec. Je n'ai jamais rien vu d'aussi laid !

— Oh !

Mahée plaque une main devant ses yeux.

— Un exhibitionniste ! souffle Claudia qui semble fascinée.

Le fou est fier d'exposer son membre en semi-érection. C'est répugnant, mais surtout inquiétant.

— Du calme ! nous rassure Claudia. Il veut seulement se pavaner. Passons devant sans nous occuper de lui. Ne lui adressons pas la parole…

— Va-t-il nous agresser ? demande Mahée, la voix chevrotante.

Une chose est certaine : s'il tente quelque chose, nous n'aurons qu'à crier pour obtenir de l'aide. Claudia nous force à avancer. J'ai l'impression que mes pieds sont en béton.

— Non. Ce qui l'excite, c'est de se montrer.

Soudain, la rue me paraît bien étroite. Lorsque nous faisons un détour pour contourner l'homme, celui-ci ne tente aucun mouvement vers nous. Heureux d'avoir attiré notre attention, l'énergumène pose la main sur son sexe, puis il commence carrément à se masturber ! Je n'ai jamais éprouvé autant de dégoût à regarder un sexe masculin qu'en ce moment !

Sans crier gare, il resserre la couverture sur son corps nu et disparaît entre deux roulottes. S'il était passé dans notre rue, je suis sûre que les ébats du petit couple en action lui auraient plu !

— Câlisse, c'était quoi, cet énergumène-là ?

Je tique en entendant Mahée jurer. Je pense que c'est la première fois qu'elle prononce un blasphème de toute sa vie. Le mot est sorti si spontanément qu'on pourrait facilement croire qu'il est naturel pour elle de s'exprimer ainsi !

Claudia rit tellement fort que je dois lui donner un coup de coude pour la calmer avant qu'elle ne réveille le camping au complet.

— J'ai eu affaire à un ou deux cas lorsque je travaillais à la boutique. L'un s'est masturbé dans l'allée des vibrateurs ! De tels hommes sont plus désagréables que dangereux. Demain matin, on signalera le cas à la direction du camping.

Encore nerveuses, nos cœurs s'arrêtent lorsque nous apercevons une ombre derrière le VR de Marc. Au moins, les frères Dalton ne sont pas encore revenus. Nous reconnaissons rapidement Christian qui se soulage dans le fossé, une main appuyée sur le VR. Il se retourne en remontant sa fermeture éclair.

Claudia roucoule :

— Christian, c'est une chance que tu sois là ! Le pied de Mahée est très enflé.

— Ah oui ? Montre-moi ça, Mahée.

Christian s'avance vers nous avec empressement. Il échange un sourire complice avec Claudia avant de regarder le pied de Mahée.

— C'est une réaction assez fréquente avec les piqûres de guêpes ou d'abeilles. Puisque tu as pris des antihistaminiques cet après-midi, il n'y a pas vraiment d'autres options. Serais-tu plus rassurée si je demandais à Marc de venir ?

Mahée ouvre la bouche pour répondre, mais je suis plus rapide qu'elle.

— Non, ce ne sera pas nécessaire, hein, Mahée ? Tu te sens bien ? Ça peut attendre à demain ?

S'il te plaît, dis-moi que ça peut attendre à demain…

Mes amies me toisent avec étonnement. Christian sent le malaise qui flotte dans l'air, mais visiblement, il n'en comprend pas la cause. Il se relève promptement.

— Dans ce cas, je vous laisse. Bonne fin de nuit, les filles !

Il recule de deux pas en soutenant le regard de Claudia, puis il monte dans le VR sans se retourner.

— Qu'est-ce qui te prend, Sophie ? s'écrie aussitôt Claudia sur un ton accusateur. Tu l'as fait fuir !

— Tu ne voulais pas voir Marc, c'est ça? commente Mahée avec un sourire moqueur.

Je marmonne quelque chose qui ressemble à «Ah! Laissez faire!» tout en me dirigeant vers la tente. Mahée a raison: je refusais de me retrouver face à Marc Pelletier en plein milieu de la nuit. Et puis, je ne voulais pas le déranger… Voilà, je l'avoue, j'ai eu peur! Peur de ce que je ressens chaque fois qu'il est devant moi. J'aurai bien assez de le supporter dans mon champ de vision toute la journée du lendemain.

Dans ma tourmente, j'oublie de retirer mes chaussures avant d'entrer dans la tente. Une faute que mes amies ne manquent pas de me remettre sous le nez.

— Sophie, tes souliers! proteste Mahée, l'air sévère, en brandissant son index devant moi.

C'est vraiment drôle, car ma meilleure amie n'a rien de sévère – ni dans la voix, ni sur ses traits. Je m'exécute d'un léger coup de pied.

— Dépêchez-vous de refermer cette porte. Vous faites entrer les moustiques!

Nous nous recouchons sur notre lit de fortune qui n'est pas plus confortable que tout à l'heure. Dire qu'il y a un énorme matelas luxueux – et neuf! – dans la voiture de Claudia. On aurait pu dormir à la belle étoile comme quand on était ados! Et en compagnie de Samy et des mouches, en plus…

— Je vais faire des cauchemars à cause de ce fou qu'on a croisé, bougonne Mahée.

Claudia pouffe de rire. En tout cas, on peut dire que la rencontre avec l'exhibitionniste, c'était spécial comme expérience. Lorsque je ferme les yeux, la vision du sexe répugnant de l'homme ainsi que de son sourire satisfait envahit ma tête. Désormais, lorsque j'ouvrirai la porte, je craindrai toujours de le trouver là, à nous attendre ! C'est bien pire que ma rencontre avec une paire de bas blancs dans des sandales.

Il faut que j'essaie de penser à autre chose…

— Mahée ?

— Hum ? ronronne-t-elle, sombrant déjà dans le sommeil.

Claudia ne sera pas de meilleure compagnie : elle s'endort toujours en moins de deux minutes.

Bon…

Je tire sur un coin de l'oreiller que je partage avec Mahée pour obtenir un peu plus de confort. Je repousse les cheveux de mon amie qui chatouillent mon nez. Je ferme doucement les paupières. « Allez, Sophie, endors-toi… » Plus je répète cette prière silencieuse, moins le sommeil me gagne. J'entends tous les bruits ambiants, mais comme s'ils étaient multipliés par mille : le coassement des grenouilles, le bourdonnement des moustiques, les ronflements du voisin, la respiration de mes amies…

Un peu plus tard, j'entends un camion s'arrêter tout près de ma tête. Les frères Dalton sont de retour ! Je me cache dans mon sac de couchage comme s'ils pouvaient me voir à travers la toile. Seuls mes yeux ne sont pas camouflés. J'ai l'impression d'être celle qui jouait le rôle de la fille terrorisée dans *Le projet Blair Witch*. J'entends des pas sur le gazon.

— Bon boulot, les gars ! dit une voix grave.

— C'était une affaire de rien.

Je perçois le déclic de la porte de la roulotte des voisins. Celle-ci se referme sur des rires vainqueurs. Je recommence à respirer. Je songe que, malheureusement, je n'aurai pas le choix de croiser les Dalton demain au déjeuner. Je n'aurais jamais cru qu'en faisant du camping, je rencontrerais autant de personnes étranges. En plus, notre périple durera encore deux jours ! J'essaie de lire l'heure sur ma montre dans le mince reflet que renvoie la lune. Quatre heures du matin…

Mes paupières brûlent, mais elles refusent de rester closes. Les premiers rayons du jour pointent doucement. Le croassement des corneilles me confirme que si j'espérais dormir un peu, c'est peine perdue. Il n'est pas encore six heures, mais je ne tiens plus en place. J'ai le dos en compote et j'ai besoin de bouger !

J'ouvre lentement la porte afin de ne pas faire de bruit et pour pouvoir sortir de la tente le plus délicatement possible. Il fait déjà très chaud en cette heure matinale. Je tourne la tête à droite, puis à gauche, tout en exécutant quelques rotations des épaules. Je secoue mes jambes ankylosées. Je me sens comme une vieille croûte de cent ans avec les yeux cernés jusqu'aux joues.

Après avoir fait un tour sur moi-même, je croise un regard brun foncé braqué sur moi.

9
Douche publique et un nouvel ami qui fait peur

Assis sur la table de pique-nique, les pieds posés sur le banc, Marc Pelletier m'observe de son air indéchiffrable. Il est torse nu, mais porte le même jeans que la veille. Les coudes appuyés sur les genoux, il tient une tasse fumante à la main. Du café dans une vraie tasse ! J'aurais besoin d'une piscine de caféine pour atténuer l'effet du manque de sommeil de ma nuit ratée. Un moustique se pose déjà sur mon nez…

C'est à ce moment précis que je comprends la signification de l'expression « dire adieu à sa fierté ». Humide de sueur, les yeux cernés et les cheveux aplatis, je m'avance vers Marc.

— Bonjour.

— Bien dormi ? me demande-t-il avec une lueur malicieuse dans les yeux.

Il me fait une place à ses côtés.

— As-tu une autre question ?

Un rire léger s'échappe de ses lèvres avant qu'il boive une gorgée.

— Je n'ai pas d'autres questions, mais j'ai du café. Ça t'intéresse ?

Mes papilles s'excitent déjà à l'idée de recevoir leur dose de caféine. Peu importe la marque, la couleur, l'odeur, il m'en faut !

— Je te vouerai une reconnaissance éternelle !

Il pose doucement sa tasse sur la surface en bois usée, puis il saute à terre.

— Attention à ce que tu dis, Sophie, car je pourrais te prendre au mot !

Il s'éloigne de sa démarche nonchalante. *Oh là là ! Apporte le café au plus vite avant que je ne dise trop de sottises !* Je place mes poings sous mon menton, que je laisse retomber mollement. Les lieux sont paisibles. Tout le camping dort encore, sauf la grosse corneille qui crie, perchée dans un arbre. Mon regard se fixe sur la tasse de Marc. Un paysage des Îles-de-la-Madeleine, peint à la main, orne la céramique. C'est magnifique. Je suis tentée de prendre une gorgée de café, de poser mes lèvres là où il a mis les siennes plus tôt…

— Voilà !

Je bondis avec un air coupable, comme si Marc avait pu lire dans mes pensées. Je saisis la tasse nerveusement.

— Merci !

À l'odeur, je devine qu'il ne s'agit pas d'un café instantané bon marché. La première gorgée me le confirme. Le liquide chaud et réconfortant descend dans ma gorge, me procurant aussitôt un bien-être complet.

— Du café de qualité en camping ! m'exclamé-je, impressionnée.

Marc reprend sa place sur la table. Je suis peut-être en train de rêver ou bien mon imagination me joue des tours, mais j'ai l'impression qu'il est plus près de moi. Nos coudes pourraient se frôler si nous bougions juste un peu…

— Ne le raconte à personne, chuchote-t-il, mais je trimballe ma machine à expresso dans le VR.

Je m'incline légèrement afin de lui parler sur le même ton. Nous avons l'air de deux ados qui complotent. Il ne nous manque qu'une casquette à palette droite. *Placée vers l'arrière de la tête.*

— Je te comprends. Je voulais apporter la mienne, mais on n'a pas l'électricité.

Marc est chanceux, car son VR fonctionne au gaz propane ; il peut donc profiter de plusieurs commodités. Nous rions doucement tout en sirotant notre petit plaisir matinal. Incroyable à quel point ce séjour en camping me permet de remettre les choses en perspective. L'habitude banale – voire insignifiante – de prendre mon café tous les matins m'apparaît maintenant comme quelque chose de précieux. C'est lorsque tout devient plus compliqué qu'on peut vraiment apprécier notre quotidien.

Même si nous sommes bien, plongés ainsi dans le silence, je tente de faire la conversation :

— Que fais-tu debout aussi tôt ? Tu ne profites pas d'un jour de congé pour dormir ?

Mon compagnon hausse les épaules en passant une main dans ses cheveux ébouriffés.

— C'est l'habitude. Je travaille parfois la nuit, parfois le jour. Depuis longtemps, je ne dors que quelques heures ici et là.

— As-tu eu des nouvelles du bébé dont le sort t'inquiétait ?

C'est plus fort que moi, j'ai envie de savoir. En voyant le visage de Marc s'assombrir, je regrette d'avoir abordé le sujet.

— Non, répond-il simplement. Ce qui est bon signe, c'est que si son état s'était dégradé, on m'aurait bipé.

— Je suis certaine qu'il s'en sortira.

Marc me sourit tendrement. Je l'entends encore m'appeler « mon amour »… Mon cœur cogne dans ma poitrine, car il est si près de moi. Sa barbe naissante, son nez droit, ses dents blanches… tout est si beau chez lui.

— Je le souhaite de tout cœur.

Pour détourner la conversation – et aussi pour reprendre mes esprits avant de lui sauter dessus ! –, je désigne son tatouage.

— Qu'est-ce qu'il signifie ?

L'étoile couvre entièrement son épaule. Le dessin est divisé en deux et il y a des dessins chinois à l'intérieur. Les yeux de Marc reflètent une douce fierté.

— Un côté de l'étoile est réservé à chacun de mes fils. Les signes représentent leurs prénoms.

Je manque de tomber de la table. Il m'a déjà parlé d'un fils, pas de deux !

— Tes fils ? osé-je demander du bout des lèvres.

Le regard de Marc se perd au loin. Tout à coup, je ne suis plus certaine de vouloir entendre la réponse.

— Ellyot avait un jumeau, Charles-Antoine. Celui-ci est décédé à quelques mois de vie…

Je suis nulle dans de tels moments. *Un gros zéro !* Je ne sais jamais quoi dire, quoi faire… Je suis maladroite. Je pose ma main sur l'avant-bras de mon compagnon.

D'une voix chargée de colère, Marc lance :

— Peux-tu croire que moi, qui suis médecin, je n'ai pas réussi à sauver mon propre fils ?

Je déglutis difficilement. En effet, c'est horrible ! C'est sans doute pour cette raison que le sort du bébé mal en point à l'hôpital le préoccupe autant. Je suis très heureuse en voyant Mahée sortir de la tente. Je ne souhaitais pas bouleverser Marc avec mes questions.

— Chouette, du café ! s'exclame mon amie, toujours aussi jolie, même au lever.

— Ouais ! m'écrié-je. Mais c'est de l'eau de vaisselle, alors je ne te le recommande vraiment pas ! ajouté-je avec une grimace de dégoût.

Je retiens mon envie de pouffer de rire devant son visage hébété. Le café que je tiens à la main est le meilleur que j'aie bu de toute ma vie !

— Ah oui ?

Les épaules de Marc tressautent. Mahée, qui ne remarque rien, attache ses cheveux.

— Je vais me faire un petit instantané, alors…

J'échange un regard complice avec Marc. Il ne dit rien. Je décide donc de laisser mon amie faire chauffer de l'eau dans un chaudron sur le poêle au gaz propane. C'est toute une aventure pour obtenir au final un piètre café instantané. Mais elle voulait tellement faire du camping, alors qu'elle assume !

— Bon, je vais aller prendre ma douche avant que tout le monde se rue là-bas ! annoncé-je avec un entrain qui sonne faux.

Il n'y a rien de plus répugnant qu'une douche publique, mais je n'en peux plus de toute cette crasse qui me colle à la peau. Pendant que Marc examine le pied encore enflé de Mahée, je m'éclipse avec tout mon attirail : serviette, savon, shampoing, brosse à dents, monnaie… Eh oui ! Il faut payer pour se laver !

Lorsque je rencontre une dame vêtue d'une robe de chambre fleurie usée à la corde qui laisse deviner des seins pendant sur son nombril, je me dis que je ne suis pas la seule à laisser ma fierté de côté ! Hier, la fille m'avait suggéré la douche au fond, parce que le jet y est plus fort. Je m'y dirige donc d'un pas lent.

J'ai droit au même crochet faiblard qu'on retrouve sur les portes des cabines des toilettes, aux mêmes fentes sur les côtés. Un petit espace a été aménagé pour entreposer les effets personnels, et la douche possède un rideau qu'on peut tirer. Je ne suis pas la première à passer ce matin ; il y a de l'eau partout sur le plancher. Impossible de déposer quelque chose sur le sol.

Je laisse ma serviette sur la tablette en bois, et apporte le savon et le shampoing dans la douche. Je prépare soigneusement mes vingt-cinq sous, que je place à côté de la machine qui les avalera pour me donner accès au jet d'eau. Je retire mes vêtements que je suspends à un crochet en prenant soin de ne jamais toucher – ne serait-ce que d'un orteil – au sol. Je prendrai ma douche avec mes tongs. Pas question d'attraper une verrue plantaire !

Presque complètement nue – je porte mes tongs –, je lis les instructions pour actionner le jet d'eau. Cela coûte vingt-cinq sous la minute ! J'ai intérêt à faire vite. Insérer la monnaie, tourner… Le jet explose et éclabousse partout. La température de l'eau est réglée automatiquement ; il m'est donc impossible d'intervenir de ce côté-là, même si l'eau est trop chaude. J'entre dans la douche en longeant le mur, sur lequel se trouvent quelques papillons de nuit. Que j'en voie un me sauter dessus…

Les papillons ont de la compagnie : une araignée géante, dans sa toile, déploie ses longues pattes fines au plafond. Je hais les araignées encore plus que les mouffettes ! Tant pis si je m'ébouillante. Je n'ai pas le choix, car ma minute s'égrène et je dois me laver rapidement avant que l'araignée ne me tombe dessus ! Et puis, il ne me reste que trois pièces de vingt-cinq sous. Si le jet est meilleur ici, je ne veux pas voir à quoi ressemblent les autres douches. Je souhaite bonne chance à Mahée avec son épaisse chevelure.

J'ai du savon plein la tête et les yeux quand le jet s'interrompt d'un coup sec. Aucun avertissement ! Ni cloche ni voix pour annoncer : « Il vous reste dix secondes, neuf, huit… » Je tâtonne pour attraper ma serviette afin de m'essuyer le visage. Les doigts gluants, je prends un vingt-cinq sous, mais l'argent me glisse des mains. Je regarde ma pièce rouler doucement sous la porte ! *Merde, il ne me reste qu'un vingt-cinq sous !*

Je ne me suis jamais lavée aussi rapidement. Pas une seule seconde, je ne quitte des yeux l'araignée au-dessus de ma tête. C'est la première fois que je gagne une course. Victoire ! Il n'y a plus aucune trace de savon sur moi quand le jet meurt. Question de fierté, je ne tenais pas à sortir d'ici avec une couche de savon sur le corps au lieu de ma crème hydratante.

Après m'être essuyée, je constate que je n'ai pas apporté de vêtements propres ! *Ark !* Je devrai remettre mon chandail souillé pour retourner à la tente. J'entortille mes bobettes sales dans ma serviette mouillée. J'ai aussi oublié ma brosse à cheveux, alors j'ai l'air d'avoir pris un choc électrique. Un dernier coup d'œil à l'araignée… Ouf ! Elle n'a pas bougé.

Je brosse mes dents en vitesse. Je décide de laisser tomber l'exfoliation du visage pour aujourd'hui. Chargée de mon attirail, je passe devant la lignée de filles qui attendent pour prendre une douche. Je suis venue au bon moment, car maintenant, c'est la cohue. Sans aucun doute, l'allure matinale va mieux à certaines qu'à d'autres. Mes yeux clignent en voyant tous ces pyjamas de flanelle multicolores.

Le couple que nous avons dérangé cette nuit pendant ses ébats amoureux est installé à sa table de pique-nique. La femme est assise sur l'homme et tous deux partagent le même yogourt. C'est mignon... Moi aussi, je veux avoir l'air de ça à cinquante ans!

Oh non! Monsieur Bélanger se dirige dans ma direction d'un bon pas. Je regarde à gauche, puis à droite: aucun arbre ni buisson pour me cacher. Je n'ai pas envie de rencontrer le directeur des finances de mon entreprise avec les cheveux en bataille et mes bobettes sales dans les mains! Je me colle contre une roulotte en espérant qu'il ne me repérera pas. Dans mon empressement, je me retrouve le nez dans une fenêtre. Je me rends compte de l'absurdité de la situation lorsque j'aperçois une femme un peu maigre avec un très long cou qui me dévisage en se brossant les dents dans son évier. Je passe pour une voyeuse!

Je m'élance dans la rue. Mes tongs encore spongieuses claquent sous mes talons à chacun de mes pas. Aucune discrétion.

— Bonjour, Sophie! As-tu passé une bonne nuit?

Monsieur Bélanger me gratifie d'un sourire en coin. Je ne pourrai plus jamais le croiser au bureau sans mourir de honte.

— Bonjour! m'écrié-je d'un ton faussement joyeux. Oui, j'ai bien dormi... Bon, je dois y aller, ajouté-je à la hâte en pointant mes cheveux défaits.

Dans mon geste précipité, je m'emmêle dans mes pieds et perds une tong.

— D'accord ! Bonne journée, Sophie ! On se croise à la plage tantôt ?

Ah non ! Je ne veux surtout pas le voir en maillot ! Je poursuis mon chemin le plus vite que mes tongs me le permettent. Claudia fait griller des rôties sur le barbecue. Pourquoi suis-je la seule personne au monde qui a l'air d'un monstre sorti d'un placard en me levant le matin ? Mes amies sont attablées devant leur café instantané version camping. Je souris pour moi-même. Si elles savaient à quel point le café de Marc est exquis ! Je me surprends d'ailleurs à chercher ce dernier des yeux, mais il a disparu.

— Et puis, comment sont les douches ? demande Claudia en tournant le pain qui sent le brûlé sur la grille.

— À part une araignée monstrueuse, ce n'est pas si mal, pour des douches publiques. Mais on a intérêt à être rapide.

Je dépose mes choses sur le capot de ma voiture, puis m'empresse de peigner mes cheveux. Je vois dans le reflet de la vitre que le quatre-quatre des frères Dalton n'est plus là. Du même coup, je remarque un objet sur le banc à côté de Mahée. En fait, celui-ci ressemble à un aquarium, mais sans eau.

— Qu'est-ce que c'est ?

— Les voisins nous ont demandé de le garder pour la journée, dit Claudia en mordant dans sa rôtie à la confiture de fraises maison de Mahée.

Mes yeux s'écarquillent après m'être penchée pour mieux voir le contenu de la cage en verre. Je vois deux yeux rouges et une minuscule langue frétillante ! Un serpent ! Dans ma tête, c'est un anaconda de deux mètres qui pourrait bondir, s'entortiller autour de mon cou et m'étrangler avant de faire de moi son festin. En réalité, il mesure cinquante centimètres au maximum. Je recule de quelques pas. Même si une vitre me protège du reptile, celui-ci m'intimide. *OK, j'avoue : il me fout la trouille !*

— Voyons, les filles ! Que va-t-on faire de lui toute la journée ?

J'imagine déjà le désastre si le reptile s'échappait ! Cette bête-là coûte probablement cher… et les frères Dalton cassent des jambes pour moins que ça ! En tout cas, ce n'est certainement pas moi qui tenterai d'attraper le serpent…

Mahée secoue la tête.

— J'ai voulu rendre service. Et puis, le serpent n'a pas l'air bien dangereux. On n'a rien de spécial à faire, il faut seulement le surveiller. Et, si tu veux tout savoir, les hommes se sont montrés insistants.

Ça me rend nerveuse de la voir gratter son index dans la vitre pour attirer l'attention du serpent. Celui-ci grimace en s'agitant. Mahée prétend qu'il n'a pas l'air bien dangereux. On ne sait jamais quand ces bêtes-là vont attaquer !

— Il s'appelle Bumy ! précise mon amie.

Voilà ! Ce n'est pas Rantanplan que les frères Dalton traînent partout, mais Bumy le Serpent !

— Pourquoi ne l'ont-ils pas simplement laissé dans leur roulotte ?

— Le gros barbu m'a dit que Bumy ne pouvait pas rester dans la chaleur de la roulotte toute la journée.

Je hausse les sourcils.

— Et nous, on va passer la journée ici à le regarder grigner ?

— On placera le vivarium derrière notre tente, propose Claudia. Bumy le Serpent fraternisera avec Samy la Mouffette !

Mahée rit. Je passe encore pour la fille mélodramatique qui exagère toujours. Je m'affole lorsque Claudia soulève le couvercle du vivarium. Je grimpe debout sur le banc opposé.

— Tu es folle ou quoi ? Ferme ça, Clau ! Le serpent va s'enfuir ou te mordre ! Son venin coulera dans tes veines et …

— Mais non ! Bumy est gentil et sans malice.

Je plisse le nez en la voyant plonger sa main dans la cage de verre pour attraper l'animal. Celui-ci s'enroule autour de l'avant-bras de Claudia. Mon amie caresse doucement le serpent et pousse sa chance jusqu'à déposer un baiser sur sa tête. *Eurk !*

— Tu vois, il n'y a aucun danger. Viens le toucher.

— Oublie ça !

Même Mahée passe ses doigts fins sur la peau rugueuse. Le petit garçon blond arrive sur notre terrain.

— Je peux voir le serpent, moi aussi ?

— Bien sûr ! l'encourage Claudia. Approche doucement.

Bon... Je descends de mon perchoir. Même les enfants n'ont pas peur de Bumy, le gentil serpent. Le jeune garçon est très impressionné d'observer l'animal de si près. Il le touche sans hésitation. Elles font bien ça, mes amies, alors qu'elles se débrouillent avec leur bonne action ! Je me prépare une rôtie avec beaucoup de confiture en tentant de ne pas penser à la proximité de Bumy. C'est agréable de manger dehors, car on n'a pas à se soucier des graines qui tombent par terre. La bonne odeur du bacon et des œufs frits préparés par les voisins plane dans l'air.

— Et puis, comment va ton pied ? demandé-je à Mahée, la bouche pleine.

— L'enflure a diminué, répond-elle d'un ton las. Selon Marc, je devrais survivre.

— Ne fais pas cette tête-là, ma chérie. On s'inquiète pour toi, c'est tout.

— Je sais. Seulement, parfois j'en ai marre de devoir tout surveiller sans arrêt à cause de mes allergies. C'est épuisant à la longue...

Claudia et moi hochons la tête. Mais le coup d'œil que nous échangeons au-dessus de la table me confirme que nous partageons le même avis : le moral de Mahée est à plat ! Elle ne se plaint jamais de ses allergies, ni de la vie en général. *Allez, Vincent Grandbois, montre-toi avant que ma meilleure amie, rongée par l'angoisse, se roule en boule au fond de la tente !*

— Je vais aller me doucher, dit Mahée en se levant. Ça me fera du bien.

Nous la suivons des yeux pendant qu'elle rassemble ses affaires. Elle est chargée comme un âne !

— Tu sais, Mahée, l'espace est plutôt restreint là-bas, expliqué-je. Contente-toi de l'essentiel et apporte plusieurs vingt-cinq sous ! Et aussi des bobettes propres !

Je parle pour rien, puisque Mahée est déjà loin.

— Il faut faire quelque chose, indique Claudia en replaçant Bumy dans le vivarium. Mahée est malheureuse, la pauvre.

Notre mignon petit voisin dit au revoir au serpent. Avant de retourner chez lui, il nous promet qu'il reviendra. J'empile les assiettes en plastique sales pour les jeter à la poubelle. Pas très écologique, notre camping…

— J'ai parlé à Vincent hier soir. Il va régler ça…

— Hé ! Bon matin, les filles !

Une voix enjouée interrompt mon explication. Claudia et moi nous retournons vers Christian. Ce dernier est vêtu d'un simple short et d'espadrilles.

— Allô ! répond Claudia, radieuse.

Elle affiche un large sourire, sa tête est inclinée sur le côté, elle se tort bêtement les mains… *Est-ce que je réagis de la même façon devant Marc Pelletier ?* Je me sens de trop. Claudia et Christian n'ont d'yeux que l'un pour l'autre ; je n'existe plus pour eux. C'est plutôt désagréable comme sensation.

— J'allais jogger, déclare Christian. Est-ce que ça vous dit de m'accompagner ? demande-t-il en me regardant pour la première fois.

— Euh…

— Pourquoi pas ? J'ai besoin de me dégourdir ! s'empresse de répondre Claudia. Attends, je vais aller me changer.

J'ai essayé de faire du jogging une fois. Après avoir couru trois coins de rue, je pensais mourir d'une crise cardiaque. Le souffle court, le cœur emballé, je craignais de m'effondrer après chaque foulée. C'était douloureux ! Le regard des gens que je rencontrais m'avait convaincue de m'arrêter, et aussi de ne plus jamais recommencer. Je préfère le yoga !

— Allez-y, je vais ramasser un peu.

Claudia réapparaît avec un short moulant et une camisole sport. Ses espadrilles blanc et rouge lui donnent une allure d'athlète olympique. Je la regarde avec des yeux ébahis ; elle est si jolie. Christian salive en reluquant mon amie de la tête aux pieds…

— Super ! clame-t-il. C'est vraiment… euh… parfait pour le jogging. Bon, on y va… *Bye*… euh… Sophie !

Claudia connaît les faiblesses des hommes et elle sait comment s'y prendre pour les faire baver. Elle pourrait écrire un manuel d'instruction s'intitulant : *Quelques étapes faciles pour avoir celui que vous voulez* ! Elle me lance un clin d'œil.

— À plus tard ! Je ferai un détour par la réception pour signaler notre zoulou de cette nuit.

— Quel zoulou ? interroge Christian.

— Viens, je te raconterai !

Claudia s'éloigne au pas de course. On dirait qu'elle court sur un nuage de ouate tellement ça semble facile. Christian la rattrape. Je les suis du regard, les mains dans la vaisselle sale. *C'est ça… à plus tard !*

Je jette les ustensiles usagés dans un sac ; je range le jus, la confiture, le pain… Mahée a laissé le vivarium de Bumy sur le banc. J'essaie de l'ignorer, mais mon regard revient sans arrêt dans cette direction. Je me concentre sur mes gestes, passe nerveusement un linge sur la table, puis tente de décrasser la grille du barbecue. Rien à faire : ce Bumy a une façon de me fixer qui m'obsède… Je pose les mains sur mes hanches en soupirant.

Je m'approche lentement du vivarium. Je pourrais le déplacer, le mettre hors de ma vue. Je ne me décide pas à passer à l'action. De quoi ai-je peur ? Le serpent ne peut tout de même pas me toucher à travers la vitre. Pourtant, je suis paralysée à la seule idée de le transporter. Jamais je n'aurai le courage d'imiter Claudia et de prendre le serpent dans mes mains. Encore moins de l'embrasser ! J'ai la chair de poule rien qu'à y penser !

La bouche entrouverte, j'ai la mauvaise idée de regarder la porte de la roulotte des frères Dalton. Je ne peux croire que je sois sérieusement en train d'envisager d'aller vérifier si elle est verrouillée. Mais puisqu'on garde Bumy, aussi bien savoir à qui on a affaire.

Mahée ne reviendra pas avant plusieurs minutes de la douche. Quant à Claudia, on peut l'oublier pour la matinée. Le couple d'en face fait la vaisselle en se disputant – la lune de miel est terminée. Marc n'est pas dans les parages, ni ses amies… Bref, personne ne s'occupe de moi lorsque je marche d'un pas déterminé vers la roulotte des voisins. C'est au moment de poser mes doigts sur la poignée que le doute m'assaille. Je m'apprête à entrer par infraction chez des gens pas très nets. Je m'imagine déjà découvrir des restes humains dans des pots de verre. Pendant une seconde, j'espère que la porte est fermée à clé.

Clic.

La poignée cède facilement. Je me retrouve bêtement devant le désordre des frères Dalton. Le brun prime à l'intérieur ; les planchers, les meubles, les rideaux… tout est sombre. Des bouteilles de bière vides renversées jonchent la table en coin, deux cendriers débordent de mégots. Quelques couteaux à steak un peu trop pointus laissés sur le comptoir me flanquent la chair de poule. Ça empeste là-dedans ! L'odeur de cigarette se mélange à celle de mâles qui, manifestement, ne se sont pas lavés depuis une semaine.

Je saisis un bout de papier gisant sur la table à travers les restes de la veille. C'est une liste de noms ; j'en compte plus d'une dizaine. Je remarque un crochet à côté de certains, dont celui d'Enrico

Fortier. *Monsieur Fortier.* Le mot *introuvable* est écrit près du nom d'Erick Fiore. Mes jambes ramollissent lorsque j'aperçois le nom suivant sur la liste.

Vincent Grandbois.

— Hum hum…

Un toussotement derrière moi me fait lâcher le papier qui virevolte jusqu'au sol. Je cesse de respirer et me retourne promptement.

— Ouf ! Tu m'as fait peur, Mahée.

Pourquoi le nom de son amoureux figure-t-il sur cette liste ? J'en ai des palpitations. Pour sa part, mon amie est dans un piteux état. Elle me fixe, se demandant clairement ce que je fais là. Elle tient sa serviette mouillée roulée en boule contre sa poitrine. Je vois alors ses cheveux… tout imbibés de savon. Je referme la porte de la roulotte et entraîne Mahée vers notre site.

— La douche s'est bien passée ? questionné-je en posant le bras autour de ses épaules.

Elle se met à pleurer.

— J'ai manqué de vingt-cinq sous…

10
Voguer, nager ou se noyer !

Marc était arrivé au moment où Mahée s'effondrait en pleurs dans mes bras, les cheveux enduits de son Herbal Essence aux fruits. Je ne sais pas ce qui décourageait le plus mon amie entre ses déboires avec la douche ou le fait que Vincent n'ait pas répondu à son appel. Sans poser de question, Marc l'avait invitée à utiliser l'eau du VR pour terminer le rinçage de sa tignasse.

— Après, on ira se promener ! avait-il lancé tout bonnement.

Nous voici donc, mes amies et moi, vêtues de gilets de sauvetage jaune fluo, attendant devant une embarcation. J'aurais préféré un pédalo. J'aurais pu m'installer confortablement et profiter du soleil tout en pédalant à mon rythme. Marc me lance plutôt une rame dans les mains.

— Tu vas voir, c'est facile.

Coincée dans mon gilet de sauvetage, je regarde le canot avec appréhension. J'ai failli me noyer à l'âge de cinq ans dans le lac situé près du chalet de mon oncle Léo. Ma mère avait sauté à l'eau avec ses chaussures et son hot dog, qu'elle était en train de manger tranquillement, pour m'attraper. Je n'en fais pas une obsession, je m'adonne à la baignade sans problème, mais je m'éloigne rarement du rivage. L'idée de me retrouver dans un canot entouré d'eau profonde me rend un peu nerveuse.

— Qu'est-ce que tu fais, Claudia ? demandé-je en voyant mon amie se diriger vers l'embarcation de Christian.

Claudia et Christian se sont joints à nous après avoir plongé tout habillés dans le lac pour se rafraîchir de leur course. Dix kilomètres en moins d'une heure ! À mon avis, c'est tout un exploit. Une chance que je ne suis pas allée jogger avec eux : je serais morte en chemin ! Claudia a ri comme une adolescente pendant que Christian lui attachait son gilet de sauvetage. Ça me dérange de la voir agir ainsi, mais je ne dis rien. En fait, j'ai suffisamment de préoccupations pour l'instant : Marc me tend la main pour m'aider à enjamber le canot qui valse sur l'eau. Je m'accroche à lui comme si ma vie en dépendait.

Claudia se retourne vers Mahée et moi. Elle affiche un air timide, ce qui ne lui ressemble pas.

— Je croyais que Marc embarquerait avec vous et que moi, je prendrais l'autre bateau avec Christian, c'est tout, explique-t-elle. Pas besoin d'en faire tout un plat !

J'avais en tête que les gars partiraient ensemble de leur côté. Je ne veux pas de Marc Pelletier dans mon canot pour cette promenade ! Pas question ! La raison est simple : sa proximité me chamboule. Je ne supporterais pas d'avoir dans ma mire ses épaules carrées qui roulent sous l'effort exigé par chaque coup de rame. Non, vraiment pas… Je laisse donc à regret sa poigne solide pour m'asseoir sur la planche en bois mince et raide qui me servira de siège. Ce n'est pas très large, alors je peux crisper mes doigts sur les côtés du canot. J'ai déjà le mal de mer.

— C'est notre journée entre filles, ma chérie, répliqué-je à Claudia, les dents serrées à cause du remous sous le bateau. On se voit seulement une fois par année pour faire des activités ensemble, alors pas de discussion : tu viens avec nous.

Je ne voulais pas me montrer désagréable, ni lui donner un ordre, mais la sensation des vagues sous la coque m'a fait disjoncter. Et puis, elle aura tout le reste de la journée pour minoucher son Christian si elle le souhaite. Mahée, qui cache ses yeux tristes sous son chapeau de paille, sourit pour la première fois depuis longtemps.

— C'est vrai, Claudia. Tu te souviens : on voulait une sortie de filles loin des bars et des hommes. Allez, viens avec nous !

Claudia saute agilement du bateau de Marc et Christian dans le nôtre. Il est rare de la voir avec des lentilles cornéennes plutôt qu'avec des lunettes.

— C'est bon, j'ai compris ! murmure-t-elle.

Elle s'assoit à l'avant de l'embarcation. Christian et Marc nous observent sans intervenir. En fait, cela semble les amuser de nous voir toutes les trois nous démener pour faire avancer le canot. Je demande alors à voix basse :

— Dites-moi que vous avez déjà fait ça, les filles ?

— Oui, une fois, s'empresse de répondre Claudia de meilleure humeur. Mais on avait chaviré et…

— OK, arrête ! Je ne veux pas savoir la suite !

Je déteste le verbe *chavirer* ! Je croise le regard de Marc. Celui-ci perçoit sur-le-champ mon inquiétude.

— On vous suit de près. Il n'y a aucun danger.

J'oublie presque que je me trouve sur l'eau tellement sa remarque me trouble. Depuis la veille, il accumule les délicatesses à mon égard. Il est allé jusqu'à se faire passer pour mon amoureux afin de me sortir d'une situation embarrassante ! Pourquoi fait-il tout ça ? Il y a sûrement une raison ! *Il y a toujours une raison…* Les hommes ne sont jamais si attentionnés avec moi gratuitement. Je ne sais pas comment réagir. S'il attend quelque chose de ma part, j'ignore quoi ! La plupart du temps, c'est facile : les gars veulent une baise ou de l'argent. Marc étant médecin, mon intuition me dit que pour lui, il est naturel de veiller sur les victimes et les malades. Depuis notre escapade désastreuse de la veille, il me considère peut-être comme une pauvre fille qui a besoin de protection. *Pfff !*

Mahée, de l'eau jusqu'aux chevilles, essaie de pousser le bateau pour nous donner un élan de départ. Je tente de toucher le fond avec ma rame, et Claudia fait de même de son côté. Je suis rassurée de voir que le lac est calme malgré quelques vagues. La matinée est parfaite pour une balade. Il n'y a pas foule sur la plage, donc peu de gens assistent à nos prouesses, et la température n'est pas encore insupportable même si j'étouffe dans mon gilet de sauvetage qui empeste. Profitons-en, car l'après-midi s'annonce cuisant !

Malgré tous nos efforts, le canot reste immobile. Mes amies et moi sommes coincées dans le sable boueux. Contrairement à

Christian qui rit de nous, Marc n'hésite pas à marcher dans l'eau pour venir nous secourir. *Et ce verbe convient parfaitement!* Mahée n'a pas le temps de comprendre ce qui lui arrive que Marc la soulève telle une plume et la dépose dans l'embarcation. Un peu chancelante, elle prend la place du centre pendant que, derrière moi, Marc donne une grande poussée sur le canot. Nous glissons sur l'eau qui brille comme un diamant sous les rayons du soleil.

— Maintenant, il suffit de ramer! indique Marc avant de rejoindre son compagnon.

Claudia pagaie pour stabiliser le bateau. Je me mets à ramer pour l'aider.

— Non, pas comme ça, Sophie. De l'autre côté! crie Marc, au loin.

Le canot fait carrément un trois cent soixante degrés.

— Si ma rame est à droite, la tienne doit être à gauche, m'indique Claudia. Sinon, nous tournerons en rond toute la journée!

— Ça va, je sais…

Je me concentre sur les bouclettes brunes de ma meilleure amie assise devant moi plutôt que sur le néant qui m'entoure. Une personne ayant le vertige se sent attirée par le vide; moi, j'ai l'impression que l'eau veut m'aspirer. Pourquoi Christian et Marc, qui pagaient plus lentement que nous, semblent-ils se déplacer deux fois plus vite? Leurs coups de rames sont parfaitement synchronisés. Leur canot crée un doux sillon sur le lac derrière eux.

Le rythme de Claudia n'est pas régulier; je n'arrive pas à la suivre.

— Il faut y aller ensemble, les *girls*! lance Mahée comme si l'exercice était facile.

J'ai de la difficulté à bien voir les mouvements de Claudia car le soleil m'éblouit, mais surtout, j'ai peur chaque fois que le bateau penche d'un côté. J'ai oublié de mettre mon chasse-moustiques et les bourdonnements des insectes m'empêchent de me concentrer entièrement sur ma tâche. Je ne suis pas la seule incommodée; Mahée balaie l'air de la main toutes les cinq secondes pour les éloigner. À bout de nerfs, j'inspire profondément en fermant les yeux. Je dois trouver une solution; sinon, nous serons encore ici ce soir!

— Claudia, je vais compter pour nous guider, d'accord? Tu n'auras qu'à me suivre.

Me transformant en athlète souhaitant gagner une course, je me mets à scander «Un, deux; un, deux!» avant chaque coup de rame. Ça me fait du bien d'occuper mon esprit avec des chiffres; j'ai moins tendance à m'imaginer coincée dans l'eau sous un canot renversé. Ça m'évite aussi de m'inventer un scénario d'horreur au sujet de Vincent Grandbois qui se retrouve sur une liste étrange. Malheureusement, un élément demeure bien présent dans mon cerveau: qu'avons-nous fait de Bumy avant de partir?

Alors que nous avançons péniblement sur l'eau scintillante du lac, un bruit d'enfer se rapproche de nous. Pendant un instant, je crois que c'est un avion qui s'écrase! Quelque chose passe à vive allure près de nous. *Vroum!* Une gigantesque vague se dresse devant le canot, puis elle nous ensevelit. *Splash!* Je laisse échapper un cri affolé lorsque notre embarcation se met à tanguer de gauche à droite. Je repousse vivement mes cheveux détrempés de mon visage. Mais pour ce faire, j'ai dû lâcher la rame – qui a disparu aussitôt dans l'eau.

Mahée a perdu son chapeau. Claudia s'époumone, les bras dans les airs.

— Maudit malade!

— Cesse de bouger, Claudia, tu vas nous faire basculer! imploré-je dans un élan de panique.

Les eaux se calment, et nous reprenons nos esprits. C'est un fou en motomarine qui a créé tout cet émoi. Il fait le tour du lac en tentant je ne sais trop quelle acrobatie pour essayer de se tuer! Ou de tuer quelqu'un... J'espère qu'il ne repassera pas par ici!

Claudia poursuit sa série de jurons. Elle ne comprend pas que Christian et Marc se sont rapprochés.

— Espèce de sans-dessein, de crétin, d'idiot, de...

En les apercevant, elle s'arrête net et se pare de son plus beau sourire.

— Est-ce que ça va? demande Christian en laissant traîner sa rame dans l'eau afin d'immobiliser son bateau près du nôtre.

— Ça va, dis-je, mais j'ai perdu ma rame.

Je fixe le fond du canot toujours instable. Mahée se laisse glisser sur le sol, puis elle passe un bras par-dessus bord.

— Je peux presque toucher ta rame, Sophie. Elle est juste là…

Elle se penche un peu trop. J'entends son cri, celui de Claudia, puis je me sens projetée sur la droite. Mon cœur s'arrête lorsque ma tête touche l'eau. Celle-ci est moins froide que je ne l'aurais cru. Je suis si certaine que ma dernière heure est arrivée que je vois défiler ma vie ! J'oublie de respirer. Évidemment, c'est mieux ainsi puisque je suis sous l'eau.

Une main agrippe solidement mon poignet pour me tirer vers le haut ; mon gilet de sauvetage est d'un grand secours. Je crache une gorgée d'eau en m'accrochant à ce qu'il y a près de moi – en l'occurrence, le cou de Marc Pelletier. Je me sens stupide, mais je suis incapable de desserrer mon étreinte tellement j'ai eu peur. Je suis au milieu d'un lac et l'eau m'arrive à la poitrine ! C'est exactement le cauchemar que j'appréhende le plus au monde.

Claudia est prise d'un fou rire en retournant le bateau avec l'aide de Christian. Mahée, qui a suivi des cours de natation toute sa vie, se déplace comme une championne pour aller récupérer son chapeau qui dérive. Moi, quand je nage, j'ai l'air d'un saint-bernard…

— Ce n'est pas que je déteste cette position, souffle Marc, les yeux rieurs. Mais il n'y a pas beaucoup d'eau ici, Sophie ; tes pieds peuvent toucher le fond.

Ah oui ? Je le transperce d'un regard méfiant. Pourtant, je vois bien qu'il se tient debout sans effort.

— Fais-moi confiance, conseille Marc. Pose tes pieds sur le sol. Je te tiens.

Je me rends alors compte que non seulement mes bras s'accrochent au cou de Marc, mais que mes jambes sont serrées autour de sa taille. Avec l'épaisseur de nos gilets de sauvetage, ça donne un drôle d'effet. Je relâche mon emprise. Aussitôt, mes orteils s'enfoncent dans le fond vaseux. Je sens des algues frôler mes cuisses – une sensation que je n'aime pas beaucoup.

— Je sais que c'est idiot, mais tu peux me ramener sur la plage, s'il te plaît ? demandé-je d'une toute petite voix.

Marc me soulève par les aisselles pour m'aider à monter dans le canot.

— Tu aurais dû m'avertir que tu as peur de l'eau, énonce-t-il en prenant place près de moi.

— Je suis totalement ridicule, je sais…

Pendant que Christian prend ma place dans l'autre canot, Marc me fait passer devant, car il veut occuper le banc derrière. Il ne me tend pas de rame…

— Une phobie n'est jamais ridicule, déclare-t-il. Si je l'avais su plus tôt, je ne t'aurais pas entraînée ici, conclut-il en faisant bouger le bateau par la seule force de sa poigne sur la rame.

Il devrait faire attention à ce qu'il dit… Je remarque chacune de ses paroles pleines de gentillesse, je me les approprie, les place dans un petit tiroir de mon cerveau. J'en ai tellement peu reçu dans ma vie que chaque mot vaut son pesant d'or. Ça me fait tout drôle… Puis, je me souviens que c'est son travail d'être gentil avec les gens. Je reviens sur terre.

Le canot avance paisiblement sur le lac. L'idiot à motomarine a fait plusieurs pitreries avec son engin, puis il a regagné le rivage après avoir reçu un avertissement sévère du jeune sauveteur. La tranquillité est revenue. Des enfants font des châteaux de sable sous le regard plus ou moins attentif de leurs parents qui sirotent une bière. Vickie et Nathalie sont étendues sur des serviettes de plage, exhibant leurs maillots qui montrent plus de peau qu'ils n'en cachent.

— Sophie ?

Je tressaille en serrant les mains sur mes genoux pour ne pas me retourner vers Marc qui est assis derrière moi. J'entends le doux cliquetis de la rame chaque fois qu'elle entre en contact avec l'eau. C'est beaucoup moins calme dans la seconde embarcation un peu plus loin. Christian s'amuse à arroser les filles, et ces dernières lui rendent la pareille.

Je m'éclaircis la gorge.

— Oui ?

— Tu ne m'as toujours pas dit ce que tu fais dans la vie.

Son ton est sérieux. J'ai envie de répondre : « Tu avais deviné : je suis plongeuse ! » Après tout, je ne fais que ça, me mouiller, depuis la veille.

— Je travaille au service des ressources humaines d'une compagnie qui s'appelle Dickins.

J'aurais aimé voir l'expression de Marc, car il reste muet. *Quoi, mon travail n'est pas assez bien pour lui ? Il aurait fallu que je sois chirurgienne pour représenter un parti intéressant ?* J'aurais pu mettre toute la gomme et lui mentionner que je suis directrice du service, mais à quoi bon ?

— Moi aussi, Marc, j'ai une question.

— Quoi ?

Le ton de sa voix est détendu. Parfait, ça me donne du courage pour poursuivre :

— Tu m'as parlé de ton fils sans jamais mentionner la mère de celui-ci…

C'est plus fort que moi, je dois savoir. Cet homme qui vient de me sauver de la noyade – à mon avis – multiplie les bonnes actions à mon égard. Plutôt que de savourer le moment, je cherche la bête noire, comme toujours. Est-ce un homme qui veut s'amuser pendant ses vacances alors qu'une femme l'attend à la maison et passe son temps à changer des couches ? C'est exactement le genre d'hommes que j'attire trop souvent !

Marc cesse de ramer.

— Tu ne m'as jamais interrogé là-dessus.

Je ferme les yeux. Pourquoi me suis-je aventurée sur ce terrain ? Je ne veux même pas connaître la réponse à ma question. Je voulais seulement le piquer un peu, lui faire savoir que j'ai déjà vu neiger. Ces hommes dévoués qui se paient des aventures en voyage sont légion. Moi et ma sacro-sainte habitude de vouloir tout contrôler ! Impossible de me défiler dans ce bateau. À moins de plonger dans l'eau et de nager jusqu'à la rive, mais on oublie ça.

— C'est vrai.

Silence. C'est ça, hein, j'ai vu juste ? Sa femme se morfond à la maison en pensant que son tendre époux travaille des heures interminables à l'hôpital ! Je le savais !

— Notre couple n'a pas tenu très longtemps après le drame que nous avons vécu, dit Marc sèchement.

J'avale de travers. Je reste de marbre, mais je bous à l'intérieur. J'ai envie de me frapper la tête à grands coups de poing, de mordre l'intérieur de ma joue jusqu'au sang, de m'arracher un bras… *De me lancer à l'eau, tiens !* J'ai été idiote de penser que Marc était un salaud.

— Je suis désolée.

Nous accostons en douceur. J'ai vraiment hâte de toucher le sable chaud. Marc m'offre sa main pour m'aider à descendre, mais je joue à l'indépendante. Je saute sans aucune souplesse dans l'eau qui m'arrive au-dessus des chevilles. J'ai honte de m'être informée sur sa vie personnelle. Je suis allée trop loin ! Il est très poli de ne pas m'avoir dit de me mêler de mes oignons.

Songeur, Marc y va de gestes mécaniques qui lui semblent familiers. Il tire sur le canot pour l'immobiliser. J'enlève mon gilet de sauvetage – que j'abandonne sur place. Je voudrais que le sable s'ouvre sous mes pieds et m'engloutisse, puis être téléportée directement à la tente pour fuir le malaise qui plane entre Marc et moi. Il passe devant moi pour sortir les rames, puis une autre fois pour attacher la corde du canot à un poteau. Je me sens comme un meuble de trop dans le décor.

Je fais quelques pas jusqu'à ma serviette aux couleurs de New York que m'ont rapportée mes parents à leur dernier voyage. J'étends la statue de la Liberté et m'échoue sur elle, puis retire mon chandail mouillé sous lequel j'avais déjà enfilé mon maillot. Certes, il n'est pas aussi spectaculaire que celui de Vickie ou de Nathalie, mais j'ai payé ce deux-pièces deux cent cinquante dollars. Impossible d'avoir une meilleure qualité !

Je prie de tout mon cœur pour que Mahée et Claudia cessent de jouer comme des enfants avec Christian et me rejoignent avant que Marc ne le fasse. Ce dernier retire son gilet de sauvetage, dévoilant son torse nu et ruisselant de gouttelettes. Remontant ses lunettes de soleil en équilibre sur sa tête, il remet les rames à la préposée. Enfin, mes amies se souviennent de mon existence ; elles me font de grands signes.

— Hé ! Ho ! Sophie ! Viens te baigner ! crie Claudia qui fait des brasses sur le dos.

— Plus tard !

Pour le moment, j'ai ma dose de l'eau. Mais si j'allais nager, cela me permettrait d'échapper au regard profond que vrille Marc sur moi chaque fois qu'il tourne la tête. C'est certain qu'il viendra s'asseoir à mes côtés, car il avait laissé ses affaires avec les miennes. Il attend que la préposée lui rende le dépôt qui garantissait le retour de l'équipement en bon état. C'est une chance que je n'aie pas perdu ma rame ; sinon, il aurait fallu qu'il rembourse ma gaffe. Il a déjà assez payé pour moi !

Foulant le sable à longues enjambées, Marc se dirige vers moi… ou plutôt vers ses affaires.

Mon cœur s'emballe. J'essaie d'avoir l'air occupée en passant une main sur ma serviette pour y enlever les grains de sable accumulés. Je réfléchis rapidement. Je pourrais aller à la toilette. Faire semblant de dormir. Aller marcher, jouer à la pétanque…

Non ! J'ai trouvé : il faut que je retourne à la tente pour vérifier si le serpent est toujours en vie ! Je regarde ma douce Mahée assise dans l'eau, Claudia qui joue au frisbee avec Christian… Comment mes amies font-elles pour prendre la vie à la légère ? Elles ont accepté de garder l'animal d'étrangers et ne semblent aucunement se soucier de Bumy. Si ce dernier disparaissait, comment expliqueraient-elles la situation aux frères Dalton ? Se retrouveraient-elles sur une liste noire ? Mais peut-être se fient-elles encore une fois sur la disciplinée et rationnelle Sophie pour veiller à tout ? Pas question ! Le sort de Bumy ne repose pas entre mes mains !

Je m'allonge sur ma serviette en m'assurant que le bonnet de mon maillot est bien en place. Marc est passé près de moi sans s'arrêter. Je le cherche du regard sans aucune subtilité, puis je le repère. Où va-t-il ? Au passage, il envoie un peu de sable à Vickie et Nathalie. Les deux filles se retournent sur le ventre pour uniformiser leur bronzage. Marc s'immobilise devant le bar. Ce dernier est une espèce de gloriette, avec un toit en paille ; on y sert des cocktails directement sur la plage.

Marc revient avec deux verres en plastique garnis d'un morceau d'orange et d'une paille. *Wow ! Exactement comme au Mexique !* Je fais mine de me prélasser au soleil, mais le son des glaçons qui s'entrechoquent au fur et à mesure qu'il approche m'énerve.

— Tiens, c'est pour toi.

Ma peau frissonne lorsque quelques gouttes glissent du verre givré et atterrissent sur mon ventre. Je me redresse sur un coude afin de saisir le cocktail coloré que Marc me tend. Ça sent la double portion de vodka !

— Il n'est pas un peu tôt pour boire ? demandé-je avant d'aspirer une première gorgée.

Le liquide épais est si rafraîchissant que je peux suivre sa trajectoire dans mon œsophage.

— C'est un remède parfait pour calmer les nerfs ! répond Marc, tout sourire, en prenant place sur sa serviette.

Ouais ! Il a sans doute raison. *Encore une fois.*

Marc délaisse son cocktail et plonge la main dans son sac. Il jette un coup d'œil rapide au téléavertisseur qu'il n'avait évidemment pas apporté en bateau. Celui-ci n'affiche probablement rien d'alarmant, puisque Marc le range avant de reprendre son verre.

Je pousse un soupir silencieux. Marc ne semble pas vouloir revenir sur ma bourde au sujet de son ex. J'ai paniqué pour rien ! D'ailleurs, il ne paraît pas avoir envie de discuter. Il pose les avant-bras sur ses genoux légèrement relevés, puis regarde autour de lui. Il ne se sent pas obligé d'entamer une conversation, une qualité qui me séduit à tout coup chez un homme. Contrairement à plusieurs femmes – mes amies, pour ne pas les nommer ! –, je n'aime pas parler pour ne rien dire. Claudia est mignonne lorsqu'elle nous raconte chaque détail d'une soirée importante, mais pour ma part, je préfère m'en tenir aux faits.

Je fais un effort pour porter mon attention sur le sable entre mes orteils, sur le goût mi-amer, mi-sucré de mon cocktail, sur les goélands qui volent un peu trop bas au-dessus de la plage. Pourtant, mon regard revient toujours se fixer sur mon compagnon aussitôt que celui-ci fait un mouvement, aussi ténu soit-il. Une main dans ses cheveux, ses doigts qui glissent sur son verre humide, les lunettes de soleil qu'il place devant ses yeux…

Je suis fascinée en pensant que cet homme passe une grande partie de sa vie dans un hôpital à soigner les gens. Je ne fréquente pas souvent les hôpitaux – je visite mes collègues après leurs accouchements, et l'an dernier, j'ai fréquenté le service de cardiologie lorsque mon père a eu quelques ennuis de santé. Je me faisais toujours la même réflexion face à tous ces médecins en sarrau : on dirait qu'ils font partie du mobilier de l'hôpital ! J'étais incapable de m'imaginer qu'après avoir quitté l'hôpital, ils rentraient à la maison et prenaient une bonne bière pour décompresser ! Après tout, ce sont des êtres humains comme tout le monde, même si parfois on l'oublie.

J'ai de la difficulté à faire abstraction de la profession de Marc. J'ai toujours eu un faible pour les héros qui sauvent des vies. Justement, j'ai du mal à croire qu'il puisse me voir autrement que comme une victime à protéger. Ne lui ai-je pas donné toutes les raisons de me percevoir ainsi depuis les dernières vingt-quatre heures ? Je crois qu'il aurait été préférable que je ne connaisse pas son métier !

Marc me ramène au présent en pointant nos amis :

— Ils s'amusent bien, on dirait, dit-il avec un sourire en coin.

Christian, Claudia et Mahée ont déniché des fusils à eau et se livrent une bataille des plus sérieuses. Les deux filles se sont liguées contre Christian. Ce dernier en a plein les bras pour se défendre, recevant sans cesse des jets en plein visage. « Il en mange une maudite », comme dirait mon père. Marc bondit sur ses pieds, puis se rue au secours de son ami. Il attrape Claudia et la lance par-dessus son épaule. Ensuite, il arrose Mahée, qui lâche un cri.

— Viens nous aider, Sophie ! m'implore Mahée en faisant de grands signes.

J'aimerais avoir le courage de courir jusqu'à eux. Ils ont vraiment l'air d'avoir du plaisir ! Mais je secoue la tête.

— Non ! Vous êtes trop beaux à voir !

Je les regarde se tirer dessus avec envie, et même avec un brin de tristesse. J'ai perdu mon cœur d'enfant depuis belle lurette. La peur du ridicule me noue le ventre et me garde bien ancrée sur ma serviette de plage. Je me laisse bercer par les exclamations de plaisir du groupe tout en buvant mon cocktail. Mahée éclate de rire lorsque Marc lui fait faire une culbute. Christian promet une vengeance terrible à Claudia qui vient de le plaquer dans le dos…

Je me sens nostalgique. Je suis heureuse que mes lunettes de soleil cachent une larme traîtresse au coin de mes yeux. Pourquoi ne suis-je pas capable de m'abandonner simplement au moment présent et de m'amuser ? Pourquoi dois-je toujours évaluer les conséquences, les résultats, l'image de moi qui sera projetée ?

Je m'allonge à nouveau sur la statue de la Liberté, maintenant froissée et chauffée par le soleil qui s'approche du zénith. Je ferme les yeux ; la sensation de voguer sur un bateau m'envahit. C'est sûrement à cause du cocktail… Les doux rayons caressant mon visage ont raison de ma fatigue. Je sombre dans le sommeil.

11
Le duel

Poursuivie par une mouffette géante, je cours à vive allure dans la forêt. Soudain, j'ouvre les yeux, en sueur et un peu perdue. Quelques battements de cils plus tard, je prends conscience que, couchée sur la plage, je dormais. Depuis combien de temps ? Mon estomac à l'envers et ma peau rougie par le soleil laissent croire que j'y suis depuis un bon moment déjà.

— Réveille-toi, Sophie ! dit Mahée en me secouant l'épaule. Tu vas attraper un coup de soleil.

— Il est probablement trop tard, réponds-je, la bouche sèche.

Je me sens étourdie et complètement déshydratée. Je m'assois prudemment pour examiner les dégâts ; je bouillonne de partout ! Je n'aurais pas dû dormir. Je me sens encore plus mal et autant fatiguée que tout à l'heure.

— Ton nez est rouge, constate ma meilleure amie.

Mes bras et mes pieds aussi. J'ai sûrement acheté quelque chose pour traiter ce problème. *J'espère !* Un peu plus loin devant, Christian étend méticuleusement de la crème solaire sur les épaules de Claudia. Mon regard cherche Marc. Celui-ci est allongé sur sa serviette à mes côtés. Il est immobile, ses yeux sont clos… Dort-il ?

— C'est le camion de Vincent !

Je me retourne à temps pour voir passer le camion rouge. Une chaleur immense, qui n'a rien à voir avec mon coup de soleil, m'envahit. Vincent a tenu parole ; il est là pour ma petite Mahée, qui est soudainement toute pâle.

— Es-tu certaine ? s'enquiert Claudia.

— Oui, répond Mahée. J'ai reconnu le logo de sa compagnie dans la vitre arrière. C'est mauvais signe qu'il soit venu jusqu'ici pour me parler, ajoute-t-elle, la mine triste.

L'air incertain, Claudia hoche la tête. Je serre doucement la main de mon amie pour la rassurer. Moi seule sais que Vincent est ici parce qu'il l'aime très fort.

— Il s'en va probablement sur notre site. Va lui parler ! Peu importe ce qu'il a à te dire, tu te sentiras libérée après.

Mahée porte une main sur son cœur pour se donner du courage.

— Tu as sans doute raison… admet-elle en enfilant son chandail par-dessus son maillot rouge framboise.

Je me remémore les propos émis par Vincent la veille. Ce dernier a reconnu qu'il avait des soucis, mais que son amour pour Mahée était toujours bien vivant. Je souhaite vraiment que ce ne soit rien de grave. On ne sait jamais ce que la vie nous réserve ; Vincent est peut-être malade, ou bien il trempe dans une magouille clandestine. Puisque son nom figure sur la liste des frères Dalton, tout est possible ! Malgré les horreurs qui fusent dans mon esprit, j'adresse un sourire confiant à ma belle amie.

— Ça va aller, Mahée. Aimerais-tu que je vienne avec toi ?

— Je peux t'accompagner, moi, si tu préfères, propose Claudia, étendue à plat ventre sur sa serviette.

Elle et moi échangeons un regard défiant, comme chaque fois que Mahée doit choisir entre nous deux. Laquelle est sa meilleure amie ? Cela sera toujours la grande question sans réponse. Nous nous comportons comme des enfants !

— Non, dit Mahée en se levant vivement. Vincent et moi crèverons l'abcès une fois pour toutes.

Sa façon de voir les choses a beaucoup évolué dernièrement. Cette fille, en apparence douce et fragile, pourrait maintenant soulever des montagnes avec la force de ses convictions. Cette transformation, elle la doit à Vincent Grandbois. Il a fait d'elle une femme confiante !

— Bonne attitude, ma chouette ! s'exclame Claudia. Montre au grand homme de quel bois tu te chauffes !

— Bon… j'y vais… murmure Mahée en replaçant ses cheveux.

— Tu es parfaite ! Allez, bonne chance ! Et jette un œil sur Bumy…

C'est vrai que Vincent est un grand homme, dans tous les sens du terme. Il est sensible et généreux. Je sais qu'il traitera Mahée avec délicatesse même si les temps sont orageux. Je regarde mon amie s'éloigner ; la tête haute, elle avance d'un pas déterminé. J'admire son courage. Rien ne peut m'ébranler au bureau, pas même un employé d'un mètre quatre-vingt-dix qui m'envoie au diable parce que je lui refuse un congé. Mais dans ma vie privée, c'est une autre histoire.

Claudia lève son pouce dans les airs avec un sourire encourageant, puis elle enfouit son visage dans sa serviette pour prendre un bain de soleil. Mon amie est coquette, alors elle détache le haut de son maillot pour éviter une démarcation dans son bronzage.

Les haut-parleurs près du bar crachent les succès de l'été. Des airs franco-latino sensuels et rythmés qui donnent envie de danser. Le barman s'en donne à cœur joie en servant des tonnes de cocktails. On se croirait dans le Sud ! Quelle heure est-il ? J'ai l'estomac creux…

Marc est encore étendu à mes côtés. Je fixe son torse bien découpé pour vérifier sa respiration ; celle-ci est lente et régulière. Il dort ! Je peux me détendre et l'observer en paix. C'est vrai qu'il ressemble beaucoup à Patrick Duhamel, l'amoureux de Claudia. C'est encore plus frappant lorsqu'il a les paupières closes. Même s'il est allongé sous les rayons depuis aussi longtemps que moi, sa peau n'a pas rougi. Son joli bronzage est uniforme.

Une mèche de cheveux descend sur son front et sur son œil. Le genre de choses qui chatouille… Sans réfléchir, je tends la main pour la déplacer. Je n'ai pas le temps de m'exécuter, car Marc ouvre ses grands yeux moqueurs.

Merde ! Il ne dormait pas !

— Qu'essayais-tu de faire ?

Me sentant coupable, je me redresse.

— Tu avais une abeille sur le nez ! J'ai voulu la chasser…

Marc se lève pendant que je fouille dans mon sac pour trouver ma crème solaire. De la trente, rien de moins. Je veux badigeonner mon corps entier ! Ma peau brûle et je songe à me lancer dans le lac pour calmer le feu. Je commence par enduire mes pieds.

— Tu veux que je t'aide pour le dos ? demande Marc, l'air naturel, en prenant le tube dans sa main.

Une telle offre se refuse-t-elle ? Pendant une seconde, j'hésite. Je n'aime pas beaucoup les massages – dans ce domaine, je choisis les professionnels avec soin. Même mes amants ne peuvent me tripoter à leur guise. Je suis beaucoup plus sexuelle que sensuelle pendant mes ébats ! Un effleurement peut me retourner à l'envers… Mon esthéticienne m'a dit un jour que cela signifie que je suis une personne hypersensible. Ce n'est pourtant pas ce qu'on pourrait penser de moi de prime abord !

— Merci, c'est gentil.

J'ai envie de savoir comment je réagirai à son toucher. Je frotte mes jambes tout en restant à l'affût. Marc dépose une quantité généreuse de crème dans sa main, puis il soulève doucement mes cheveux. J'arrête de bouger… Il touche d'abord mon épaule, ensuite mon omoplate… Ses gestes sont fermes et attentionnés à la fois. Il lève chacune de mes bretelles et s'assure de couvrir chaque parcelle de peau, puis il descend sa main dans le bas de mon dos. Il s'applique sans éterniser inutilement l'opération, ce qui me plaît.

— Voilà !

Je m'apprête à le remercier une seconde fois et lui demander s'il veut que je lui rende la pareille, mais il prend la parole :

— As-tu faim ? Je vais aller chercher de la poutine.

— Bonne idée !

— Moi aussi, je veux de la poutine, réclame Claudia sans bouger. Garnie avec plein de légumes et de la sauce à spaghetti !

— On appelle ça une poutine italienne, Claudia, remarque Christian en lui pinçant affectueusement l'avant-bras.

Je roule les yeux, mais je me félicite de retenir tout commentaire. *Bravo, la grande !* Soit je ramollis, soit j'apprends à ne plus me sentir responsable des sottises de mes amies. *Allez, embrassez-vous, Nathalie et Vickie, je ne dirai rien !* Je me concentre sur la substance un peu huileuse qui glisse entre mes doigts et que j'applique avec soin sur mon ventre, puis sur mes jambes, mes cuisses, entre mes orteils, entre mes seins…

— Veux-tu que je fasse ton dos, Sophie ? offre gentiment Christian par-dessus ses verres fumés à la mode des années 1960.

— Euh… non, merci ! C'est déjà fait ! bafouillé-je sans regarder Marc.

Christian saute sur l'occasion pour taquiner son ami.

— Eh bien, mon vieux, tu t'es payé la traite !

— Tu iras la chercher toi-même, ta poutine, connard ! réplique Marc en se levant.

De vrais gamins, ces deux-là, quand ils s'y mettent. C'est charmant… Au fond, c'est vrai que je n'aurais pas eu besoin d'aide. Mes bras sont longs et j'arrive toujours, avec un peu d'effort, à atteindre tout mon dos. Claudia aussi le sait… C'est sûrement pour cette raison qu'elle m'observe curieusement. Je me prépare mentalement à l'avalanche de questions qui suivra plus tard. « Sophie qui accepte qu'un presque étranger lui crème le dos ! » Je ne laisse même pas mes meilleures amies faire ça…

J'espère que tout se passe bien pour Mahée. J'ai surtout hâte de comprendre la situation. La crème imbibe lentement ma peau, mais l'effet n'apaise pas pour autant la sensation que j'éprouve. On dirait que j'ai trempé dans un chaudron d'eau bouillante. Les gens sont de plus en plus nombreux sur la plage. Armés d'une glacière, d'un parasol et de chaises, ils se préparent à passer un bel après-midi chaud d'été.

— Sophie ! Sophie !

Perplexe, je regarde autour de moi pour voir d'où provient cette voix enfantine. J'aperçois alors un bambin qui saute dans l'eau pour attirer mon attention.

Maxence ! Le petit garçon égaré que j'ai aidé à retrouver ses parents ! Je lui envoie la main.

— Allôôô !

Avec ses belles bouclettes mouillées et son maillot ajusté, il ressemble à un nageur professionnel, version miniature.

— Viens te baigner ! me crie-t-il en arrosant sa mère dans son excitation.

Il est tellement attachant ! Comment dire non à une si belle bouille ? Je cours vers Maxence avec enthousiasme sous l'œil hébété de Claudia, qui n'en revient pas. Elle croit que je suis tombée sur la tête, c'est certain !

— Gare à toi, j'arrive ! crié-je à mon jeune ami.

Maxence éclate de rire et essaie de se sauver. Mais je l'attrape facilement et chute avec lui. L'eau n'est probablement pas si froide, mais mon coup de soleil me donne l'impression qu'elle avoisine une température nordique ! Le petit garçon se débat sous mes chatouilles, puis il s'assoit à côté de moi.

— Je ne me suis pas perdu aujourd'hui, m'annonce-t-il avec un large sourire.

Je touche le bout de son nez retroussé.

— C'est bien !

Il me tend une pelle en plastique orange. Je la saisis sans me poser de question. Mes fesses sont dans l'eau et je suis en train de creuser un trou dans le sable avec un enfant de trois ans. Plusieurs personnes sur la plage scrutent le lac. Les hommes regardent les filles en bikini, tandis que les femmes surveillent leur progéniture. Même si j'ose m'amuser un peu, personne ne me porte une attention particulière. Personne, sauf Marc… Je crois qu'il m'attend, car il a une poutine dans chaque main.

Je me penche sur Maxence.

— Je dois aller manger, Max. Mais on se reverra peut-être plus tard ?

Ses petits bras sont maculés de boue jusqu'aux coudes. Il me sert son plus beau sourire.

— D'accord, Sophie.

Je reviens à ma place en contournant tout ce beau monde qui se dispute un coin de plage. Il y a tellement de serviettes éparpillées qu'on ne sait plus où marcher.

— Est-ce que je t'ai vraiment vue assise dans un trou de boue en train de faire un château de sable, Sophie ? dit Claudia avec un demi-sourire. Si je raconte ça à Mahée, elle ne me croira pas !

Marc affiche une expression ravie en me tendant le plus petit contenant. Une fourchette est piquée dans une montagne de frites bien huileuses.

— Tu aimes les enfants ? demande-t-il avant d'enfourner une grosse bouchée de frites, de sauce et de fromage.

— Oui, beaucoup.

Le sourire sur le visage de Marc s'élargit. Je devine qu'il songe à son fils. Si le petit a les yeux fougueux de son père, il doit en briser des cœurs !

— Hé ! vous deux ! nous interpelle Claudia. Pendant votre sieste, Christian et moi avons décidé que nous souperions tous ensemble, ce soir. Il y a un autre lac plus loin où l'on peut pêcher des truites. Du bon poisson frais, miam ! Ça nous sauvera des pois chiches que Mahée a apportés, Sophie !

Les pois chiches, les lentilles… Mahée nous en a tellement fait avaler ! Je ne suis plus capable ! Du poisson, c'est parfait, d'autant plus que Mahée pourra en manger. La bouche pleine, Marc marmonne : « *Cool !* » En effet, c'est *cool* et ça fait très rustique de manger le soir même les prises de la journée. Mahée adorera le concept. Au pire, sa salade de pois chiches servira d'accompagnement…

— Allez, Claudia ! Tu dois leur dire pour la gageure ! lui rappelle Christian en lui donnant un coup de coude.

Claudia secoue la tête. Éblouie par le soleil, je la toise entre mes yeux mi-clos. Qu'a-t-elle gagé encore ? C'est sa phrase favorite ! « Je te gage que… » Bien entendu, je perds toujours à ce jeu… ou plutôt, elle s'arrange toujours pour gagner !

— J'ai parié que les perdants au jeu de fers pêcheraient le poisson.

— Et quand tu dis LES perdants, à qui fais-tu allusion ? demandé-je même si je me doute de la réponse.

La petite maudite !

— On fera un duel entre les gars et les filles : Christian et Marc contre toi et moi, indique-t-elle en prenant un air détestable.

Marc rit doucement à mes côtés tout en avalant les derniers morceaux de fromage traînant au fond de son plat. Il a mangé à une vitesse folle ! Je n'ai jamais joué au jeu de fers. Tout ce que je sais à propos de cette activité, c'est qu'on doit lancer un semblant de fer à cheval sur un poteau. Au moins, ce n'est pas trop compliqué ni trop humiliant. Je suis même très heureuse que Claudia et Christian n'aient pas choisi le mini-golf ou le volleyball ! Ça aurait été dramatique dans mon cas !

Cependant, l'idée de tenir une canne à pêche dans mes mains me préoccupe davantage. Je n'ai pratiqué ce sport qu'une fois ; j'étais petite et mon père avait lui-même enfilé le ver de terre sur l'hameçon parce que j'étais trop effrayée. Je ne sais pas si, aujourd'hui, j'ai le cœur assez solide pour remettre ça. Et je n'ai guère envie de décrocher un poisson gluant qui se débat au bout d'une ligne. On verra bien. Après tout, Claudia et moi n'avons pas encore perdu au jeu de fers ! Dans le cas contraire, je m'inventerai une allergie…

— On va vous battre à plate couture ! s'écrie Christian, sarcastique.

Il échange un regard déterminé avec Marc. Ce dernier semble tout aussi excité par le défi.

— Vous êtes bizarres, les gars ! déclaré-je en ramassant mes affaires. Tous les hommes achalent leur blonde pour partir en voyage de pêche. Vous avez ici l'occasion de vivre l'expérience sans vous taper des heures de route pour aller dans le Nord, et sans devoir débourser la somme colossale que coûtent les endroits de prédilection de tous les pêcheurs. OK, ce n'est pas le même *trip* que de pêcher dans les rapides d'une rivière ou en pleine forêt, mais au bout du compte, ça revient au même. Quel est le problème? demandé-je en secouant ma serviette pleine de sable.

— On adore ça, aussi, indique Christian. Mais on aime encore plus regarder les filles pêcher!

Il n'a pas tort, car le spectacle risque d'être saisissant, avec Claudia et moi.

— Vous pourriez être surpris! lancé-je d'un ton rempli d'espoir.

La solution est simple: Claudia et moi devons absolument gagner le duel! Je suis prête pour la mission! L'emplacement du jeu de fers n'est pas très loin de la plage. Il fait face au jeu de pétanque, lieu de prédilection de l'âge d'or. Les joueurs de pétanque sont beaux à voir avec leurs sacoches qui contiennent les boules, les serviettes pour essuyer ces dernières, le calepin pour noter les nouveaux records. Les entendre s'exclamer, puis se taper fièrement dans la main lorsqu'un membre du groupe fait un bon coup, est attendrissant. J'ai presque envie d'aller jouer avec eux! Surtout, j'espère qu'aucun des joueurs ne recevra un fer sur la tête à cause d'une mauvaise manœuvre de ma part. *Au moins, on a un médecin dans la salle…*

Christian revient avec quatre fers pendant que Marc tapote le sable autour de la tige. C'est sérieux! Cette même tige est entourée d'une boîte en bois. C'est là que doivent atterrir les fers. J'observe la technique d'un père et de son fils qui s'adonnent à l'activité sur une autre station de jeu. Ça ne semble pas trop difficile.

— On vous laisse commencer ! déclare Claudia en croisant les bras.

Les jambes légèrement écartées, je croise les bras moi aussi. J'attends les prouesses des hommes avec impatience ! Marc, qui a remis son tee-shirt et ses tongs, se place. Il secoue les épaules, puis prend un temps fou à viser la tige avec précision… C'est de plus en plus sérieux ! Je ne peux faire autrement que de sourire, car il est trop mignon !

Marc lance le fer avec force. *Cling !* Celui-ci touche la tige, mais il n'y reste pas accroché.

— Oh ! Tu as presque réussi ! s'exclame Christian, l'air satisfait.

Marc procède à son deuxième essai, qu'il manque de peu encore une fois. Son compagnon s'exécute à son tour. Deux lancers parfaits…

— Oui ! s'écrie Marc, enthousiaste, en échangeant un *high five* avec Christian.

La bataille ne sera pas aussi facile que je le croyais. Ces hommes ont du cœur au ventre ! On dirait que c'est leur vie qui est en jeu, pas le souper ! Claudia me pousse vers le jeu.

— C'est à ton tour !

Je saisis les fers que Marc me tend. *Oh !* Ils sont plus lourds qu'ils en ont l'air ! Soudain, la tige où doit atterrir le fer me paraît très loin. Je ramène mon bras derrière moi pour bénéficier d'un plus grand élan. *Boum !* Mon seul exploit, c'est d'avoir réussi à créer une tempête de sable qui tourbillonne jusqu'aux joueurs de pétanque. Ces derniers rouspètent. En plus, comble de malheur, mon fer ne s'est même pas rendu à la boîte…

— Bien essayé ! se moque Christian en me lançant un clin d'œil.

Je comprends Claudia de s'émoustiller pour lui. Avec ses gros biceps résultant probablement d'un entraînement régulier, son short griffé porté un peu trop bas sur les hanches et le tatouage qui couvre son mollet droit, il a l'allure parfaite du *bad boy* que mon amie aime. Il doit détonner du reste du personnel dans son uniforme bleu ou vert à l'hôpital ! J'imagine déjà la tête de ma grand-mère si elle devait se faire faire une prise de sang par Christian.

Je rate de peu la tige lors de mon second essai. Tout n'est pas perdu !

— Ne criez pas victoire tout de suite, les gars ! Il ne s'agit que d'un échauffement !

Bien décidée à en mettre plein la vue à nos adversaires, Claudia prend position, belle comme Cendrillon ou la Belle au bois dormant. *En plus affriolante.* D'un mouvement gracieux, elle fait voler le fer tout près de la tige. Elle est passée à un cheveu de réussir ! Je me penche derrière elle, les mains sur les genoux.

— Vas-y, la grande, tu es capable !

L'affaire n'est plus seulement sérieuse, elle est devenue capitale ! Analyse minutieuse de chaque coup de l'autre équipe, étude approfondie de nos performances, tout ça accompagné d'un doux cocktail. Il est encore meilleur que celui que j'ai bu tout à l'heure !

S'ensuit une chaude lutte. *Cling! Cling!* L'expression « croiser le fer » prend tout son sens. Les garçons comptent les points d'une façon suspecte, selon moi, mais Claudia et moi nous défendons avec vigueur. La bataille était amusante, jusqu'à ce que Marc réussisse deux coups parfaits. Les bras dans les airs, il s'écrie :

— Et les vainqueurs sont… ?

C'est bon! Claudia et moi savons que nous devrons subir un tête-à-tête avec les vers de terre.

— Vous avez triché ! proteste Claudia. Sophie, nous aurions dû écrire les points nous-mêmes.

— Tut ! Tut ! Nous avons été très justes ! clame Christian en ramassant les fers.

Sans que je lui demande, Marc lance mon sac rose et mauve sur son épaule. Ces couleurs paraissent étranges sur un homme aussi viril, mais ça ne semble pas le gêner. Christian et Claudia redonnent les fers à la préposée, puis nous reprenons le chemin vers nos sites respectifs.

— Tu as été très bonne, dit Marc.

Je ne lui confierai quand même pas que j'ai mal au bras…

— Donc, tu vas nous pêcher de belles truites bien dodues ? ajoute-t-il avec un sourire en coin.

Je redresse mes épaules endolories par les mouvements répétés exigés par le lancer des fers.

— Absolument ! À une condition, toutefois : l'accès aux curieux est interdit !

— Dommage ! émet-il, la moue déçue.

J'ai suffisamment donné dans le ridicule devant lui. Je multiplie les catastrophes quand il est dans les parages ! Marc est la dernière personne que je souhaite voir sourire lorsqu'un cri de dégoût sortira de ma bouche quand je sentirai un ver de terre grouiller entre mes doigts. Mais plus j'y pense, plus je songe qu'il pourrait être utile si Mahée s'enfonce malencontreusement un hameçon dans la tête. *Ou dans MA tête !*

— Mais c'est quoi tous ces chiens en poussette ?

Justement, il y en a une qui vient vers nous. J'en ai vu plusieurs depuis la veille ! Il y en a partout, de tous les modèles ! *Quand on est rendu à promener son chien en poussette plutôt qu'en laisse, il y a un problème…*

— Les chiens sont autorisés seulement sur le site de leurs propriétaires, m'explique Marc. Interdiction aux cabots dans les rues, d'où les poussettes pour les déplacer.

Eh bien… Il faut *vraiment* aimer son chien pour se plier à un tel règlement ! Confortablement installés dans leur poussette, les chiens ont l'air de petits rois. Certaines personnes promènent même leurs bêtes dans de vrais porte-bébés ! *De toute beauté…*

J'ai le cœur serré en tournant au coin de ma rue. Dans quel état vais-je retrouver ma douce Mahée ? Qu'est-ce que Vincent est venu lui dire ? Mon amie sera-t-elle en pleurs ? En colère ?

Anéantie ? Toutefois, l'image qui s'offre à moi lorsque nous parvenons à la hauteur du camion rouge de l'Amérindien est des plus surprenantes !

12
Partie de pêche

Le spectacle devant nous est attendrissant. Mahée est assise au bout de la table en bois ; ses jambes entourent la taille de Vincent, lequel est incliné vers elle. Mon amie et son amoureux s'embrassent comme deux nouveaux mariés seuls au monde. Lorsque nous toussotons pour signaler notre présence, l'Amérindien passe un bras protecteur sur les épaules de mon amie. Mahée rayonne.

— Est-ce qu'on dérange ? s'enquiert Claudia.

— Ouais ! réplique Vincent sous les gloussements de Mahée.

J'ai hâte de connaître le fond de l'histoire, mais nous n'avons pas le temps de discuter. Mes amies et moi devons aller louer de l'équipement de pêche.

Lorsque nous parvenons à destination, un préposé nous tend trois cannes à pêche et un plat en plastique.

— Les vers de terre sont là-dedans, finit-il par dire devant notre air incrédule.

Aucune de nous ne saisit le contenant. Le visage du garçon exprime un grand étonnement. Évidemment, aucune de mes amies ne se porte volontaire. Je prends donc le pot du bout des doigts. Mahée empoigne un seau et Claudia les armes du crime : les cannes à pêche.

— Vous pouvez y aller, nous encourage le jeune homme en voyant que personne ne bouge. Vous paierez au kilo le poisson que vous aurez pêché.

Il faut pêcher nous-mêmes le poisson et le payer en plus ? Mon grand-père avait raison : il n'y a plus rien de gratuit en ce bas monde !

Mahée, Claudia et moi nous dirigeons d'un pas incertain vers le lac ensemencé de truites. Ce n'est pas ici que nous avons fait notre promenade en bateau. Le cours d'eau sur lequel nous nous exécuterons est plus petit et se trouve dans un coin reculé du camping. Les lieux sentent le poisson et l'eau stagnante. J'ai mis mes bottes de caoutchouc ; je ne tiens pas à mettre le pied sur un poisson mort abandonné sur la rive. Ou sur un ver de terre. Ou sur n'importe quoi d'autre qui ressemblerait à une grenouille ou à une couleuvre. Bien entendu, lac à truites rime avec moustiques. C'est inévitable : il y en a déjà plusieurs qui bourdonnent autour de ma tête.

— Essayons de paraître brillantes, déclare Claudia.

— Pfff ! On est brillantes ! réplique Mahée.

Aucune de nous trois n'a déjà pêché, mais je suis confiante. Les hommes le font depuis toujours, alors ça ne peut pas être si compliqué ! Je suis tout de même soulagée en constatant que la place est déserte, à l'exception d'un homme de l'autre côté du lac. Un peu empotées avec notre matériel, nous le regardons lancer gracieusement sa ligne à l'eau. Toutes les trois, nous en venons à la même conclusion : « Facile ! » Le pêcheur sort un poisson du lac en moins de deux minutes.

— À nous de jouer ! dis-je pour motiver les troupes. Ayons l'air *cool* et en contrôle. Les gars s'attendent à un échec cuisant !

— J'ai un plan, annonce Mahée. L'une enfile le ver, une autre s'occupe d'attraper le poisson et la dernière le décroche. Travail d'équipe !

Je suis déçue de moi-même, car c'est le genre de solutions que mon cerveau élabore normalement. *Pas pire, la petite Mahée !*

— Je tiendrai la canne à pêche ! s'écrie Claudia en levant le bras.

— Je n'ai pas peur des vers de terre. Je m'en charge ! lance Mahée.

— Mais…

La bouche ouverte, j'avale quelques moustiques. Je me suis encore fait avoir ! Je devrai toucher une truite vivante… Je veux des gants ! Et un masque pour camoufler l'odeur. Et…

— Il est mieux d'être vraiment bon, ce poisson ! grogné-je. Et ne vous sentez pas obligées d'attraper beaucoup de truites, surtout…

Ignorant mes propos, Mahée sort du pot un ver géant. Mais avec quoi ont-ils été engraissés, ces vers ? Celui que tient mon amie est gros, très long et vigoureux. Mahée s'accroupit pour prendre l'hameçon.

Je la mets aussitôt en garde :

— Attention de ne pas te planter ça dans le doigt.

— C'est cruel comme fin, quand on y pense… murmure-t-elle.

— Mahée, c'est un ver de terre, dit Claudia en roulant les yeux. Il ne ressent ni la peur ni la douleur.

— Et il n'est pas rancunier ! ajouté-je. C'est fantastique ces petites bêtes-là.

La « bête » ne perd aucune vivacité une fois transpercée par l'hameçon. *Il a du nerf, le gros ver !* Pourquoi ne suis-je pas étonnée que Mahée s'émeuve ? Elle serait du genre à causer un accident de voiture pour éviter une souris qui traverse la rue.

Claudia s'empare de la canne à pêche. Le préposé a deviné notre inexpérience, car il nous a expliqué la technique de base : appuyer sur le bouton, lancer la ligne, tourner le moulinet. Rien de bien compliqué…

Munie de la canne qu'elle tient à deux mains, Claudia s'approche du bord de l'eau. Puis, elle se donne un élan.

— Aïe !

— Oh ! Désolée, monsieur !

L'homme qui pêchait tout à l'heure est passé près de nous au mauvais moment. Claudia a relâché le bouton trop tôt et la ligne est partie par-derrière, accrochant au passage l'oreille du pauvre pêcheur.

— Est-ce que vous saignez ? demande mon amie, inquiète.

— Ça va. Faites attention. Ce n'est pas un terrain de jeu, ici !

— Oui, nous ferons attention, promet-elle. Je m'excuse encore… et bon appétit ! termine-t-elle en pointant le seau de l'homme qui contient deux truites.

Claudia fait une nouvelle tentative. Cette fois, Mahée et moi reculons pour être hors de portée. On ne sait jamais ! C'était prévisible : l'hameçon atterrit dans l'herbe.

— Au moins, c'était dans la bonne direction, dis-je pour encourager mon amie. Il faudrait un bon coup de poignet pour réussir la technique !

— Ce n'est vraiment pas évident.

La ligne fait un plouf dans l'eau.

— Parfait ! chuchote Mahée. Maintenant, tourne le moulinet len-te-ment.

— Pourquoi parles-tu tout bas ? demandé-je, intriguée.

— C'est bien connu : le bruit fait fuir les poissons.

— C'est un peu comme une garderie de poissons, ici, Mahée. Ils sont habitués au bruit ! Raconte-moi plutôt comment ça s'est passé avec ton beau héros.

Mon amie ramène timidement ses cheveux derrière ses oreilles.

— Très bien, répond-elle, les yeux brillants. Il m'a rassurée sur ses sentiments. Il m'aime encore ! Je sais qu'il est sincère. Son humeur exécrable des dernières semaines était en lien avec un employé négligent à son resto qui n'a pas respecté les règles d'hygiène. Un inspecteur est passé et bonjour les problèmes, les amendes et la mauvaise publicité.

Mahée a déballé son histoire sans respirer. Elle a parlé trop vite et en gesticulant, signe qu'elle ne me dit pas tout. Les bras croisés, je l'observe attentivement.

— C'est ennuyeux, mais il y avait sûrement autre chose.

— Non, non ! Je t'assure, c'était ça le problème. Il a congédié l'employé, en a engagé un autre…

— Mahée Tremblay, tu me fais des cachotteries !

Les épaules de mon amie s'affaissent. C'est la preuve que j'ai mis le doigt là où ça fait mal.

— Oui, il y a autre chose…

— J'en ai un ! crie Claudia.

Son premier réflexe est de lâcher la canne à pêche. Je la rattrape de justesse.

— Pas de panique ! Il faut seulement tourner le moulinet.

— J'ai été surprise, se défend Claudia en reprenant la canne à pêche d'une main ferme. Ça tire plus fort que je ne le croyais. On aurait dit le monstre du Loch Ness !

Mahée semble soulagée de cet interlude. Mais elle ne perd rien pour attendre, foi de moi : elle devra cracher le morceau ! Claudia sort de l'eau un hameçon vide. Pas de poisson et plus de ver de terre.

— Non ! Le maudit s'est payé une bonne bouffe avant de foutre le camp !

— Mahée, tu sais ce que ça veut dire ? énoncé-je avec le sourire.

— Ouais ! Il y a un pauvre poisson qui se promène maintenant avec un trou dans la joue.

Je lui pointe le bol de vers d'un air autoritaire tout en fronçant les sourcils de façon exagérée. Mahée s'exécute sans rechigner, mais elle prend son temps. La coquine veut repousser le moment de me raconter son histoire.

— J'ai apporté des serviettes humides jetables si tu veux te laver les mains, déclaré-je en brandissant un paquet format poche.

— Cette fois, c'est la bonne ! crie Claudia en lançant la ligne à l'eau.

— Respire, ma belle ! C'est zen, la pêche…

— C'est beaucoup moins compliqué de passer au supermarché ! marmonne mon amie.

Pour une fois, je suis entièrement d'accord avec Claudia. Vive l'allée des surgelés à l'épicerie ! On y trouve de tout. Ensuite, il ne reste qu'à déposer les filets sur une plaque, cuire au four vingt minutes à trois cent cinquante degrés et à déguster avec du ketchup !

Nous patientons, à l'affût du moindre mouvement. Des ronds se dessinent un peu partout sur la surface du lac. Ils sont produits par les truites qui sautent pour attraper des insectes. L'après-midi est bien avancé et le ciel se couvre au loin. Le temps est encore si humide qu'un orage pourrait nous tomber sur la tête à tout moment.

— Allez, les petites ! s'exclame Claudia. Un beau gros ver de terre juteux est bien meilleur que des mouches !

Je laisse Claudia à sa conversation à sens unique avec les truites. Je me tourne vers Mahée, qui tente de se faire oublier dans le décor. Je l'enveloppe d'un regard maternel.

— Alors, tu me racontes ? soufflé-je en faisant allusion à ses malheurs avec Vincent.

Un soupir las sort de sa bouche, ce qui a pour effet de m'inquiéter.

— Tu te souviens que Vincent a déjà été marié ? dit-elle en levant un regard troublé sur moi.

— Oui, réponds-je, le cœur serré. Sa femme est portée disparue depuis combien de temps, maintenant ? Cinq ans ?

— Environ…

Mon amie fait craquer ses articulations, ce qui prolonge le suspense. Le vent se lève, faisant valser les boucles brunes sur ses épaules.

— Parle, Mahée !

Claudia se retourne, me gratifiant d'une grimace.

— Voyons, Sophie ! Il faut être zen…

— Bref, reprend Mahée, les policiers ont reçu des informations comme quoi elle aurait été aperçue à Toronto.

— Mon Dieu ! lâche Claudia, ne se préoccupant plus de ce qui se passe au bout de la ligne.

Mahée se laisse choir dans l'herbe un peu longue. Je m'agenouille à ses côtés.

— C'était une fausse piste, précise-t-elle en secouant la tête. Cette affaire a grandement perturbé Vincent. Il ne voulait pas m'en parler pour éviter de m'inquiéter…

Et moi qui ai appelé le pauvre gars pour l'engueuler, pour lui ordonner de mieux s'occuper de ma meilleure amie ! La culpabilité m'étouffe.

— Les enquêteurs ont fermé le dossier. Celui-ci ne sera rouvert que si un élément majeur surgit. Aujourd'hui, Vincent est venu me dire qu'il passait définitivement à autre chose. Mais au fond de moi, j'ai toujours peur que sa femme ne réapparaisse. Cela chamboulerait ma vie.

— C'est peu probable, ma chouette. Et Vincent t'aime vraiment. Ne pense plus à ça…

— J'en ai attrapé un ! s'égosille Claudia en sautant sur place.

Cette fois, c'est une réussite. La truite se tortille dans tous les sens. Je me demande comment je parviendrai à l'immobiliser afin de pouvoir la décrocher… Claudia la dépose au sol. Belle prise ! Le poisson d'au moins vingt centimètres frétille dans l'herbe pour se libérer. Je ne m'attendais pas à ce qu'il soit aussi agité. Placées en cercle autour de notre victime, mes amies et moi observons celle-ci.

— Elle souffre ! s'énerve Mahée. On ne peut pas la tuer comme ça…

Claudia et moi lui jetons un regard découragé. Mahée lève les mains.

— OK, je n'ai rien dit.

Je mets le pied sur la queue de la truite pour qu'elle cesse de bouger. En la sentant frémir sous ma botte, je grince des dents. Est-ce que ça a des dents, une truite ? Est-ce que ça mord ? Je m'accroupis pour tenter d'enlever l'hameçon qui lui transperce la gueule. Elle saigne !

— Je ne veux pas voir ça ! pleurniche Mahée en cachant ses yeux avec ses mains.

Moi aussi, je préférerais ne pas voir ça. Rien pour me donner le goût de manger de la truite pour le souper. La fierté de me régaler de mon trophée de chasse, très peu pour moi. J'ai un immense respect pour tous les pêcheurs de ce monde.

L'hameçon résiste et je dois tirer un bon coup pour le sortir. *Crounche ! C'est dégueulasse !* Mahée approche le seau, puis j'arrive à mettre notre prise – à la lancer ! – dedans sans trop la toucher.

— En voilà un ! s'exclame Claudia, l'air victorieux.

— Ça en prend combien ? demande Mahée d'un ton incertain.

— Euh…

Silencieusement, nous comptons le nombre de têtes prévues autour de la table pour le souper. Nous arrivons probablement au même nombre, car nous échangeons un regard ennuyé. Quelques secondes plus tard, Mahée extirpe un ver de terre du pot en plastique.

— On continue, groupe !

Un ver de terre, un lancer, un poisson, une grimace de dégoût camouflée ; un ver de terre, un lancer, un hameçon coincé dans l'herbe longue sur le bord de l'eau… Une chance que j'ai mis mes super bottes de caoutchouc à toute épreuve ! Cela me permet de faire quelque pas sur la berge pour retirer l'hameçon. Lorsque le tonnerre se met à gronder au-dessus de nos têtes, Mahée déclare :

— Ça suffit ! On a utilisé tous les vers de terre… Il aurait fallu qu'on attrape un ou deux poissons de plus pour être certaines d'en avoir suffisamment. Mais tant pis, je mangerai plus de salade.

On lui laissera les pois chiches avec plaisir !

— Et moi, plus de patates ! renchérit Claudia.

Nous nous empressons de retourner le matériel au préposé et de payer les truites avant que l'orage n'éclate. Notre seau est tout de même bien rempli ; mes amies tiennent la poignée à deux pour le transporter. Moi, je cours au premier bloc sanitaire que je croise pour me laver les mains !

Attablés devant une bière, les gars discutent d'un saut en parachute mémorable qu'ils ont partagé lorsque nous nous présentons avec notre butin. Christian, Marc et Vincent viennent à notre rencontre, curieux de voir notre récolte. Ils sont étonnés.

— Wow! les belles truites! s'enthousiasme Christian en plongeant la main dans le seau.

Ne se préoccupant nullement de notre pêche, Marc pose un regard étrange sur moi. Pas amusé, ni blagueur. Non, il semble simplement heureux de me voir. Je commence à croire Claudia; cette dernière me répète depuis des années que oui, il est possible de rencontrer des gens bons dans ce monde à la dérive. Des personnes de valeur qui croisent notre chemin pour léguer un peu de positif à notre petite misère quotidienne. Qui donnent sans rien attendre en retour, à part un sourire ou un merci. Qui me parlent par plaisir, parce qu'ils ont envie de le faire et non par obligation ou pour me soutirer une faveur. Marc serait-il un de ceux-là? Mon cœur se serre, car je le souhaite secrètement. Chaque fois qu'il ouvre la bouche, j'ai peur d'être déçue, de me tromper à son sujet, de m'apercevoir qu'il est comme tous les autres. Pourtant, en vingt-quatre heures, je n'ai encore rien trouvé de négatif sur lui.

— Ça s'est bien passé? s'informe-t-il sans porter attention à la voix animée de Claudia qui raconte nos péripéties avec de grands gestes.

Vincent resserre son emprise autour des épaules de Mahée. Ses cheveux noirs qui retombent çà et là autour de son visage se mélangent aux boucles brunes de mon amie. Ce couple respire le bonheur tranquille ! Christian est pendu aux lèvres de Claudia qui s'exprime avec animation pour épater la galerie. Marc et moi sommes plantés au milieu de ce tourbillon, mais nous nous en sentons si loin.

Je souris à Marc.

— Je pue le poisson ! Sinon, oui, ça va.

D'un geste rapide, il touche le bout de mon nez.

— Ça a dû être éprouvant, car tu as de la terre jusque dans la figure !

Je m'essuie du revers de la main.

— Ce sont les preuves de notre labeur !

Franchement, les filles auraient pu me le dire ! Ou j'aurais dû me regarder dans un miroir avant de me présenter ici.

— On n'a pas perdu notre temps pendant votre partie de pêche ! déclare Marc au bénéfice de l'ensemble du groupe.

— En effet ! approuve Vincent. On a coupé de petites patates et tout plein d'autres légumes, qui cuisent déjà dans un papier d'aluminium sur le barbecue.

Les femmes qui pêchent pendant que les hommes cuisinent… Mon grand-père doit se retourner dans sa tombe !

— On a même fait une salade, précise Marc en me fixant droit dans les yeux.

Il faut absolument qu'il cesse de m'observer de cette façon. Je fonds dans mes bottes de caoutchouc. Quelques coups de tonnerre résonnent. Nous levons tous la tête vers les nuages gris qui approchent à grande vitesse.

— On devrait se dépêcher de terminer le repas avant l'orage, dit Mahée.

— On s'entassera dans le VR pour manger si on reçoit des gouttes d'eau, propose Marc.

Vincent et Christian saisissent notre table à pique-nique et la déposent au bout de celle de Marc. Nous pourrons nous asseoir tous ensemble. Les frères Dalton ne sont toujours pas de retour, et Bumy est… Il est où ? J'aperçois le vivarium près de la tente ; il est vide ! Le couvercle repose sur le sol, donc quelqu'un a pris le reptile !

— Hé, groupe, où est le serpent ?

Personne ne réagit ! *Qu'est-ce qu'ils ont, mes amis ?* Je brandis les bras dans les airs pour les réveiller.

— Youhou ! Bumy, serpent, évadé ! Vous comprenez ?

Vickie et Nathalie arrivent avec de petits croûtons au fromage et au bacon. Le serpent est enroulé autour du cou de la blonde. Ah ! c'était donc ça ! Toute la bande éclate de rire devant mon air hébété. Mais je suis soulagée. Je nous imaginais déjà entreprendre des recherches, et expliquer le malheur à nos sympathiques voisins !

Marc me tend une coupe remplie d'un vin rouge dont les arômes me font saliver. J'ai envie de l'avaler cul sec pour me calmer ! Et puis, j'ai très soif. Ma sieste au soleil, cet après-midi, m'a complètement déshydratée. Le simple frottement de mes vêtements sur mon épiderme rougi me fait grimacer. C'est douloureux ! Je me débarrasse de mes bottes roses d'un coup de pied ; j'ai des ampoules derrière les talons. Malgré tout, je souris. Je suis heureuse d'être là, parmi tous ces gens joyeux qui mettent la table. Ou peut-être sont-ce les regards subtils que Marc me lance aussitôt qu'il en a l'occasion qui me réjouissent ?

Marc s'installe avec Vincent devant une planche à découper pour arranger les truites. L'Amérindien est très habile : après seulement quelques coups de couteau, il parvient à retirer le filet sans les arêtes. Toutes ces têtes de poisson avec leurs yeux morts figés qui tombent dans un sac de poubelle ne me donnent guère le goût de manger de la truite.

Devant mon air dégoûté, Marc commente :

— On va faire cuire le poisson avec des oignons et des fines herbes. Ça te fera oublier l'image des truites frétillant au bout d'une ligne à pêche.

On verra... En attendant, je cuve mon vin – ce qui est bien mérité.

— Dis, Sophie, tu n'aurais pas besoin de quelqu'un en informatique dans ta compagnie ? s'enquiert Marc.

La coupe que j'approchais de mes lèvres s'arrête sur sa trajectoire. Je le vois venir avec sa question ! Comme toujours, celle-ci m'irrite, me fait dresser le poil sur les bras. Toutes les semaines, j'entends des phrases de ce genre : « Sophie, ma belle-sœur est au chômage. Tu ne pourrais pas lui trouver un petit quelque chose ? » *GRRR !*

— Qu'est-ce que tu as dit ?

Je lui laisse le bénéfice du doute. J'ai peut-être mal compris.

— Mon frère est un brillant programmeur, répond-il, le regard rivé sur le poisson dont il tranche le cou. Mais il manque de motivation et traîne son derrière sur le divan de mes parents. Au point où il en est, faire de l'entrée de données conviendrait.

Les larmes montent à mes yeux, ce qui me déstabilise complètement. Il vient de me faire le coup typique ! On me demande TOUT LE TEMPS des passe-droits ! Habituellement, je dois fournir de gros efforts pour rester polie tellement tout ça m'agace. Mais cette demande venant de Marc a l'effet d'un rouleau compresseur sur mon corps entier. Évidemment, il ne pouvait pas être éternellement gentil avec moi sans rien demander en retour. *C'était trop beau pour être vrai !*

— Je suis désolée, Marc, mais je ne rends pas ce genre de services.

La déception alourdit mes épaules, mais curieusement, cela rend le vin meilleur pour moi. Je termine mon verre d'un seul trait avant de le déposer bruyamment devant Marc Pelletier. Celui-ci redresse aussitôt la tête.

— Qu'est-ce que tu as ?

Je plisse les yeux pour cacher qu'ils sont humides.

— Ne me prends pas pour une conne ! Je te pensais différent des autres…

J'ai l'impression que Marc tente de me retenir lorsque je tourne les talons, car je ressens une douleur vive à mon poignet.

— Oh non ! s'exclame-t-il. Je t'ai coupée !

Tout le monde se tait. Du sang coule de ma main et s'étend sur le sol. Il m'a accrochée avec la lame de son couteau ! Marc se transforme sous mes yeux. En un claquement de doigts, il passe de l'homme un peu espiègle en vacances au médecin dévoué prêt à soigner une victime. *En l'occurrence moi, encore une fois !*

Lorsqu'il s'approche pour examiner ma blessure, je m'écrie, la voix tremblante :

— Ne me touche pas !

— Ne fais pas l'enfant, Sophie ! Je dois te soigner !

— Sophie, voyons, laisse-le faire ! m'implore Mahée.

En moins de cinq secondes, Marc entortille ma main dans un linge à vaisselle et me guide d'une poigne solide jusqu'au VR. Est-ce grave ? Malgré la déception qu'il m'a causée, je suis rassurée qu'il soit là. Je déteste aller à l'urgence et j'ai peur des aiguilles. Je me sens ridicule, oscillant entre la colère et une confiance apaisante en ce Marc Pelletier.

— Assieds-toi ! me prie-t-il en posant ses paumes sur mes épaules pour me forcer à prendre place sur une banquette.

Le médecin s'agenouille devant moi. Je ferme les yeux quelques secondes afin de reprendre mes esprits. Quelle situation absurde… Je me vide de mon sang devant un homme qui me plaît beaucoup et qui m'a lui-même blessée. L'espace est restreint à l'intérieur, mais Marc a simplement à s'étirer un peu pour sortir d'une armoire la trousse de premiers soins. Il ouvre celle-ci d'un coup sec. Il n'a pas besoin d'analyser le contenu de la trousse ; il sait exactement où chaque élément est placé. Il saisit des petites serviettes humides qui sentent fort. Il desserre délicatement le linge enroulé autour de mon poignet. En voyant la plaie, je commence à avoir mal pour de vrai…

— Je m'excuse, Sophie, je ne voulais pas te couper.

Je pince les lèvres, soulagée qu'il soit là, mais trop orgueilleuse pour le lui dire. Marc observe l'entaille attentivement. La lame a fait son chemin entre mon index et la naissance de mon pouce.

— Il y a beaucoup de sang, mais la blessure n'est pas profonde, m'apprend-il. Tu n'auras pas besoin de points, ajoute-t-il, l'air rassuré.

— Tant mieux ! commenté-je.

Marc nettoie ensuite la plaie. Ce n'est pas tellement plaisant. Il lève les yeux un instant de son travail pour risquer un sourire. Ça doit être presque agréable de se faire soigner par lui à l'urgence… Un vrai baume sur la souffrance !

— Je suis le meilleur pour recoudre les doigts abîmés.

— Je n'en doute pas. Mais si je peux me sauver des aiguilles, je préfère…

Ses larges mains manipulent le bandage avec agilité et précision. Je cesse de compter les tours à cinq. Puis, Marc applique un bout de papier collant pour tenir le tout en place.

— Ce n'est pas trop serré ? s'enquiert-il.

Couve-t-il tous ses patients de ce même regard protecteur ? Je pourrais feindre de m'évanouir ; il pourrait me faire le bouche-à-bouche… Je tourne mon poignet vers la gauche, puis de l'autre côté. Une douleur lancinante pompe le sang dans ma main au rythme des battements de mon cœur.

— Ça va…

Marc se relève et range la trousse de premiers soins. Soudain, il déclare sur un ton sérieux :

— Sophie, qu'est-ce que j'ai dit qui t'a fâchée ?

Cela semble le troubler davantage que le fait de m'avoir coupé la main ! La sensibilité qui se dégage de lui me frappe de plein fouet. J'ai alors un doute… Ma colère – ou plutôt ma déception – s'évapore dans ce regard brun intense. J'ai peut-être sauté trop rapidement aux conclusions quant à ses intentions. Je baisse la tête, un peu honteuse de mon attitude singulière.

— Je vais voir ce que je peux faire pour ton frère…

Marc se penche devant moi. Il lève mon menton avec son index.

— Je m'en fous de mon frère ! Sophie, qu'est-ce qui se passe ?

— Rien, je…

Les mots se diluent dans les émotions contradictoires qui m'habitent. J'ai tellement envie de croire en la sincérité de cet homme-là !

— C'est ça qui t'a dérangée, que je te demande un emploi pour mon frère ?

Alors là, je suis sidérée ! Il devine tout ce que je pense, tout ce que je ressens… Où est passé mon filtre ?

— S'il te plaît, laisse tomber, Marc…

Affichant un sourire triste, il prend ma main pansée entre ses doigts. Je sens qu'il s'apprête à me révéler quelque chose d'important. Il s'éclaircit la voix avant de plonger.

— Sophie, je m'en veux de t'avoir blessée. Je voulais aussi te dire que je…

Telle une tornade, Mahée pousse la porte du VR. Elle se permet même d'entrer sans y avoir été invitée.

— Hé ! Vous en mettez du temps ! Est-ce que c'est grave ? Va-t-on devoir amputer Sophie ?

Marc lâche ma main.

— C'est une coupure sérieuse, mais Sophie n'aura pas besoin de points de suture.

Ma belle amie, qui est arrivée à un très mauvais moment, croise ses bras sur sa poitrine. Elle me fait une moue boudeuse.

— Tu voulais te sauver de la vaisselle ! Avoue, Sophie !

Marc rit doucement avant de répondre à ma place.

— C'est exactement ça !

— Allez, venez manger du bon poisson frais dégoulinant de beurre ! nous ordonne ma meilleure amie.

13
Soirée country

Marc a coupé le poisson dans mon assiette comme on le fait avec les enfants. J'ai été incapable de manger tellement je suis retournée. C'est que Marc a perdu cette lueur intense dans ses pupilles… Nos épaules se sont effleurées à quelques reprises pendant le repas, sans que j'arrive toutefois à croiser son regard. Je m'attendais à quoi de sa part ? Je l'ai presque réprimandé, et ce, sans raison ! J'ai donc picoré ma truite, pourtant délectable puisque les gars ont été généreux avec le beurre et le jus de citron. Rien à faire, ça ne passait pas. Je revois sans arrêt dans mon esprit l'expression de Marc dans le VR avant que Mahée ne nous interrompe. Que s'apprêtait-il à me dire ?

Alors que les autres se préparent en prenant tout leur temps, je m'appuie contre ma voiture bossée pour observer le ciel inquiétant. Les nuages se déplacent rapidement, et ils gonflent à vue d'œil. Claudia ne me laissera pas tranquille si je me désiste. Un homme avec un chapeau de cowboy et un lasso a sillonné les rues du camping pendant le souper muni d'un haut-parleur pour annoncer la soirée country à la salle communautaire. Claudia était vraiment très enthousiaste à l'idée d'aller faire un tour là-bas… à tel point que je soupçonne qu'un fantasme de cowboy hante son subconscient. Mon amie est fougueuse et son entrain est contagieux. En moins de temps qu'il n'en faut, tout notre petit groupe a acquiescé, moi incluse.

— Ça va, ta main ? s'informe une voix rauque venant de ma droite.

Le poignet replié sur ma poitrine, je me retourne lentement malgré l'agitation qui bouillonne dans mes veines. Marc aurait assurément le physique de l'emploi en tant que cowboy *sexy* – sa chemise de coton rayée blanc et bleu et son jeans délavé le prouvent. *Dommage, il lui manque les bottes !*

— Oui, docteur, réponds-je, encore mal à l'aise à cause de l'attitude désagréable que j'ai manifestée plus tôt à son égard.

J'aimerais qu'il affiche son sourire en coin. Ou qu'il ose une plaisanterie – que je ne trouverais sans doute pas drôle. N'importe quoi pour me confirmer que rien n'a changé, que tout est redevenu comme avant que tout ne déboule : ma crise injustifiable, la coupure, l'arrivée intempestive de Mahée… Marc reste impassible. Je devrais peut-être m'excuser, mais je suis incapable de réagir. Ce gars-là me scie les jambes en deux ! L'air autour de nous est lourd, chargé d'un malaise certain. J'ignore comment me sortir de ce guêpier.

— Garde ta main en position plus basse que ton cœur ; ça aidera la circulation et diminuera la douleur, me conseille Marc, le visage inexpressif.

Il se prépare à ajouter quelque chose, mais le téléavertisseur à sa taille se met à sonner. Le temps se fige une fraction de seconde, pendant laquelle nous échangeons un regard rempli d'appréhension. C'est le premier éclat que je vois dans ses yeux depuis la crise. Le fait qu'il soit obligé de me quitter pour aller téléphoner le déçoit-il autant que moi ? Peut-être pas, mais une fille peut rêver ! Marc recule d'un pas après avoir interrompu l'alarme. Il sort son cellulaire en jurant contre le mauvais signal.

— Je vous rejoindrai à la salle, me lance-t-il à la hâte.

Il s'éloigne au pas de course sous les éclairs zébrant le ciel. Un peu roses, mauves ou bleus, ces derniers fusent de partout. Le spectacle est digne d'un film d'horreur. Un vrai présage de malheur ! Par réflexe, je serre ma main pansée contre moi en priant pour que la condition du bébé ne se soit pas aggravée.

— Où est Marc ? demande Claudia. Tiens, Sophie, aide-moi à attacher ça.

— Son téléavertisseur a sonné…

Dos à moi, mon amie soulève ses cheveux afin que je noue, avec une boucle à son cou, les cordons de son chandail sans manche. Je souris, car encore une fois, elle volera la vedette. Avec ses longues jambes et ses fesses bien dessinées sous sa jupe en jeans, Claudia est de loin la plus belle cowgirl !

— Oh ! s'exclame-t-elle, l'air sarcastique. Regarde le beau petit couple qui arrive !

Vickie et Nathalie, toujours aussi provocantes, se déhanchent en se tenant par la taille. On les croirait tout droit sorties d'une vidéo de Britney Spears avec leurs chemises à carreaux ouvertes sur leurs poitrines débordantes, et attachées par un nœud sous le buste, laissant paraître leurs ventres plats. Il ne manque que Bumy le Serpent pour faire une belle photo de calendrier de garage! Habituée d'être celle qui en met plein la vue, Claudia n'aime pas la rivalité. Les sourcils froncés, elle détache deux boutons de son chandail, qu'elle ouvre grand sur son décolleté pulpeux. Prise par son esprit compétitif, elle oublie toute discrétion. Je dois lui donner un coup de coude pour qu'elle cesse de dévisager les deux filles.

Pour ma part, je ne serai pas dans la course de la parfaite cowgirl! Je n'ai pas apporté grand-chose convenant à la thématique du country. Ce soir, j'ai fait mon possible en empruntant des vêtements à gauche et à droite: la jupe en denim de Claudia, un foulard de Mahée que je nouerai sur ma tête. Mon chemisier noir complétera l'ensemble. Même si elles ne sont pas très confortables, j'ai enfilé mes sandales blanches avec un talon qui me font un beau mollet.

Vincent Grandbois attend patiemment dans l'ombre que Claudia reparte pour m'approcher. D'un signe de la tête, il m'invite à le suivre à l'écart du groupe. Je marche derrière lui nerveusement; on ne sait jamais à quoi s'attendre avec un homme de cette trempe. Il s'immobilise soudainement et se retourne vers moi. Il soutient mon regard. Serait-ce de la reconnaissance que je vois briller dans ses yeux sombres? Les éclairs créent un léger reflet bleu dans ses cheveux noirs. Chaque fois que je vois Vincent, j'ai l'impression qu'il est plus imposant qu'à notre précédente rencontre.

— Je voulais te remercier, Sophie, de m'avoir téléphoné, dit-il d'un ton détaché.

Une femme et un homme portant bottes et chapeaux de cowboy passent entre nous sans la moindre gêne. Ils poussent dans un chariot un caniche vêtu d'une chemise à carreaux pour chien !

— J'ai cru que c'était la bonne action à poser, indiqué-je. Mais finalement, je ne sais plus. Je ne me suis pas mêlée de mes affaires ; ce qui se passe entre Mahée et toi ne me regarde pas. Tu avais déjà des soucis, et…

Vincent veut m'interrompre, mais je lève la main pour l'en empêcher. J'ai besoin d'exprimer le fond de ma pensée !

— Ne dis pas à Mahée que je me suis fourré le nez dans sa vie. J'essaie de ne plus jouer à la maîtresse d'école avec mes amies, mais parfois, c'est plus fort que moi !

Je voulais bien faire, afin que les choses s'arrangent pour le mieux – ce qui est finalement advenu –, mais ça aurait pu mal tourner à cause de mon intervention. Les problèmes de Vincent étaient sérieux. Pour ajouter un poids supplémentaire à ma conscience déjà tourmentée, Vincent se contente de hocher la tête. J'ajuste le foulard sur mes cheveux pour me donner une contenance. Les autres tardent à nous rejoindre. Claudia retourne à sa voiture. À son retour, elle porte ses boucles d'oreilles longues qui touchent ses épaules. Mahée cherche sa montre… Le grand homme qui se trouve devant moi lève les yeux au ciel. Chaque jour, mon amie perd au moins un objet !

Vincent enfonce ses poings dans ses poches en fouillant des yeux les alentours.

— Marc a disparu ?

Je laisse tomber mes bras mollement le long de mon corps, ce qui occasionne un élancement dans ma main blessée. Il est la deuxième personne à me poser la question en moins de dix minutes, comme si c'était la chose la plus naturelle.

— Il nous retrouvera directement à la salle.

La salle communautaire, une grande bâtisse avec un toit en tôle ressemblant à une vieille grange, est située près de la réception… et de la chaise géante en plastique qui me rappelle mon rendez-vous mystère de la veille ! Je constate qu'une soirée country est un événement fort populaire ! Tout le camping est là ; les gens s'agglutinent à l'intérieur, se marchant sur les pieds. La musique, si tonitruante que nous l'entendions fort bien de l'extérieur, m'assomme en entrant. L'homme à la longue barbe blanche au micro se lance dans une version plaintive de *Quand le soleil dit bonjour aux montagnes*. La guitare autour de son cou semble trop lourde à supporter pour ses frêles épaules. *Donnez-lui un banc, quelqu'un !*

L'endroit est chaleureux avec ses lumières tamisées et ses lattes en bois brut couvrant les murs. Il s'agit vraiment d'une ancienne grange. La décoration se limite à un panache de chevreuil accroché à chaque extrémité de la salle. C'est très rustique ! Quelques balles de foin séché agrémentent le décor. Ça changera de danser là-dessus plutôt que sur les caisses de son des bars ! Une femme se déplace habilement dans la foule avec un plateau qu'elle tient au-dessus de sa tête.

— Un petit verre de « bagosse » ? crie-t-elle en passant devant nous. C'est la maison qui offre !

— C'est quoi ? s'enquiert Mahée.

Je suis contente qu'elle pose la question, car j'ignore aussi ce qu'est la « bagosse ». Le produit n'est pas très attirant... Sur le plateau, les verres en plastique de la grosseur d'un *shooter* se sont entrechoqués, et la substance épaisse qu'ils contiennent a dégouliné.

— C'est un alcool fait ici. Une spécialité ! Goûtez, c'est délicieux.

Plusieurs personnes se portent volontaires. J'imite mes amies qui font partie du lot. À la première gorgée, je comprends pourquoi les verres sont si petits : il doit y avoir quatre-vingt-seize pour cent d'alcool là-dedans ! J'ai l'impression de boire du gin pur ! Claudia regrette sûrement d'avoir bu cul sec, car elle se met à tousser en frappant sa poitrine pulpeuse. *La « bagosse », ce n'est pas mauvais, mais ça grafigne l'intérieur !* Pas facile de reprendre ses esprits après une telle expérience. Soudain, je vois apparaître Marc devant moi comme par magie – ou bien est-ce une hallucination ? Il tient un verre de « bagosse ». J'essaie de déchiffrer son expression – va-t-il bien ou est-il contrarié ? –, mais je n'y arrive pas... Je me rapproche de lui pour qu'il puisse m'entendre à travers la musique.

— Est-ce que c'était grave ?

Marc baisse les yeux.

— Oui et non.

Je reste interdite, surprise par sa réponse à la fois succincte et très vague. Je le sens fermé comme une huître. J'abandonne l'idée de le questionner davantage. Peut-être qu'il ne peut rien dire, étant tenu par le secret professionnel.

— Il est toujours en vie, au moins ? demandé-je toutefois, par acquit de conscience.

— Oui, mais la situation empire d'heure en heure.

Je lui fais un petit sourire d'encouragement. Je sens qu'il préférerait être sur place pour gérer les choses lui-même. J'imagine que ce n'est pas facile de s'en remettre à une autre personne dans ce domaine. Moi la première, j'ai de la difficulté à déléguer, et pourtant, ce n'est pas la vie d'êtres humains que je mets entre les mains de mes collègues. Il s'agit du souci du travail bien fait, tout simplement !

Des gens enjoués boivent de la « bagosse » au baril, puis ils se fraient un chemin pour aller danser. Dans leur enthousiasme, ils poussent les personnes qu'ils rencontrent sur leur passage. Moi qui n'aime pas beaucoup les contacts physiques spontanés, je me sens bien près de Marc. C'est la seconde fois en vingt-quatre heures que ma joue frôle son épaule, que ma hanche frappe la sienne, que je marche sur ses pieds nus dans ses tongs… *Oups !*

— Désolée !

J'essaie de reculer, mais il y a toujours quelqu'un qui me pousse en sens contraire, c'est-à-dire contre Marc.

— Je te donne le droit de me charcuter les pieds autant que tu le voudras, Sophie ! J'ai fait bien pire, dit-il à mon oreille en pointant ma main qu'il tente de protéger de l'activité régnant autour de nous.

La vague est passée, et le troupeau s'émoustille maintenant sur le classique *Achy Breaky Dance.* Je pourrais m'éloigner un peu de Marc, puisqu'il y a désormais moins d'effervescence autour de nous. Pourtant, même si j'étouffe de chaleur, je ne fais aucune manœuvre en ce sens. Je remarque que lui non plus… Nous regardons les danseurs qui forment de belles lignes droites, les mains sur les hanches. Un pas, un petit saut, un pied sur le côté et hop ! on recommence.

Deux mains féminines m'agrippent les bras. J'ai tout juste le temps de remettre mon verre vide à Marc avant que mes amies m'entraînent sur le plancher de danse. C'était à prévoir : Mahée et Claudia ne pouvaient manquer l'occasion de nous ridiculiser. Il fallait danser un set carré devant tout le monde ! Et devant Marc ! Nous nous glissons parmi les danseurs déjà en mouvement, ce qui crée un peu de remue-ménage. J'essaie de suivre les pas sans vraiment y arriver. Je n'ai jamais autant détesté Stef Carse qu'en ce moment. Évidemment, monsieur Bélanger, le directeur des finances de la société pour qui je travaille, est dans la mêlée. Mon image de fille sévère au bureau en prendra pour son rhume ! Comment pourrai-je être prise au sérieux lorsque je procéderai à l'évaluation annuelle du comptable, assise devant lui ? *Tant pis !*

Un verre de « bagosse » n'attend pas l'autre pour le chanteur au dos courbé, mais tout le monde s'en moque. Les gens veulent avoir du plaisir, c'est tout! On oublie qu'il fausse et qu'il saute un mot sur deux dans les chansons. Sans prévenir, les danseurs interrompent leurs steppettes et se placent en file indienne, les mains sur les épaules de la personne les précédant, afin de former une grande chaîne. Le but est de traverser la salle d'un bout à l'autre. Je suis littéralement aspirée dans le mouvement. Vraiment, c'est le comble du ridicule... Le plancher tremble sous mes pieds; je crains qu'il ne défonce! Alors que je trottine honteusement derrière Mahée, monsieur Bélanger lève son pouce dans les airs en passant près de moi. *Yé!*

Ma meilleure amie tire la manche de Vincent, mais celui-ci résiste. Ses prunelles noires et son sourire discret sont très révélateurs: «Je ferais n'importe quoi pour toi, ma belle, mais pas ça!» Je cherche Marc des yeux. J'aimerais bien qu'il sautille avec nous! Il n'est pas avec Vickie et Nathalie – qui mènent le peloton –, ni avec Christian – qui discute au comptoir avec la serveuse. Je l'aperçois enfin à travers les chapeaux de cowboy qui obstruent partiellement ma vue. Il est adossé près de la porte, une bière à la main. Il discute avec... une jolie brunette au derrière rebondi dans un jeans trop serré.

Mon cœur tombe dans mes sandales blanches.

Je m'immobilise. Claudia, qui me suit, frappe mon dos. Un embouteillage se forme par le simple fait que j'aie brisé la chaîne.

— Qu'est-ce que tu fais?

Claudia me pousse sur l'épaule. Je fais quelques enjambées rapides pour rattraper Mahée. Tel un automate, je gambade sur un pied puis sur l'autre au rythme de *Ça fait rire les oiseaux* de La Compagnie créole – version petit vieux en état d'ébriété pour abus de «bagosse». Quelqu'un devrait expliquer au chanteur ce qu'est une chanson country! Il déroge sérieusement au style, là…

Mes yeux ne se détachent pas de Marc. Est-ce qu'il sourit? Est-ce qu'il lui frôle la main, à *elle* aussi? Pourquoi suis-je si irritée de le voir parler à une autre fille? Elle est belle, en plus…

Tout à coup, comme au ralenti dans les films, trois hommes qui ne ressemblent en rien à des cowboys – à part leurs bottes – entrent dans la salle. Tee-shirts noirs à l'effigie de Harley Davidson, barbes un peu longues et parfaitement taillées, montres en or à leurs poignets… voici les frères Dalton! Ils fouillent l'endroit d'un regard scrutateur. En termes de taille, deux d'entre eux dépassent tout le monde tellement ils sont grands. Le troisième, le célèbre Joe, est tout petit. Ils cherchent quelqu'un. *Vite, Vincent! Sors d'ici avant qu'ils ne te repèrent!*

J'arrête de sautiller, car je mc rends compte que les danseurs ont repris leur danse en ligne et que j'étais la seule à avoir l'air d'une gazelle asthmatique. Le plus gros des Dalton pointe l'assistance en s'adressant au plus maigre. Ce dernier fronce les sourcils en grattant sa barbichette avant d'acquiescer d'un lent mouvement de la tête. Je suis certaine que mes voisins ont vu Vincent! Celui-ci se trouve à dix mètres devant moi. Il doit partir d'ici; sinon, les bandits lui feront la peau! Ils ouvriront le feu et il y aura un bain de sang. Au diable la soirée country; celle-ci se transformera en soirée funèbre! «Fusillade dans un camping de Granby: les frères Dalton sont en cavale!»

Mon regard voyage entre l'Amérindien et les bandits qui l'observent de loin. J'essaie d'attirer l'attention de Vincent, mais lorsqu'il n'est pas obnubilé par Mahée qui danse le yaya, il fixe le fond de son verre. Mon sang ne fait qu'un tour lorsque les Dalton s'approchent de lui! Joe ouvre sa veste et y glisse la main. Ça y est, il va sortir un couteau ou un revolver…

Je secoue Mahée.

— Il faut que ton *chum* déguerpisse au plus vite!

— Hein? s'étonne-t-elle. Mais pourquoi?

Elle met trop de temps à réagir. Je prends les choses en main: poussant un cowboy ou deux, je m'élance dans la salle.

— Attention, Vincent! Il est arméééé!

Comme dans les films, la musique s'arrête et mon cri est projeté en écho dans le brouhaha qui se transforme rapidement en murmures. Étonnés, les gens se regardent les uns les autres. Au même moment, le visage de Vincent s'illumine en voyant les frères Dalton. Ces derniers et le *chum* de Mahée s'échangent des poignées de main vigoureuses et des tapes sur l'épaule… *Des retrouvailles de bons vieux amis, quoi!* Je suis médusée!

Joe m'adresse un sourire sarcastique. Cela me fige sur place.

— J'suis pas armé, charmante voisine, dit-il en sortant un papier – la liste! – de sa veste. Vincent est un vieux pote! Hein, mon Vince?

— On a fait les quatre cents coups ensemble il y a déjà trop longtemps ! explique l'Amérindien, l'air radieux.

— Tu te souviens du pari qu'on avait fait ? lance le costaud en croisant ses gros bras.

— Se revoir dans quinze ans pour savoir qui est allé en prison le premier ? plaisante Vincent.

— C'est à peu près ça ! dit le maigre avant de pouffer d'un rire gras.

— On a retrouvé plusieurs gars de la *gang,* dont Fortier, pas plus tard que la nuit dernière, indique Joe. Quel hasard de t'attraper ici, *man* ! ajoute-t-il en donnant un coup de poing sur l'épaule de Vincent.

Mahée se glisse timidement sous le bras de son amoureux pour les présentations d'usage. Pour ma part, je reste pétrifiée sur place. Quelle conne je fais ! *Et en plus, le gars des finances a tout vu !*

— D'ailleurs, on aimerait savoir où vous avez mis Bumy, s'enquiert le costaud. Il n'est plus dans sa cage.

Est-ce une mauvaise blague ? Qui, parmi notre groupe, a joué le dernier avec le gentil serpent ? Bumy aurait-il fait une fugue ? Mahée pince les lèvres tandis que les miennes s'entrouvrent. Peut-être que nous blêmissons un peu, aussi… Où est le serpent ? Je n'en ai aucune idée ! Ce n'est pas moi qui ai accepté de le garder, et je m'en suis tenue loin !

Joe éclate de rire.

— Je vous ai bien eues, hein, les filles ? Merci de l'avoir surveillé.

Mahée rit nerveusement, tandis que je relâche ma respiration.

— Ha ! Ha ! Bonne plaisanterie…

— Pourquoi as-tu cru qu'il était armé ? me demande ma meilleure amie avec le sourire, toujours blottie contre Vincent.

— Oui, pourquoi as-tu crié comme une perdue, Sophie ? questionne Claudia en immortalisant mon expression honteuse avec son cellulaire.

Mes doigts plient et replient le bord de mon chemisier.

— Je… enfin… Ne mets pas ça sur Facebook, s'il te plaît !

Je recule d'un pas, mais je bute contre un mur. J'ai peur de relever la tête. Je jette donc un coup d'œil au plancher afin de repérer les tongs de Marc. Depuis quand se cache-t-il dans mon dos ? Oh mon Dieu ! C'est sur lui que je me suis cognée ! Je dois sortir d'ici au plus vite ; j'ai besoin d'air…

— Oh ! Comme vous êtes beaux ! s'exclame Claudia, la mine enjouée. Rapprochez-vous, je veux une photo !

Encore confuse à cause des derniers événements, je sens le bras de Marc se glisser autour de ma taille. Il me tire contre lui. Alors que Claudia essaie de nous cadrer avec son cellulaire, je ne peux m'enlever de la tête l'expression de Joe Dalton quand j'ai crié qu'il était armé. Il a ri, il m'a trouvée *drôle*…

— Allez, Sophie, tu peux faire mieux que ça ! Colle-toi !

Je me raidis un peu plus – comme si cela était possible ! De quoi se mêle-t-elle ? Je suis déjà très près de Marc, plus que la bienséance ne l'exige ! Plus que ce que j'ai l'habitude de faire avec un presque étranger ! Et Claudia n'a aucune idée de ce que je ressens pour Marc, de la crise que je lui ai faite au souper, de ce qui s'est passé ensuite dans le VR… Elle ne sait rien de rien ! Marc comprend rapidement mon malaise puisqu'il desserre son emprise en me chuchotant : « Tout va bien. »

— Arrête ça, Claudia… bredouillé-je, la bouche sèche.

Je veux un rhum, une margarita, un litre de « bagosse »… n'importe quoi de fort, capable d'embrumer mon esprit pour quelques heures !

— Hé ! Fais un peu d'effort, Sophie ! s'écrie Claudia. Embrasse Marc, depuis le temps que tu en rêves ! C'est seulement pour la photo ! Vas-yyyyyy ! insiste-t-elle sans remarquer mon désarroi.

Là, c'est trop ! L'air est à couper au couteau autour de nous. Marc se met à toussoter, ne sachant trop comment réagir. Je sens le plancher se dérober sous mes pieds. Les joues en feu, je fonce vers la sortie.

— Va chier, Claudia !

Au passage, je la bouscule, comme tous les autres qui se dressent sur mon chemin : une mamie cowboy, un couple qui se minouche… *Poussez-vous, je dois sortir !* À l'extérieur, plusieurs fêtards sont regroupés près de la bâtisse, sirotant un verre de « bagosse ». Je traverse la cour de gravier en courant sur la pointe des pieds pour ne pas tomber avec mes talons. C'est chic ! Le temps est lourd, car un orage se prépare, mais les éclairs ne m'effraient pas ! *Au point où j'en suis…*

— Sophie !

Oh non ! Marc m'a suivie. Je continue d'avancer à grandes enjambées dans le but d'aller me réfugier dans mon sac de couchage avec Bumy le Serpent et Samy la Mouffette. *Ou de prendre mes clés et de sacrer mon camp d'ici !* Claudia a vraiment dit que je rêve d'embrasser Marc Pelletier ? Devant lui ? De quoi ai-je l'air, maintenant ?

— Sophie, attends !

Marc me rattrape beaucoup trop facilement. Il essaie de me retenir. Mon premier réflexe est de libérer ma main de la sienne. Il n'insiste pas, mais il continue de me marcher sur les talons.

— Sophie, pourquoi est-ce que tu me fuis comme ça ? Qu'est-ce que je t'ai fait ? Si c'est à cause de ce qu'a dit Claudia, ne t'en fais pas pour ça. J'ai l'habitude. Vickie et Nathalie sont passées maîtres dans l'art de mettre les gens mal à l'aise.

Je me sens complètement déboussolée. Marc ne comprend donc pas que si je me sens aussi humiliée par les propos de mon amie, c'est parce qu'ils sont criants de vérité ? Je cherche mes mots pour lui expliquer que je ne fuis pas… ou peut-être que si. Bref, le problème, c'est moi. Moi et mes démons intérieurs. Pas lui !

Le ciel se déchaîne au-dessus de nos têtes, tout comme la honte qui gronde dans ma poitrine. *Embrasse-le, depuis le temps que tu en rêves !* Claudia a vraiment prononcé ces mots ! C'est impossible pour moi de faire face à la situation maintenant. Je ne peux quand même pas avouer à Marc que je le trouve mignon et que je passerais volontiers la nuit avec lui ! Un éclair fend l'air, puis le tonnerre fait trembler le sol. Nous recevons des gouttes d'eau ici et là, mais quelques secondes suffisent pour que le nuage éclate. C'est le déluge ! Marc attrape ma main intacte. Nos doigts se mélangent si facilement…

— Viens par ici !

Je ne vois pas bien où il nous entraîne à cause de la pluie chaude qui frappe mon visage. Elle rebondit si vivement au sol que je ne distingue plus les obstacles à mes pieds. J'ai failli trébucher sur un gros caillou ! Je serre la main de Marc un peu plus fort pour ne pas tomber. Les feux de camp allumés un peu partout tournent en fumée, les femmes et les hommes rentrent les couvertures ou abaissent l'auvent de leur roulotte pour éviter qu'il ne parte au vent – qui s'est mis de la partie. La plupart des gens nous imitent : ils courent se mettre à l'abri. Malheur à ceux qui ont laissé leurs affaires à l'extérieur avant de se rendre à la salle communautaire pour la soirée country. Il y aura des chaises de parterre détrempées !

Marc nous dirige vers un bloc sanitaire non éclairé. Il ouvre la porte sans me lâcher.

— Entre ! m'ordonne-t-il.

Il me pousse à l'intérieur avant de refermer derrière lui. Du coup, tout est calme. Nous avons abouti dans la buanderie ! Ça sent le Fleecy et la poussière humide. Les laveuses et les sécheuses se font face. Des bas ont été oubliés sur un long comptoir. Une pile de magazines traîne sur un divan de cuir vert lime… La pluie frappe les fenêtres. Visiblement, il n'y a aucune autre âme dans cette pièce outre Marc et moi. Rien ne se produit lorsque mon compagnon actionne l'interrupteur.

— L'électricité est coupée.

C'est sans doute un problème isolé, puisque les lumières de rue sont allumées. Nos vêtements sont complètement mouillés. Nous n'entendons que le sifflement de nos respirations saccadées à cause de notre course effrénée. Je retire le foulard qui était sur ma tête et le glisse dans ma poche. Marc secoue ses cheveux…

— On va se planquer ici le temps que l'orage passe. Ça ne dure jamais bien longtemps.

Il est beau avec ses mèches collées sur le front, sa chemise qui épouse la forme de ses épaules. En le regardant, je comprends qu'il sait… Oui, ma réaction lui a prouvé que Claudia a raison; je rêve de l'embrasser depuis le moment où il s'est couché sous ma voiture pour récupérer son ballon. Comment lui dire de ne pas s'en faire alors que j'aimerais tant que l'orage dure toute la nuit? Et aussi, qu'on soit coincés ainsi, isolés du monde entier, pendant longtemps! Ce serait sans doute un souvenir de vacances inoubliable, le genre que je raconterais encore et encore dans nos futures sorties de filles. «Vous vous souvenez, la fois où Marc m'a culbutée sur une sécheuse?» Demain est un autre jour où tout le monde reprendra son chemin… En cet instant même, je me moque royalement de ma théorie «rien n'est gratuit dans la vie».

Marc a fait un pas vers moi pendant ma réflexion qui frôle le fantasme. Il ne me touche pas… mais il est si près ! Sa poitrine monte et descend sous le coup de sa respiration haletante.

— Ce que Claudia a dit… est-ce que c'est vrai ? demande-t-il d'une voix basse, son regard plongé dans le mien.

Mon cerveau entre dans une léthargie complète. Ou plutôt en mode survie. Que pourrais-je répondre ? « Oui, je le veux », peut-être ? Marc saisit rapidement mon état, puisqu'il m'enveloppe de ses bras réconfortants. Les mots qui sortent de sa bouche sont à peine perceptibles, mais ils sont prononcés d'une voix si sincère qu'ils me vont droit au cœur :

— Ne te sauve pas, d'accord ?

Ses lèvres s'emparent des miennes dans un mélange de douceur et d'urgence. Il goûte la pluie qui dégouline de ses cheveux… Un frisson parcourt mon dos lorsque ses grandes mains se posent sur mes hanches et m'attirent vers lui. Mes doigts s'accrochent à sa chemise détrempée. Je prie pour que le téléavertisseur de Marc reste silencieux, afin qu'il ne gâche pas ce moment. Le tonnerre fracasse toujours le ciel. J'ai l'impression que la foudre est tout près de nous, mais c'est le cadet de mes soucis… La foudre, la vraie, c'est mon cœur qui cogne à toute vapeur !

Dans un vif élan, Marc me fait reculer sans cesser de m'embrasser. Ma hanche frappe une sécheuse, puis je sens mon dos se cambrer sur la surface métallique. Celui qui me fait trembler agilement sous une caresse calculée, allant de mon ventre à ma poitrine, s'arrête pour reprendre son souffle. Il ouvre lentement les paupières, puis plante ses prunelles dans mon regard ébahi, comme s'il me posait une question muette.

Je prends donc les choses en main pour lui signifier mon accord ; je plaque mes paumes sur son torse et le force à reculer jusqu'au divan. Sous ma poussée faussement autoritaire, il se laisse tomber sur le cuir vert lime avec un demi-sourire. Il m'installe sur lui d'une poigne ferme tout en laissant courir ses lèvres dans mon cou. Je peux enfin toucher à ses cheveux… C'est très rare que je permette à un homme de prendre les devants. J'agis ainsi uniquement lorsque je me sens en confiance.

Je me laisse emporter par l'énergie de mon compagnon. Je prends une certaine assurance, mais soudain, Marc immobilise mes doigts audacieux qui détachaient sa ceinture. Qu'est-ce qu'il fait ? Il veut arrêter ? Je ne comprends pas… Pourtant, il ne me repousse pas. Je sens toute sa masculinité bien durcie à travers son pantalon, ce qui éveille l'excitation dans mon bas-ventre. Le soupir qui franchit les lèvres de Marc me fait redoubler d'ardeur. J'arrive à me libérer de sa poigne. Mes doigts alertes n'ont qu'un but : arracher chaque bouton de sa chemise. Je sens que Marc lutte avec sa conscience, qu'il voudrait me dire quelque chose, mais qu'il n'y arrive tout simplement pas. Bon, peut-être que je ne lui en donne pas la chance car je le caresse ardemment. Ses lèvres affamées me confirment que cela lui plaît. Ça m'encourage à continuer ! Oh ! que j'aime entendre ce souffle plein de désir !

J'arrive au coup de grâce, c'est-à-dire au moment où je retirerai sa chemise d'un seul mouvement sensuel, lorsque je sens qu'il reprend ses esprits. Sa main effleure mes cheveux, puis s'immobilise sur ma nuque. Marc me regarde avec trop d'intensité… Qu'est-ce qui se passe dans sa tête ? Lorsque mes mains remontent jusqu'à sa poitrine, il ferme les yeux un instant.

Tout bascule au moment où je tente de l'embrasser à nouveau, de replonger dans cette bulle de plaisir où nous étions seuls au monde il n'y a pas trente secondes. Marc résiste. Sa main droite passe sous mes fesses, l'autre dans mon dos, puis je me retrouve plaquée contre le divan. Il se redresse vivement sur ses jambes comme s'il s'était brûlé à mon contact. Il me semble beaucoup plus grand qu'il ne l'est en réalité.

Je suis consternée ! La magie a cessé d'opérer et je ne sais même pas pourquoi… Le temps d'un claquement de doigts, j'ai été catapultée dans la réalité. Je suis redevenue la professionnelle Sophie Carrier, directrice des ressources humaines chez Dickins, qui ne sait pas s'y prendre avec les hommes. Marc m'a repoussée ; il ne veut pas baiser avec moi ! Une belle claque au visage ! Chaque fois que j'ouvre mon cœur et témoigne un peu d'intérêt à quelqu'un, les problèmes surgissent. Ça aurait été si simple de s'abandonner, de passer du bon temps… J'y ai presque cru ! Tout de même, je sais quand un homme me désire ! Qu'est-ce qui cloche, cette fois ?

Interdite, je regarde Marc ajuster ses vêtements en vitesse. Il s'éloigne encore de quelques pas, comme si la proximité de nos deux corps lui était insupportable. Son regard est percutant et me cloue à mon siège. Je me sens mal… Qu'est-ce que j'ai fait de travers ? J'attends des explications qui, visiblement, ne viendront pas.

Je suis bouche bée. Le silence est lourd dans la pièce… Je passe mes mains sur ma jupe pour la défroisser et, surtout, pour cacher ma culotte. Je tire sur mon chemisier pour le remettre en place, puis lance dans la poubelle le condom « Sensation extrême » que j'avais volé à Claudia. Je comprends que Marc n'a rien des *players* auxquels j'ai souvent affaire. Ces hommes m'appellent lorsque personne d'autre n'est disponible. Ils m'emmènent au cinéma le jeudi soir parce que c'est moins cher et gardent leur argent pour les autres demoiselles. Ces hommes-là veulent bien coucher avec moi tant qu'ils peuvent ensuite siroter le bon vin de mon cellier.

Appuyé contre une laveuse, Marc passe une main nerveuse dans ses cheveux en secouant la tête. Que veut-il vraiment ? Que je parte ? C'est tout ce qu'il me reste à faire… Il ne veut pas me culbuter sur une sécheuse, ça va, j'ai compris. Alors ? Me servira-t-il un argument bidon et poli pour me faire savoir que je ne l'intéresse pas ? *Même pas pour une petite vite dans la buanderie !* Il tourne la tête vers la fenêtre en soupirant rageusement. L'orage se déchaîne toujours.

Ma voix un peu froide résonne dans la pièce.

— Désolée, Marc. Je t'ai mal jugé.

N'est-ce pas à ce moment précis que le gars lance habituellement une phrase mignonne pour retenir la fille ? Je secoue la tête ; ça, c'est dans les films que Mahée Tremblay écoute avec une boîte de mouchoirs tellement l'histoire est belle. Les *happy ends* ne font pas partie de ma vie. Je me lève du divan avec la conviction que je dois sortir d'ici au plus vite. L'humiliation, ça suffit pour ce soir !

C'est encore le déluge à l'extérieur. Tant mieux ! Seule une douche froide pourra atténuer le feu qui m'habite !

— Sophie, attends ! intervient Marc qui suit des yeux ma démarche assurée.

Alors qu'il esquisse un mouvement pour m'empêcher de sortir, je remarque sous mon bandage humide que du sang s'écoule de ma blessure. Cela a même taché la belle jupe de Claudia. Marc a tout vu, car il attrape mon avant-bras, puis retourne doucement ma main pansée. J'essaie de me libérer, mais il me tient solidement. En quelques secondes, il retire mon bandage. Je ne connais rien à la médecine, mais ce que je vois ne me plaît pas.

— La plaie s'est rouverte, dit-il, l'air inquiet. Il faut examiner ça. Tu auras peut-être besoin de points, finalement.

Sa voix est basse, un peu crispée… On dirait qu'il lutte contre une bête sauvage à l'intérieur de lui ! Malgré tout, ses doigts sur ma main sont chauds, protecteurs. Il est redevenu le gentil Marc. *Il est dur à suivre, ce mec ! Je suis mélangée…* Je ferme les yeux en serrant la mâchoire à tel point que mes dents grincent. Marc refait mon bandage.

— Je veux seulement partir d'ici. J'en ai marre du camping !

Je tourne la poignée, mais Marc retient la porte avec son pied pour m'empêcher de sortir. Son ton se fait plus insistant, plus autoritaire :

— Je comprends, Sophie. Mais il fait un temps de chien et il faut soigner ta coupure !

D'un mouvement vif avec mon pied, je repousse le sien pour libérer la sortie.

— J'irai à l'urgence !

Pour qui se prend-il, le beau médecin ? Il me repousse sans explication et il s'attend à ce que je lui obéisse au doigt et à l'œil ? Il me connaît bien mal ! L'intensité de la pluie a diminué, mais l'orage a laissé d'énormes trous d'eau dans les rues et sur les sites. Je marche dans les flaques sans tenter de les contourner. De toute façon, il y en a partout et je suis trop vidée pour me concentrer sur un tel détail. Je sais que Marc me suit de près, car j'entends ses tongs claquer sur l'asphalte. Mais il reste silencieux et n'essaie pas de m'arrêter. Pendant tout le trajet, je mordille ma lèvre inférieure. Un sentiment amer de remords m'a envahie. C'est ma faute, j'ai tout gâché ! Je ne voulais pas le faire fuir avec mes manières de fille facile ! Je me suis laissée emporter par les baisers envoûtants de Marc, ses caresses entreprenantes…

Je n'ai pas de plan précis en tête. Sauter dans ma voiture, faire un détour à l'urgence, puis me rendre à l'hôtel ? Option intéressante. Malheureusement, je n'ai pas mon sac à main, donc impossible de louer une chambre. Je songe alors que je ne peux pas aller à l'hôpital non plus, puisque je n'ai pas ma carte d'assurance maladie. *Merde !* Chose certaine, je ne dormirai pas dans un sac de couchage mouillé ce soir ! Je n'ose même pas imaginer l'état de notre installation après cette averse. Je passerai la nuit dans ma Honda, et ce sera parfait !

Fière d'avoir trouvé une solution, je déglutis après avoir tourné au coin de notre rue. Le toit de notre tente s'est écrasé sous la pression de la pluie. On dirait que les poteaux ont été tordus par un ouragan ; pourtant, ce n'était qu'un orage ! Et Mahée qui riait de moi parce que je voulais acheter une toile supplémentaire, *au cas où*. Mais il y a pire : le camion de Vincent n'est plus là. Ce fait paraît banal, en apparence ; après tout, il est peut-être simplement retourné en ville après s'être réconcilié avec sa blonde. Pourtant, j'ai un mauvais pressentiment en approchant.

Je sonde nerveusement chacune des portes de ma voiture ; elles sont toutes verrouillées ! Moi et ma sacro-sainte peur des voleurs ! Où ai-je laissé les clés ? Ah oui ! Elles sont dans le sac à main de Mahée… Je fonce vers la New Beetle de Claudia en espérant un miracle. Je ne demande pas grand-chose, seulement un bout de siège pour attendre au sec le retour de mes amies. Les portes de la New Beetle sont verrouillées ! Marc m'observe sans broncher, les mains dans les poches. Il ne se préoccupe pas de la pluie qui lui tombe sur la tête.

Je pourrais retourner à la salle communautaire. Mon orgueil me pousse cependant à agir autrement. J'ouvre prudemment la porte de notre tente. Au moins, cette dernière ne s'est pas transformée en piscine. Vive les terrains en pente ! Par contre, les gouttes d'eau passent à travers la toile, s'accumulant sur nos sacs de couchage, nos oreillers… Il règne à l'intérieur une humidité à glacer les os, même si la température ambiante est encore élevée.

— Viens dans le VR, Sophie.

Je suis accroupie devant la tente. Je ne me décide pas à y entrer.

— Merci, mais je vais attendre ici. Mahée et Claudia ne devraient pas tarder…

Je ne vais certainement pas m'asseoir dans son VR et le regarder se mordre les doigts d'avoir commis la gaffe de me toucher. Il y a des limites à ce qu'une fille peut tolérer !

— Et ta main ?

La douleur est bien présente maintenant. Je n'ose plus bouger ma main de peur d'aggraver ma blessure.

— Je vais aller à l'hôpital quand mes amies arriveront.

Ne se préoccupant guère de mon entêtement, Marc offre son visage à la pluie. Il paraît moins perturbé et plus calme que dans la buanderie.

— Je sais que tu ne peux pas aller à l'hôpital. Tu n'as pas ton sac à main.

Quoi ? Veut-il me faire des points de suture à froid dans un VR au beau milieu d'un terrain de camping ? L'idée ne me plaît pas plus que celle de refaire le chemin inverse pour aller retrouver les filles à la salle communautaire. Au pire, j'appellerai une ambulance ! Dans ce cas, on sera bien obligé de me soigner même si je n'ai pas ma carte ! Claudia me doit encore quelques centaines de dollars, somme que je lui ai prêtée il y a longtemps. Elle pourrait me payer une consultation !

Un bout de papier collé dans la vitre côté conducteur de ma Honda attire alors mon attention. Oh non ! Pas encore un message mystère ! L'idiot de Marco aux bas blancs serait bien capable de récidiver. Je fronce les sourcils… Je n'avais rien remarqué plus tôt. Je suis sans doute trop bouleversée.

Je reconnais l'écriture de Mahée.

> *Sophie,*
>
> *Désolée de t'abandonner comme ça, ma chérie, mais c'est pour ton bien ! J'espère que c'était bon avec Marc dans la buanderie ! Profite de ta nuit au max !*
>
> *Ne t'inquiète pas, je suis à l'hôtel avec Claudia et Vincent. On se voit demain !*
>
> *Mahée xx*

Je relis le message plusieurs fois. Aucun nom d'hôtel, aucune clé… et pas d'argent, pas de cellulaire. Au lieu de tout ça, j'ai une main ensanglantée et un homme qui ne veut pas de moi ! *Je fais dur !* La rage vibre dans ma poitrine ! Mes amies m'ont abandonnée là ! Depuis la veille, elles me poussent dans les bras de Marc ; à ce que je constate, elles n'ont pas lésiné sur les moyens. Lorsque je me retourne, Marc est plus près que je ne le croyais. Il a lu la note par-dessus mon épaule.

Mes yeux lancent des éclairs.

— Tu étais dans le coup ? fulminé-je.

— Je te jure que non!

Serait-ce de la surprise que je lis au fond de ses iris noisette?

— Allez, viens! ajoute-t-il.

Je n'ai pas l'énergie de protester. Que pourrais-je faire d'autre que d'obtempérer, de toute façon? Me vider de mon sang en égrenant le temps, transie au fond de ma tente? Mes jambes chancelantes suivent Marc. Il me fait passer devant lui pour monter dans le VR. Je me sens déjà mieux une fois à l'intérieur, accueillie par une douce chaleur. Marc retire rapidement ses tongs; je fais de même avec mes sandales. Je suis soulagée de m'en débarrasser, car elles m'ont toujours écorché les talons!

Je veux me faire toute petite dans un coin pour rester loin de Marc, mais il s'empare aussitôt de ma main blessée. La façon dont il s'y prend me donne un coup au cœur… Il a retourné ma main comme l'aurait fait n'importe quel médecin de l'urgence. Rien à voir avec cette tendresse qu'il m'a offerte maintes fois durant les dernières vingt-quatre heures!

Quelques secondes plus tard, il m'annonce:

— Je vais te faire quelques points.

Pour lui, cela semble aussi routinier que de boire un café le matin. Marc se met à fouiller dans une valise, puis il me tend un tee-shirt jaune pipi et un pantalon de pyjama rayé blanc et rose. Ouf! Si Claudia voyait ça…

— C'est à Nathalie, dit-il. Tu te sentiras mieux sans tes vêtements mouillés, précise-t-il devant mon mutisme.

Je prends du bout des doigts le tee-shirt et le pantalon, en faisant attention de ne pas les tacher de sang. Marc me pointe une porte dans le couloir ; je me dirige lentement dans la direction indiquée. J'ai l'impression de me retrouver en plein cauchemar. Mes amies, qui m'ont traînée au camping en prétendant que ce serait « tellllement *cool* », m'ont abandonnée aux mains d'un homme indifférent et se sont réfugiées à l'hôtel. Je m'apprête à enfiler le pyjama d'une fille que je connais à peine, et pire encore, à recevoir des soins dans un VR plutôt qu'à l'urgence. J'atteins le comble du découragement en apercevant mon reflet dans le petit miroir accroché derrière la porte des toilettes. Quelle déchéance… *Ma vie est finie !*

OK, je ne vais quand même pas me mettre à pleurer. Ce n'est pas la première fois qu'un gars se refuse à moi. Je vais laisser Marc exécuter des points en croix sur ma plaie dont il est lui-même responsable ! Ensuite… on passera à un autre appel. Par contre, je réserve une vengeance terrible à mes amies ! À la première heure demain matin, je leur arracherai la tête. Mieux encore, je mettrai sur Facebook les photos que j'ai prises de Mahée et Sophie la veille : on les voit en train de baver sur leurs oreillers pendant leur sommeil !

Je me change rapidement après avoir essuyé les traces de mascara sur mes joues. Je passe ensuite une main dans mes cheveux. Pas si mal ; j'ai l'air de sortir de la douche. Mes vêtements mouillés et bien pliés sous le bras, je vais rejoindre Marc. Celui-ci, très concentré, aligne des objets sur la table : eau bouillie, bandages, petite pince… Il a enlevé sa chemise ! Mes yeux le détaillent de la tête aux pieds. Il va vraiment me faire des points de suture torse nu, aussi décontracté que si on s'apprêtait à jouer au Scrabble ? Je me laisse tomber sur la banquette devant Marc.

Ma voix tremble un peu quand je déclare :

— J'aimerais boire quelque chose avant que tu commences. Vas-tu me geler avant de me coudre comme un bord de pantalon ?

Au regard désolé qu'il m'adresse, je devine qu'on fera ça à la dure ! Je ravale ma salive. *Courage, ma grande*…

— J'ai ce qu'il te faut.

Il ouvre une armoire au-dessus de ma tête. Une bouteille de vodka apparaît sous mes yeux.

Voilà qui est mieux !

14
On plie bagage!

Réveillée par la douleur, je cligne des paupières. On dirait que mon crâne est sur le point de fendre! Je bouge la tête lentement pour voir où je me trouve. Ma main me fait souffrir. Ah oui! Tout me revient d'un coup: points de suture, VR, vodka… J'ai bu quelques verres avant que le médecin ne sorte son aiguille. Et plusieurs après… Je n'ai rien senti! Marc m'a ensuite accompagnée dans ma beuverie jusque tard dans la nuit. Mon avant-bras retombe sur mes yeux. Quelle soirée!

Je lui ai radoté ma théorie de «rien n'est gratuit dans la vie» d'une façon ennuyante à mourir. Mais il a renchéri avec une explication ardue du genre: «Pour savoir recevoir, il faut savoir donner librement.» Nous avons trinqué là-dessus! Marc m'a parlé de son fils décédé. Aidé par l'alcool qui coulait à flots, il m'a tout déballé sans retenue dans un élan de confidences. Mort subite du nourrisson, d'après le coroner. Marc dormait non loin du bébé dans son berceau lorsque le pire s'est produit. Après avoir trouvé son fils, il s'est acharné sur le petit corps, tentant toutes les manœuvres de réanimation possibles. Mais il était trop tard. Est-ce qu'il a pleuré en me racontant tout ça? Non, mais j'aurais aimé le consoler. Marc ne s'est jamais pardonné de ne pas avoir sauvé son fils.

Nous sommes restés très loin l'un de l'autre et n'avons pas abordé l'épisode de la buanderie avant un certain temps. Seuls quelques longs regards m'ont prouvé que Marc n'est pas complètement insensible à mon égard. Nos doigts se sont frôlés une fois… lorsque nous avons tenté d'attraper la bouteille de vodka avant qu'elle ne répande son contenu sur le plancher. Ah ! Et nos pieds se touchaient sous la table ! Marc m'a posé quelques questions sur mes passe-temps, ma vie… Puisque je n'ai rien d'autre que mon métier, mes réponses se sont révélées plutôt pathétiques.

En fin de soirée, complètement grisée, j'ai tenté de lui soutirer une explication concernant son soudain changement d'attitude dans la buanderie. Quelques verres plus tard, il m'a confié sur un ton hésitant : «J'ai eu peur, Sophie… Je ne pouvais plus me contenir. Je ne voulais pas que tu croies que je désirais seulement coucher avec toi… C'était fort ! J'ai eu la chienne… » Étonnée, je l'ai fixé longuement. Finalement, j'ai échoué sur le divan après lui avoir dit que je l'aimais, mais surtout après avoir pleurniché que personne ne m'aimait, *moi*. La gaffe de la débutante ! *Sur ce, je jure que jamais plus je ne boirai.*

Mon regard fait un tour rapide de l'habitacle. Je suis seule. Je me redresse doucement, éprouvant une grande raideur. Vraiment, le divan du VR n'est pas plus confortable que le matelas de la tente. Mais Dieu merci, c'est dimanche ! Enfin le retour à la vie normale. On remballera tout dans un temps record, puis *bye-bye* le camping !

Je fais peur dans le pyjama de Nathalie. J'empoigne mes vêtements de la veille ; ils sont maintenant secs. Même si j'ai perdu la face hier soir, je sortirai d'ici avec un minimum de classe. J'enlève le pantalon et enfile la jupe en denim de Claudia. Pendant que j'attache mon soutien-gorge, je crois avoir une attaque. *Ou plutôt, j'aimerais pouvoir en simuler une!* Vickie et Nathalie sont couchées dans le lit – que je n'avais même pas remarqué! – placé au bout de la pièce. Elles ne se gênent pas pour m'observer, l'air coquin. Mon cerveau encore embrouillé a omis de me rappeler qu'on doit toujours se cacher lorsqu'on se change. *Pour la classe, on repassera!* Après le week-end que je viens de vivre, cet incident ne constitue qu'une épine de plus à mon pied.

Je saisis mon chemisier, puis je m'élance vers la sortie. Les rayons du soleil me brûlent les yeux. Heureusement, l'orage a fait chuter le taux d'humidité. L'air un peu frais m'empêche d'avoir un haut-le-cœur.

— Tu as vu Vickie et Nathalie? rit Claudia, à demi couchée sur le banc de notre table de pique-nique.

Les filles sont déjà revenues de leur belle nuit à l'hôtel? Elles n'avaient certainement pas pris le forfait «déjeuner inclus»! J'attache les boutons de mon chemisier en vitesse. La veille, notre table avait été réunie à celle de Marc pour notre souper en commun; pourtant, elle se trouve maintenant sur notre site. Mahée et Claudia l'ont-elles traînée jusque-là? Les vapeurs de l'alcool m'empêchent de réfléchir. Quelle heure est-il? Les voisins autour se font cuire des œufs… *Eurk!*

Je m'attendais à voir Marc assis avec une tasse de café, exactement là où il était la veille quand j'étais sortie de la tente. Il n'est nulle part en vue… Christian non plus, d'ailleurs. Mes sourcils se froncent tandis que je tourne la tête sèchement en direction de mes deux amies qui ricanent en buvant un café Tim Hortons.

— On t'a rapporté un café, dit Mahée en levant un gobelet rouge bien haut. Dépêche-toi avant qu'il ne refroidisse.

Je suis fâchée, très fâchée même, contre Mahée et Claudia. Je décide de prendre quelques gorgées avant de les exposer à ma fureur, que je contrôle après des années d'entraînement. Il est toujours plus efficace de décontenancer l'adversaire lorsqu'on reste neutre et posé.

— As-tu passé une belle nuit ? s'informe Claudia.

— Sûrement moins que la vôtre ! riposté-je d'une voix calme en savourant les effluves de mon café.

Un malaise plane quelques secondes autour de la table. À tour de rôle, je fixe Mahée et Claudia. Au diable le contrôle ! J'inspire un bon coup, puis j'explose :

— Vous êtes folles ou quoi ? Qu'est-ce qui vous a pris de me planter là sans avertissement ?

— On a pensé que…

Mahée lance un regard paniqué à Claudia. Celle-ci prend la relève :

— Tu l'as dans la peau, cet homme, dit-elle. Et surtout, ne dis pas le contraire, ajoute-t-elle alors que je m'apprête à protester. On a voulu donner un petit coup de pouce au destin, c'est tout.

— C'était une très mauvaise idée, grogné-je entre mes dents avant d'avaler une gorgée de caféine apaisante. J'ai tout gâché.

Et le silence règne… jusqu'à ce qu'un détail important me saute aux yeux. Le camion rouge a disparu.

— Où est Vincent ?

— Il est retourné à Montréal, m'annonce Mahée.

— Avec Marc, indique Claudia.

Hébétée, je regarde à tour de rôle mes deux amies. J'ai le sentiment d'avoir passé une vie entière dans le VR et de sortir d'un long sommeil. *Il s'en passe, des choses, en douze heures !*

— Pourquoi ?

Mahée hausse les épaules.

— Vincent avait des formalités à régler. Et puis, il doit superviser de nouveaux employés au restaurant. Tu sais ce que c'est…

— Je ne parlais pas de ton Vincent ! m'écrié-je, à bout de nerfs. Pourquoi Marc est-il parti avec lui ?

Aussitôt, j'ai une pensée pour le bébé à l'hôpital.

— A-t-il eu une urgence ? ajouté-je.

En fait, je souhaite presque que ce soit la raison de son départ, et non les âneries que j'ai dites ! Mes amies prennent trop de temps à répondre ; ça augure mal. Je dépose sèchement mon café et plaque mes paumes à plat sur la table dans un geste se voulant menaçant, mais qui me fait grimacer de douleur. J'espère que la plaie à ma main ne s'est pas encore rouverte !

— Vous allez parler, oui ?

— Marc n'a mentionné aucune urgence, souffle timidement Mahée.

Aucune urgence ? Alors, je l'ai fait déguerpir… Je sens mes jambes ramollir sous ma carcasse vide et déshydratée. Je m'assois lourdement près de Mahée. Le banc est encore mouillé ; l'humidité traverse ma jupe.

— N'a-t-il pas parlé d'un collègue qu'il devait remplacer ? déclare Claudia pour dédramatiser la situation. En tout cas, il a dit qu'il te donnerait des nouvelles bientôt.

Oui, c'est ça… bien sûr.

— Je n'ai même pas un numéro où le joindre.

— Il travaille à l'hôpital Maisonneuve ! souligne Claudia comme si je ne le savais pas déjà.

— Il a un profil Facebook aussi, précise Mahée.

Pour la première fois, j'éprouve un certain intérêt pour les réseaux sociaux. Ce serait un moyen facile de lui faire un coucou informel… et de vérifier subtilement si mes paroles déplacées l'ont dérangé… À force de retourner tout ça dans ma tête, je me sens étourdie !

La vérité est que je déteste échouer. D'ailleurs, c'est plutôt rare que ça m'arrive. Mais ce week-end est un échec sur toute la ligne. J'avais prévenu Mahée et Claudia que le camping m'horripilait. Tout ce que je souhaite maintenant, c'est plier bagage et rentrer au plus vite. Je dois appeler mon garagiste pour faire réparer la bosse sur le pare-chocs de ma Honda. Je paierai le double, s'il le faut, mais je veux que ce soit fait illico ! Il est hors de question que je me présente au bureau avec une voiture endommagée…

Je suis vraiment ridicule ! Après avoir fait une folle de moi dans un lave-auto, être tombée stupidement à l'eau et avoir eu peur de me noyer avec un gilet de sauvetage collé sur le corps, après m'être promenée avec un bout de papier hygiénique coincé dans mon short, avoir sautillé sur un succès de La Compagnie créole, je m'inquiète que les gens voient une égratignure sur mon pare-chocs ! Je suis certaine que ce que monsieur Bélanger racontera à mon sujet aux filles du bureau sera bien pire !

Je plaiderai la folie passagère !

— C'était con de me laisser ici, cette nuit. Et sans me prévenir, en plus ! grommelé-je à mes amies, que je trouve bien tranquilles.

Claudia place ses lunettes de soleil sur sa tête.

— C'est vrai ! Mais on savait que Marc s'occuperait bien de toi. Désolée, mais Mahée et moi n'avions pas envie de dormir sous la pluie. Alors, tu nous racontes ce qui s'est passé dans la buanderie avec Marc ? D'après le pansement à ta main, j'en conclus que ça a brassé !

Elle me regarde avec un sourire espiègle en lançant sur la table un sac de croustilles au ketchup à moitié déchiré. Un restant de la veille. Il y a aussi une boîte de muffins provenant du Tim Hortons. Je choisis celui avec des morceaux de chocolat… Après tout, le chocolat est divin pour consoler les filles éplorées, non ?

— Comment savez-vous que nous avons atterri là-bas ? questionné-je, la bouche pleine.

— Ah ! Nous avons nos sources, tu sais ! répond Mahée avec un clin d'œil.

— Il m'a fait des points de suture presque à froid dans le VR !

— Comme dans les films ? Oh !… comme c'est romantique ! s'émeut Mahée. Étais-tu ensanglantée ? A-t-il été obligé de te transporter dans ses bras ? As-tu perdu connaissance ? Si oui, est-ce qu'il t'a ranimée avec un baiser brûlant ?

— Est-ce qu'il t'a sauté dessus ? renchérit Claudia. Est-ce qu'il a arraché ton linge avec ses dents ?

J'engloutis mon muffin avec l'appétit d'une fille qui n'a pas mangé depuis des lunes. Je ne me préoccupe pas des miettes qui collent sur mes lèvres, puis tombent sur mon chemisier. Quel plaisir de lâcher prise relativement à mon apparence !

— Au début, oui, c'était comme dans les films à l'eau de rose que tu regardes, Mahée. Marc était si beau, détrempé par la pluie ! On s'est embrassés… C'était chaud, naturel, intense !

J'ai un pincement au cœur en me rejouant mentalement la scène. C'était magique ! Ses doigts se posaient au bon endroit, ses lèvres s'accordaient avec les miennes. J'aurais fait toutes les prouesses qu'il désirait ! Une jambe en l'air, la tête en bas… À cet instant, j'aurais tout quitté s'il m'avait suppliée. Je l'aurais suivi sans me poser de question. Évidemment, la réalité n'est jamais toute noire ou toute blanche. Marc Pelletier utilise avec brio les zones grises !

Ma douce amie me réserve toute son attention.

— Et tout à coup, il m'a repoussée…

— Ah oui ? s'étonne Mahée. Pourquoi ?

J'enfouis mon visage au creux de mes bras reposant sur la table.

— Si, au moins, je le savais…

— Honnnn, c'est mignon ! s'exclame Claudia, la bouche pleine de croustilles.

L'air courroucé, je me redresse d'un coup sec pour la dévisager.

— Mignon ? Tu te moques de moi ?

— Mais c'est très clair, Sophie : Marc veut plus qu'une baise sans importance sur une sécheuse de buanderie de camping, dit Mahée avant de croquer dans une pomme.

Je fixe le vide devant moi. *Il veut plus qu'une baise sans importance.* Marc serait-il celui que j'attends depuis si longtemps, celui qui désire m'offrir *plus* ? La veille, imbibé d'alcool, il m'a avoué avoir eu peur… Il aurait peur de s'investir, mais ne voudrait pas d'une nuit sans lendemain ? Cela me tue de réfléchir aux possibilités qui semblent se multiplier…

Les gens autour de nous ont déjà commencé à défaire leur campement. Épuisée par toutes les questions qui bouillonnent en moi, je ressens l'urgence de rentrer à Montréal pour parler à Marc. Il y a beaucoup de malentendus entre lui et moi ; il faut absolument tirer les choses au clair ! *NOW!* J'espère seulement qu'il n'est pas trop tard. Je prendrai les devants, même si ça m'effraie. J'ai peur de ses explications, de sa réaction… Rien n'est gagné d'avance avec un homme comme Marc Pelletier. Je ne me reconnais plus, mais je me sens drôlement bien.

Cet homme me pousse à sortir de ma zone de confort. Généralement, je ne fais aucun effort avec les hommes. Je prends ce qu'ils ont à offrir ; en retour, je leur donne ce qu'ils désirent. Mes relations tournent en rond et se terminent toujours par la même phrase : « De toute façon, Sophie, ça n'a jamais été sérieux entre nous, hein ? »

Avec Marc, les choses pourraient être différentes !

D'une voix sonore, je lance :

— Bon, alors, on range ?

Mahée et Claudia me scrutent de leurs yeux cernés. La nuit n'a pas été bonne ? Elles ont l'habitude de mon ton un peu rêche quand je donne un ordre ; ce qui les fascine, c'est probablement le large sourire que j'affiche. Mes amies, par contre, ont les traits plutôt crispés.

— C'est quoi, votre air bête ? demandé-je, perplexe.

Claudia boit une longue gorgée de café. Je songe que ça doit être franchement mauvais après avoir avalé des croustilles au ketchup !

— Où est Christian ? m'informé-je.

J'ai le pressentiment que la mine basse de Claudia a un lien avec lui. Mon instinct ne m'a pas trompée, car l'expression sur le visage de Mahée m'indique clairement que je n'ai pas posé la bonne question. Claudia a des éclairs dans les yeux.

— Pfff ! Il a tripoté la serveuse toute la soirée ! J'imagine qu'elle s'est occupée de lui cette nuit…

Oh ! Quelle injure à ses talents de charmeuse professionnelle : un homme a osé préférer une autre femme à la belle Claudia ! L'occasion étant trop belle, je ne peux m'empêcher d'ajouter :

— Tu perds la main en vieillissant !

Je donne à Claudia une tape d'encouragement dans le dos pendant qu'elle maugrée des mots inaudibles. Elle s'en remettra ! Je commence à ramasser ce qui traîne sur la table. Le bois mouillé a laissé un rond sur mes fesses. *Bah ! pas grave !* Je tords un linge à vaisselle et essuie le barbecue. Il a survécu au déluge, mais il est complètement détrempé.

— J'ai repensé à tout ça, Claudia. Si tu veux passer quelques semaines chez moi pour te désennuyer, je te ferai une place dans mon salon. J'aurai besoin de cours privés en séduction 101 dans les prochains jours… même si je doute maintenant de tes compétences…

Qui est mieux placé que Claudia pour m'aider à « déchiffrer » un homme ? Sa présence pourrait même être rassurante. Elle pourrait me prodiguer des conseils : quoi dire, quoi porter... Et si ses recommandations ne fonctionnent pas, je pourrai toujours lui coller ma peine d'amour sur le dos !

— C'est gentil, Sophie, mais finalement, ce ne sera pas nécessaire. Il y a de nouveaux développements.

Étonnée, je jette un coup d'œil à mon amie sans cesser de travailler. Je veux rentrer à la maison et, pour ce faire, il faut ranger ! Mahée se met à la tâche ; elle rassemble les gobelets de café vides.

— J'ai reçu un message de la base militaire très tôt ce matin. La mission de Patrick est terminée. Il a été blessé à une jambe, rien de grave, mais il rentrera au pays d'ici la fin de la semaine.

Avec tout ce qu'elle nous a raconté – son voyage difficile, l'absence d'intimité avec Patrick là-bas –, je me demande si elle est heureuse de ce dénouement. Claudia ne reste jamais longtemps au même endroit. J'ai vraiment cru que Patrick Duhamel avait une chance de la gagner pour toujours, mais peut-être qu'il lui est impossible de vivre avec le même homme toute sa vie. Mon amie se contente rarement de ce qu'elle a entre les mains ; elle désire toujours plus. C'est ce qui explique pourquoi sa carte de crédit reste dans le négatif.

— Es-tu contente de le retrouver ? risqué-je.

Claudia lèche un à un le bout de ses doigts tachés du rouge des croustilles. Son sourire me rassure.

— Bien sûr que je suis contente ! J'ai divagué un peu ces derniers temps, mais je l'aime, mon Patrick. Ce ne sera pas facile de reprendre notre vie d'avant, mais je ferai tout pour que ça marche. Le message de l'armée m'a donné un choc. Sur le coup, j'ai eu peur pour lui, pour sa vie ! Je tiens vraiment à Patrick… Et puis, ma mère serait trop contente que je me sépare. Vous savez à quel point elle s'oppose à notre mariage !

— Donc, nous pourrons enfin porter nos belles robes de demoiselles d'honneur bleues qui nous ont coûté une fortune ? s'écrie Mahée, l'air moqueur.

— Hé ! Attendez, on n'est pas encore devant l'autel !

Mahée émet un rire franc, presque cristallin, qui m'apaise. Je ne supporte pas de la voir triste. Vincent lui a réitéré son amour, Patrick sera bientôt de retour… Tout est bien qui finit bien. *Ils vécurent heureux et eurent beaucoup d'enfants, comme dans les contes de fées !* Comme d'habitude, il n'y a que moi qui vis une conclusion pénible…

Je rejoins Mahée qui se faufile dans la tente – ou plutôt, dans ce qui en reste ! Elle lance les oreillers et les sacs de couchage, que j'attrape au vol. Tout est mouillé.

— Et toi, pourquoi tu n'es pas partie avec Vincent ?

Mon amie sort le matelas en mousse que Marc nous a gentiment prêté. *Sans rien demander en retour.* Je m'applique à le rouler en un cylindre parfait, à bien attacher la corde…

— Je ne pouvais tout de même pas vous laisser, Claudia et toi, avec tous les bagages sur les bras. Et la route sera moins ennuyante pour toi si tu as de la compagnie.

— Avoue que la seule raison pour laquelle tu as décidé de faire le trajet avec moi, c'est parce que tu veux connaître tous les détails de ma nuit ?

— Moi aussi, je veux tout savoir ! crie Claudia en plaçant la glacière dans le coffre de ma voiture. Je convoque un Skype dès cette semaine !

Je roule les yeux. Quelques instants plus tard, je sursaute au son d'une porte qui s'ouvre brusquement derrière moi. Les frères Dalton sortent de leur caverne à la queue leu leu. *Du plus petit au plus grand.* Vêtus de leurs vêtements de la veille, ils s'étirent en bâillant. Le costaud allume une cigarette, dont la première bouffée qui souffle vers moi me fait plisser le nez. *Ça pue !*

— Dis, il est où, notre pote Vincent ? grogne-t-il d'une voix enrouée.

Mahée passe la tête par la porte de la tente.

— Il a dû retourner à Montréal. Mais je vous laisserai ses coordonnées.

Elle échange un sourire complice avec le colosse qui semble l'avoir prise d'affection. Finalement, les Dalton ne sont pas bien méchants… Je me prépare à tirer sur les poteaux de métal qui retiennent la tente lorsque le plus maigre des trois s'approche avec une barre de fer.

— Tasse-toi, tu vas te casser un ongle. Et puis, fais attention à ta main blessée !

En un rien de temps, il libère la tente de ses ancrages.

— Merci…

Il me fait un sourire charmant. Comme quoi, il ne faut jamais juger les gens sur leur apparence. Ce n'est pas parce que quelqu'un a l'air d'un bandit qu'il en est un. J'en arrive donc à la conclusion que ce n'est pas parce qu'un dirigeant d'entreprise s'amuse ou se ridiculise en camping qu'il ne peut être pris au sérieux au bureau. *Il y a là matière à réflexion…*

Je tire sur un poteau de la tente. La toile s'effondre sur la tête de Mahée. J'essaie de tout arranger, mais je ne fais qu'empirer les choses…

— Hé !

Mon amie rampe jusqu'à la porte. Je lui tends la main pour l'aider à sortir de là. Claudia a tout filmé avec son cellulaire.

— Les filles, je crois qu'on est passées à côté de notre objectif en venant ici, déclare-t-elle en fermant son téléphone.

Mahée se remet debout, puis elle passe la main sur ses genoux maculés de boue.

— De quel objectif parles-tu ?

— On voulait s'isoler dans le bois sans hommes et sans problèmes !

Mes amies et moi nous esclaffons en chœur. Cela nous fait du bien.

— La morale de cette histoire : on ne peut pas se passer des hommes ! s'écrie Mahée.

— On sera peut-être toutes les trois en couple la prochaine fois ! déclare Claudia avant de me planter un coude dans les côtes. Ce serait une première.

C'est vrai, il y en a toujours une de nous trois qui est en peine d'amour – souvent moi – ou une autre qui est plongée dans une histoire compliquée – Claudia. Ce serait un exploit que nous soyons en couple en même temps. *OK, je m'emballe. Je ne sors pas avec Marc… pas encore !*

— N'allons pas trop vite en affaires. Ce n'est pas gagné d'avance dans mon cas.

— Ça, c'est ce que tu crois, déclare Claudia avec un clin d'œil. Christian m'a dit que Marc ne parlait que de toi !

— On verra…

— Vous proposez quoi, comme idée de sortie pour l'an prochain ? demande Claudia.

— Qui sait, on se retrouvera peut-être à la maternité.

La bouche entrouverte et les yeux ronds, Claudia et moi nous tournons lentement vers Mahée.

— Essaies-tu de nous dire que tu es…

— Non, je ne suis pas enceinte ! s'empresse-t-elle de rectifier. Mais vous savez comme j'ai hâte d'avoir des enfants ! Vincent et moi avons commencé à en discuter…

— Je vais être matante ! clame Claudia avec émotion, une main cachant sa bouche.

Le temps passe à une vitesse incroyable ; voilà que nous parlons de bébés. Nous vieillissons ! J'ai l'impression qu'hier encore, nous étions à l'université ! C'est beau de voir que les années n'ont pas effrité notre amitié. Je nous imagine dans cinq ans, assises autour d'une table, buvant du jus de fruits et discutant de la poussée dentaire du plus jeune ou des fesses irritées de l'autre. Les mères sont toutes pareilles quand il s'agit de leur progéniture : chaque détail compte ! Ce n'est plus des condoms que Claudia traînera dans son sac, mais des sucettes et des biberons.

— En attendant de changer des couches, on a des choses à faire ! dis-je pour secouer les troupes. En passant, Mahée, tu feras une mère extraordinaire.

— Merci, ma belle, mais toi aussi !

— Je dois d'abord trouver un père potable !

— Marc a déjà un petit garçon, non ? insinue Claudia avec un sourire vainqueur.

— Bon, bon… Allez ! Nous avons suffisamment perdu de temps !

Les choses s'empilent pêle-mêle dans ma voiture. Un oreiller se retrouve sur les bottes de caoutchouc, et les valises sont coincées sous la glacière. Rien à voir avec le travail de moine que j'avais fait pour tout ordonner en prévision de notre arrivée. Je lance les poteaux de la tente dans la boîte pendant que Mahée plie la toile. *Plier* est un bien grand mot ; le résultat ressemble à une boule géante. Je devrai installer la tente dans mon salon pour la faire sécher si je veux la rapporter au magasin…

— Je crois que tout a été ramassé, dit Claudia en refermant le coffre de sa voiture.

— Il ne nous reste plus qu'à entrer la tente, déclare Mahée. Au pire, je garderai la boîte sur mes genoux.

La voiture est chargée jusqu'au plafond ! Difficile de croire que j'avais réussi à tout entasser là-dedans avant mon départ de la maison.

— Je crois que tu n'auras pas le choix, Mahée… Peut-être que si j'enlevais le barbecue pour le glisser entre le siège passager et la banquette arrière, ça irait. Mais ça implique que tu aurais les jambes repliées tout le trajet !

— Pas de problème pour moi…

Claudia nous donne l'accolade à la hâte.

— Je me sauve, les filles. N'oubliez pas notre Skype ! Merci pour le beau week-end, c'était super !

Sophie et moi restons figées pendant qu'elle regagne sa New Beetle en vitesse. Normalement, les adieux s'éternisent et se terminent par de nombreux bisous sur les joues, parfois même une larme au coin des yeux. Ce n'est que lorsque j'aperçois Christian au loin dans la rue, marchant d'un pas joyeux, que je comprends tout. Mon amie ne veut pas le revoir. Claudia Sanschagrin qui fuit un homme ! Je n'aurais jamais cru voir ça de ma vie !

Claudia recule d'un coup de volant habile, puis baisse sa fenêtre pour nous envoyer la main. Ensuite, elle pointe le collier d'amitié qu'elle porte autour du cou.

— Je vous aimmmme, les filles !

Nous la regardons s'éloigner sur les chapeaux de roues en serrant le collier dont elle nous a offert un exemplaire du même modèle, à Mahée et moi. Un départ à la Claudia ! Elle fait un doigt d'honneur à Christian en passant près de lui. *Le pauvre gars vient d'apprendre qu'on ne niaise pas une fille comme Claudia.*

— Est-ce qu'on a tout ? demande Mahée en regardant autour d'elle.

— Je crois que oui !

Je suis fébrile à l'idée de rentrer à la maison. Je pourrais avoir très mal à la main et devoir aller à l'urgence pour faire vérifier ma plaie… Si Marc remplace vraiment un collègue de travail, je le trouverai à l'hôpital.

— Hé ! Regarde qui vient nous dire au revoir, Sophie ! chuchote Mahée en pointant le boisé.

Je vois des oiseaux, des arbres, des fleurs… Soudain, j'aperçois une queue noir et blanc qui frôle un buisson ! C'est Samy la Mouffette ! Je pousse Mahée vers la voiture avant que Christian arrive à notre hauteur.

— On décampe !

Épilogue

Je laisse tomber quelques sacs dans l'entrée, heureuse de retrouver mon air conditionné… et mon sac à main. Eh oui ! Celui-ci était resté sur le banc près de la porte. Je le fixe d'un regard haineux, comme si un objet en cuir pouvait sentir à quel point je le déteste. Son absence a été la source de plusieurs de mes problèmes depuis deux jours ! Je déciderai de son sort plus tard ; pour l'instant, je me sers un grand verre d'eau que je bois d'un trait pour me calmer. Plus on approchait de Montréal, plus mes mains glissaient sur le volant, et plus mon cœur palpitait de nervosité.

Ma résolution d'éclaircir la situation avec Marc s'est diluée au fil des sorties sur l'autoroute que j'ai croisées. J'avais élaboré un plan d'action avec Mahée pendant le trajet, et choisi des phrases-clés à dire à Marc. Pouf ! Elles se sont envolées. Maintenant, je n'aurais qu'à sauter dans ma voiture et me diriger directement à l'hôpital, afin d'essayer de le voir. Je suis complètement paralysée. J'ai même peur de taper son nom sur Facebook ! Et si je me trompais à son sujet ? Je ne suis pas faite pour les grandes histoires sentimentales… Moi, j'aime quand un plus un égale deux. Je ne sais pas comment penser autrement !

Plutôt que de me lancer sur les murs ou de me jeter du deuxième étage, je me rends utile en vidant ma voiture. J'ai dit à Mahée que je n'avais pas besoin d'aide… Non ! Plus longtemps l'opération s'étirera, plus longtemps je serai occupée! L'escalier, un sac, l'escalier; l'escalier, une boîte, l'escalier; l'escalier, un barbecue, l'escalier… Ma Honda s'allège peu à peu, tandis que mon salon hérite de mes bagages.

Après tous ces efforts, ce ne serait même pas de la frime de me rendre à l'hôpital car ma plaie me fait souffrir. J'ai vraiment mal! Mais rien ne presse… Je soulève lentement le couvercle de mon ordinateur portable. J'ai un document important à envoyer avant demain. Belle excuse… Deux clics plus tard, je suis sur Facebook. Une invitation m'y attend.

« Marc Pelletier vous invite à rejoindre sa liste d'amis. »

Le cœur battant, j'accepte l'invitation. Voilà, Marc est maintenant à portée de main! J'examine sa photo de profil. Souriant, il tient un petit garçon dans ses bras. Il y a peu d'informations sur sa page, outre ses goûts musicaux ou cinématographiques. Situation amoureuse: « C'est compliqué. » Ah bon? Qu'est-ce que ça signifie? Mes doigts frétillent devant la case « Message ». Après avoir soupiré, je me lève sans m'être jetée à l'eau.

Un sacré bordel règne au milieu de mon salon. Tout ranger m'accaparera un bon bout de temps. Et cette tâche aura l'avantage de m'occuper l'esprit. J'entreprends un premier tri de ce que je souhaite ramener au magasin. Je ne referai pas de camping de sitôt! Au pire, ce sera dans un VR… J'extirpe de sa boîte la toile de la tente – la niche à chien – pour l'étendre sur quelques dossiers de chaises afin de la faire sécher. C'est la première chose pour laquelle je demanderai un remboursement! *Une tente pour trois personnes, mon c…*

Je tourne en rond comme un oiseau cherchant son nid. Je voudrais tout placer en même temps, mais j'ignore par où commencer. J'erre de pièce en pièce, confuse; lorsque je sors de l'une d'elles, je me demande ce que j'étais venue y chercher. Rien à faire, mon regard est attiré par l'écran de mon ordinateur. Quand je me mets à grignoter un morceau de céleri, je me dis que l'heure est grave! J'espère quoi? Un miracle instantané, comme voir apparaître un message de Marc? Ça m'éviterait de me mouiller la première, et je ne ferais que répondre poliment. Ma lâcheté m'écœure.

Je jette mon céleri à la poubelle, puis saisis mes clés et mon sac à main.

***

L'infirmière m'observe curieusement en me demandant pour la troisième fois comment je me suis coupée à la main. Ai-je l'air si sénile? Je répète mon histoire avec encore plus d'entrain que les fois précédentes.

— Je vous l'ai dit, c'était un accident! J'étais en camping avec le docteur Marc Pelletier – vous le connaissez sûrement, il travaille ici. Il est grand, beau et… enfin, passons. Il m'a malencontreusement accrochée avec un couteau en préparant le poisson.

La jeune fille avec de longs cheveux blonds remontés en chignon baisse les yeux sur ses papiers. Elle s'est appliquée une épaisse couche de rouge sur les lèvres; cela est totalement inapproprié dans un hôpital – à mon avis. Elle marmonne de temps en temps des « hum ! hum ! » pour montrer qu'elle m'écoute, mais sans plus.

J'espérais entrevoir Marc avant d'être appelée par l'infirmière au triage. J'avais ratissé l'entrée principale dans l'espoir de le trouver en pause. J'avais également jeté un œil voyeur dans toutes les portes entrebâillées que j'avais croisées. Aucune trace de lui à la réception, ni dans les couloirs. Découragée, je doutais : finirais-je par le voir ?

L'infirmière devant moi se lève dans un mouvement qui fait valser sa chaise sur roues contre le mur.

— Je vais regarder votre plaie. Si tout est beau, vous n'aurez pas besoin d'attendre pour voir un médecin.

— Quoi ? Non, non, je dois absolument voir un médecin ! Qu'est-ce que tu connais là-dedans, toi ? La plaie est peut-être infectée ! Et si la gangrène a commencé à me gruger, t'en rendrais-tu compte ? JE VEUX VOIR UN MÉDECIN, BON !

Pas n'importe lequel. Le docteur Pelletier, et personne d'autre.

Surprise par mon explosion soudaine, la jeune fille lâche le rouleau de bandage propre qu'elle tenait. Elle me prend clairement pour une folle. Je m'attends à ce qu'elle me réplique : « L'aile psychiatrique, c'est au septième étage, madame. » C'est sans doute la première fois que quelqu'un insiste pour perdre une demi-journée à l'urgence afin de faire vérifier des points de suture.

— OK ! Allez attendre dans la salle d'à côté.

Elle me pousse littéralement dans le couloir. *Bon*… Je marche d'un pas lent jusqu'à une machine distributrice. J'ai faim! J'ai le choix entre des croustilles, des arachides, des biscuits secs… Est-ce que j'ai de la monnaie? Une femme qui rit un peu trop fort attire mon attention. Très grande et élégante sur ses talons hauts, elle porte un sarrau d'un blanc impeccable. Juste à la regarder, on devine que ses murs sont couverts de diplômes!

Mon regard bifurque vers son interlocuteur. Il est très grand et porte le sarrau typique de n'importe quel hôpital. C'est lorsque l'homme se penche pour embrasser la femme sur les joues que je reconnais ces yeux sombres, ce sourire charmeur. Frôlements, petits rires niais, discussion à voix basse… Mon cœur flanche. Marc garde une main sur le bras de cette femme trop longtemps. On dirait un vieux couple tellement tout semble naturel entre eux. L'inconnue à la manucure parfaite s'éloigne à grandes enjambées gracieuses en lançant: «Je te téléphone ce soir!»

Marc glisse ses mains dans ses poches en la regardant s'éloigner. Je devrais me cacher sous la table à café. Évidemment, ses yeux se posent sur moi une fraction de seconde plus tard. Son visage s'illumine en me découvrant à quelques mètres de lui. Mon expression doit faire peur, car il fige sur place. Il vient de comprendre que je l'ai vu avec l'autre femme. Toutefois, il ne me doit rien! Son statut de situation amoureuse compliquée sur Facebook me paraît plus clair, maintenant!

J'esquisse un mouvement de recul; je veux foutre le camp d'ici au plus vite. Je n'ai pas l'énergie d'entendre ses justifications. Et si je retournais voir l'infirmière pour lui demander de vérifier ma plaie ? Ou pour qu'elle m'indique comment me rendre à l'aile psychiatrique ? L'air déterminé, Marc fait deux pas dans ma direction. La voix d'une femme rugit dans le haut-parleur au-dessus de nos têtes : « Docteur Pelletier, salle 1. » Marc lance un juron québécois suffisamment fort pour que des gens se retournent.

— Sophie, je dois y aller. Mais je t'expliquerai tout plus tard !

Je le regarde disparaître derrière deux portes battantes.

***

Une BMW noire est garée dans mon espace de stationnement. Grrr !... C'est la deuxième fois cette semaine que ça se produit ! Lundi, c'était un vieux Chevrolet et maintenant, ça... *C'est qui le con qui ne sait pas lire les pancartes ?* J'immobilise ma Honda à quelques centimètres du pare-chocs de l'auto noire. Puis, j'empoigne le gros crayon rouge que j'utilise pour écrire au tableau lors des réunions d'employés.

Je fonce vers la BMW sans prendre la peine de refermer ma portière. La musique de Pink se déverse à l'extérieur. Dans ma tête, je me vois grimper sur le capot de la BMW avec mes talons et égratigner la belle peinture métallique. Mais dans la réalité, j'écris sur le pare-brise : « Parking privé !!! Décâlisse ! » Plus légère, je retourne à ma voiture. En fait, cette sensation dure jusqu'au moment où je lève la tête et aperçois Marc Pelletier. Il est assis dans l'escalier qui mène à mon appartement.

— Tu dessines sur ma voiture ? commente-t-il, l'air moqueur.

Avec le premier bouton de sa chemise détaché et ses manches roulées au niveau des coudes, il a l'air… d'un médecin à la fin de sa journée de travail.

— C'est un stationnement privé.

Je saisis mon sac à main, puis me dirige vers l'escalier avec la ferme intention de monter sans m'arrêter – même si je doute qu'il me laissera faire. J'ai vu juste : il se redresse et me bloque le passage avec son bras. Je lui lance un regard méfiant malgré cette proximité qui me trouble toujours autant.

— Sophie, laisse-moi te parler.

Méfiante, je braque mon regard sur lui.

— Pas besoin, Marc, j'ai tout compris.

— Je voulais venir avant, mais j'ai beaucoup travaillé.

En effet, il a les traits tirés… et peut-être même un peu tristes. Marc passe une main lasse dans ses cheveux en désordre.

— Le bébé dont je suivais le cas est décédé. J'ai eu une grosse semaine.

C'est la première fois que je le vois dans cet état. Il a joué la bonne carte, car ma colère tombe d'un coup.

— Je suis désolée… murmuré-je. OK, viens ! ajouté-je avec un signe de tête pour l'inviter à monter.

— Tu as de la bière ?

— J'ai de la bière.

Il s'écarte pour me laisser passer. Mon voisin d'en bas gardait toujours quelques bouteilles de bière dans mon frigo pour les fins de nuit torrides. Après chaque marche que je gravis, je deviens un peu plus nerveuse. Lorsque je franchis le seuil de la porte, j'éprouve un sentiment mitigé. Je suis contente de voir Marc, mais j'ai passé la semaine à m'imaginer des scénarios d'horreur, à attendre un signe de sa part, un message… Et là, il se trouve dans ma cuisine.

La première chose que je fais pour dissiper le malaise qui plane est d'ouvrir le frigo et de lui tendre une bouteille brune. Il la décapsule en abandonnant le bouchon sur la table. Ce n'est qu'après avoir bu une longue gorgée qu'il porte son pouce et son index à ses tempes.

— Sophie, la femme que tu as vue à l'hôpital, c'est Brigitte, la mère de mon fils. Pour le bien du petit, nous sommes restés en très bons termes. Nous ne sommes plus un couple depuis un an, mais elle est une amie.

Une immense vague de soulagement déferle en moi ! Toutefois, je ne suis pas certaine qu'entretenir une relation d'amitié avec un ex soit saine. Personnellement, je n'ai jamais cru au concept. Il y en a toujours un des deux qui aime encore l'autre.

— Ce que je voulais te dire, l'autre jour, poursuit-il, c'est qu'il ne faut pas se fier à mes airs de macho. Je te jure que je ne voulais pas d'un *one night stand* avec toi !

— Ça, je l'avais deviné !

Marc paraît confus ; il cherche à rassembler ses idées. Je me demande où il veut en venir avec tout ça. Il ferme les yeux quelques secondes pour faciliter sa concentration.

— Je marche sur des œufs avec toi, dit-il, l'air troublé. Si je fais un pas, tu recules ; si je prends mes distances, tu te rapproches ! Je ne voulais pas te repousser l'autre soir, ajoute-t-il plus calmement. Ce que j'ai ressenti était si fort que j'ai eu peur de te brusquer…

Je prends la bière, qu'il tient mollement, et la dépose sur la table. Marc saisit ma main.

— Ton histoire de « rien n'est gratuit dans la vie » m'a trotté dans la tête toute la semaine. Je ne suis pas comme ça, Sophie. Je passe mes journées à donner le maximum à mes patients sans rien attendre en retour. Et c'est évidemment la même chose avec mon fils.

Je souris devant ses efforts pour démêler ma théorie d'une façon convaincante. Ses explications me font du bien. Un vrai baume après tous ces jours d'angoisse ! J'ai compris. Marc ne jouera pas au père avec moi, comme la plupart des hommes qui ont croisé ma route. Il ne se montrera pas mielleux dans le but de me soutirer une faveur. J'ai envie de le croire… du moins, d'essayer…

— Alors, c'est quoi cette histoire de vie amoureuse compliquée ?

Ses doigts remontent doucement mon avant-bras jusqu'à mon coude. Je suis si près de lui que je ne vois plus que ses yeux bruns un peu rieurs, un peu tourmentés.

— C'était l'option la plus concrète : qu'on soit célibataire ou en couple, c'est toujours compliqué, dit-il. Lorsqu'on est un divorcé avec un enfant, c'est encore pire ! Ma vie n'est vraiment pas simple, ajoute-t-il tristement ; c'est pourquoi je me donne corps et âme à mon travail. Mon fils me prend aussi beaucoup de temps et d'énergie. Peu de femmes acceptent d'être relayées au troisième plan. Je ne sais pas si c'est le bon moment pour moi de tomber amoureux. Mais peu importe, puisqu'il est déjà trop tard…

Je m'abreuve de ses paroles, puisque je suis pratiquement dans la même situation que lui. Dans mon cas, le travail occupe toute la place, et peu d'hommes arrivent à comprendre l'importance que j'accorde à cette facette de ma vie. Je n'ai pas d'enfant, mais je peux imaginer ce que ça implique d'être parent. Le fait que Marc soit un père le rend encore plus attachant et plus sensible à mes yeux. *J'ai déjà hâte de rencontrer son petit bonhomme !*

— Je t'ai dans la peau, Sophie…

— OK, je crois que tu en as assez dit. Tu sais être convaincant.

— C'était bien, hein, mon petit discours ?

Sa main sur ma nuque me tire vers lui. Je me blottis dans ses bras. Nous restons silencieux, occupés à compter les battements de nos cœurs. Cette sensation d'être au bon endroit au bon moment m'émeut. Je me retiens pour ne pas me mettre à pleurer car, enfin, je crois avoir trouvé l'homme qui peut m'offrir *plus*. Mais il y a plus merveilleux encore : moi aussi, je suis prête à lui donner *plus*, et ce, sans rien attendre en retour !

— Et si je te demandais de me faire l'amour, là, tout de suite, est-ce que tu accepterais ?

Il colle son front contre le mien avant de répondre d'une voix pleine de désir :

— Laisse-moi réfléchir deux secondes. Je ne voudrais pas que tu croies que je suis un gars facile…

Marc me transporte jusqu'aux coussins étendus sur le sol qui me servent de divan. J'ai l'impression d'atterrir dans un lit de plumes. À son sourire amusé, je devine qu'il prépare sa réplique à ma question. Il déclare :

— Puisque rien n'est gratuit, je dirais oui… si tu promets d'effacer les insultes que tu as écrites sur ma voiture !

J'éclate d'un rire sonore. Merci à la vie d'avoir mis Marc Pelletier sur ma route ! Et même si rien n'est gratuit, je suis prête à offrir mon âme au diable pour un tel cadeau. Comme si nous avions l'éternité devant nous, je détache lentement les boutons de la chemise de mon amoureux. Je fonds sous son regard brûlant.

Oui, cette fois est la bonne.

Remerciements

Merci à mon conjoint Mathieu et mes trois amours, Sacha, Fabrice et Évance avec qui je fais du camping tous les étés ! Hé ! Oui ! la petite famille dans la tente-roulotte bleue à côté de la tente de Mahée, Sophie et Claudia, c'est nous !

Merci à ma complice Marie Potvin qui m'a fait réécrire la scène de la buanderie au moins… quatre fois !

Merci à Daniel Bertrand et son équipe. Une deuxième famille que j'apprivoise et que j'aime de plus en plus !

Finalement, merci à vous, chers lecteurs, de prendre le temps de faire une pause dans votre quotidien un peu fou pour choisir de passer un beau moment de lecture avec mes histoires.

MARQUIS

Québec, Canada